EIN SÜNDHAFTER FLIRT

KYLIE GILMORE

1

Lexi Judson hatte ihr Limit erreicht, was schwer verliebte Paare anging. Der einzige Grund, warum sie zum Valentinstagstanz in Clover Park gekommen war, war, weil ihre Freundin Sabrina gewollt hatte, dass sie dabei war, wenn sie Logan Campbell einen Heiratsantrag machte. Es war ein doppelter Antrag geworden – Sabrina und Logan hatten einander mit Ringen überrascht und quasi gleichzeitig um die Hand des anderen angehalten. Ein Hoch auf die Romantik und all den Scheiß.

Sie seufzte. Sie konnte nicht verschwinden, bis sie sicher war, dass sie sich allen vorgestellt hatte, die sie nicht kannte, und wenn sie es für angemessen hielt, zu erzählen, dass sie jetzt freie Eventplanerin war. Bisher war sie jedoch noch niemand Interessantem begegnet. Sie war glücklich gewesen als Eventplanerin bei Victoria's Events in New York City, und die Nachricht, dass die kleine Firma aufgelöst wurde, hatte sie wie ein Schlag getroffen. Victorias Verlobter hatte unerwarteterweise einen Job in Paris angeboten bekommen, und sie würden schon in zwei Wochen umziehen. *Boom!* Victoria's Events gab es nicht mehr. Hatte Victoria auch nur einen Gedanken darauf verschwendet, was es für die anderen bedeutete, plötzlich arbeitslos zu sein? Natürlich nicht. Sie folgte einfach ihrem Herzen, schloss das Büro und scheiß auf alle anderen.

Lexi hatte sofort eine verzweifelte Jobsuche begonnen, doch im Moment stellte niemand Eventplaner ein. Ihre Abfindung und ihre armseligen Ersparnisse würden sie vielleicht zwei Monate über Wasser halten – wenn sie wirklich sparsam war. Sie würde nicht ins Haus ihrer Eltern zurückkehren oder bei einer ihrer Freundinnen einziehen. Sie konnte den Gedanken nicht ertragen, sich im Liebesnest einer ihrer Freundinnen einzunisten.

Und schwuppdiwupp versuche ich beim Valentinstagstanz zu networken wie jeder andere. Naja, vielleicht nicht wie jeder andere.

Sie sah sich um und ließ schnell die Paare auf der Tanzfläche links liegen, bevor ihr Blick an Marcus Shepard – einem der Brüder ehrenhalber der Campbells — hängen blieb. Der Schlimmste von allen. Er stand zu einer jungen Blondine hinuntergebeugt da und flirtete, was das Zeug hielt. Sie himmelte ihn bezaubert an. Er war ein sündhafter Flirter, und wenn die Gerüchte wahr waren, war er ein Playboy, der den Frauen vorlog, dass er monogam war, wenn er nicht einmal im Traum daran dachte. Sie *verabscheute* Fremdgeher. Männer dieses Schlages konnten einen nur enttäuschen. Wie ihr Dad und ihr älterer Bruder oder ihr blöder Ex.

Sie wandte sich ab und begegnete dem interessierten Blick von Sabrinas betrunkenem Onkel, einem Mann, der einem bei einer Unterhaltung viel zu dicht auf die Pelle rückte und bei dessen feuchter Aussprache man einen Regenschirm brauchte. Schnell ging sie zur Bar. Die Garner's Sports Bar & Grill caterte das Event und Josh Campbell stand wie üblich hinter der Bar.

„Hey Lexi, was kann ich dir bringen?" Sein übliches charmantes Lächeln fehlte, wahrscheinlich wegen des Zusammenstoßes mit Hailey von zuvor. Die rotblonde ehemalige Schönheitskönigin war nach wie vor seine Lieblingsfeindin. Die beiden waren Lieblingsfeinde, bis dass der Tod sie scheiden würde (oder sie im Bett landeten, was auch immer zuerst kam), und was erschwerend hinzu kam war, dass ihre Eltern Joe und Brandy gerade miteinander ausgingen. Joe Campbell war Joshs Vater, Brandy Adams war Haileys Mutter. Vielleicht würde es bald ernst werden zwischen Joe und Brandy, dann würde Hailey ausflippen, was sie zum perfekten Opfer für Joshs Sticheleien machen würde. *Muha-ha-ha.*

„Nur Wasser, danke." Sie hatte vorhin schon genug Champagner und Punsch getrunken und wollte bald nach Hause fahren.

Schnell stellte er ein großes Glas Wasser vor ihr ab.

„Danke." Sie trank einen Schluck. „Besteht die Chance, dass du ein Event für den St. Patricks Day im Garner's planen lassen willst? Ich bin jetzt freie Eventplanerin."

Er schüttelte den Kopf. „Wir machen dasselbe wie jedes Jahr mit dem grünen Bier und dem irischen Menu. Um ehrlich zu sein, können wir uns einen Eventplaner nicht leisten. Aber ich hör mich gerne für dich um."

Sie versuchte, sich ihre Enttäuschung nicht anmerken zu lassen. „Kein Thema, danke." Es war ein Schuss ins Blaue gewesen. Sie hatte nicht wirklich damit gerechnet, dass er oder eine ihrer Freundinnen ihre Dienstleistung brauchten.

Josh deutete auf die andere Seite des Raumes. „Versuchs mal bei Marcus. *The Burrow* läuft richtig gut. Zu ihm kommen all die reichen Wall Street-Banker. Wenn du also ein Event für ihn machst, könntest du vielleicht Aufträge von dieser Klientel an Land ziehen."

Ihre Nackenhaare stellten sich auf. Sie kannte *The Burrow*, da sie die Bar ein paarmal für eine Party besucht hatte. Der Laden war cool. Doch wollte sie wirklich für Marcus, den legendären Playboy, arbeiten? Sie drehte sich um und sah, dass er schon mit der nächsten schönen Frau flirtete, diesmal einer Brünetten, die pausenlos kicherte. Er lächelte die Frau an, hob einen Finger und holte sein

Handy aus der Tasche. Er sah sie an und hob erneut den Finger, als wollte er sagen *einen Moment nur.*

Ich? Sie sah sich um.

Josh steckte sein Handy weg. „Ich habe ihm geschrieben. Er kommt gleich rüber."

Sie schluckte. Okay. Das war kein Problem. Sie war Playboys gegenüber immun. Das einzige Problem war, dass sie auf einen bestimmten Typ Mann stand, groß und muskulös – und Marcus war ein Prachtexemplar: Groß und breitschultrig mit riesigen Muskelpaketen, ein Hüne von einem Mann. Das war der Grund, warum sie sich von ihm ferngehalten hatte – damit sie nicht in Versuchung geriet.

Sie ging von der Bar weg in eine ruhige Ecke und wappnete sich. *Sei freundlich. Nein, sei professionell. Und tu so, als ob es dich nicht stört, dass er gerade so ziemlich jede alleinstehende Frau im Raum angemacht hat.* Sie war ihm schon bei ein paar Partys begegnet, wo er prompt alle ihre Freundinnen angebaggert hatte. Sie jedoch nie. Als ob sie das interessierte. Sie hätte ihm sowieso gleich einen Korb gegeben. Wirklich. *Profi in drei, zwei, eins …*

Marcus ging zu Josh, der irgendetwas zu ihm sagte und dann in ihre Richtung gestikulierte.

Sie hob die Hand und lächelte verhalten.

Marcus kam auf sie zu, und sie machte sich auf seinen Auftritt gefasst.

Er blieb vor ihr stehen und bedachte sie mit einem Lächeln, das sagte: *Ich bin sexy, und das weiß ich auch.* Zu dumm, dass er ein Fremdgeher war, denn er war unglaublich nett anzusehen. Seine Nase hatte einen kleinen Höcker, als hätte er sie sich einmal gebrochen, doch abgesehen davon war er perfekt – dicke, schwarze Haare, dunkle Augen mit Wimpern, für die so manche Frau töten würde, Wangenknochen wie aus Marmor gehauen, ein kantiges Kinn mit Stoppelbart und ein verdammt heißer Körper.

„Hey Lexi, Josh meinte, du wolltest dich mit mir unterhalten?"

Ihr Mund wurde trocken. Sie nickte und trank einen Schluck Wasser. „Ja. Hi. Ich bin jetzt Freelance Eventplanerin und hab mich gefragt, ob du vielleicht jemanden brauchst, der ein Event für deine Bar plant. Vielleicht für St. Patricks Day?"

„Den habe ich schon mit einem Pub Crawl und einer Liveband klargemacht."

Sie ließ die Schultern hängen. Sie hatte den ganzen Abend eine Abfuhr nach der anderen kassiert. Und wenn schon. Sie hatte ihn sowieso nicht fragen wollen. Er repräsentierte alles, was sie an einem Mann verabscheute – ein lügender Fremdgeher – und sie hatte ohnehin nicht für ihn arbeiten wollen. *Kannst du dir wirklich leisten, so wählerisch zu sein? Kein Job und keine Kunden und ein schnell dahinschmelzendes Bankguthaben – wenn das keine verzweifelte Situation ist, die verzweifelte Maßnahmen erfordert …*

Sie blickte zu ihm auf. Gott, er musste gut eins fünfundneunzig groß sein, mehr als einen Kopf größer als sie. Sie bemühte sich um einen angenehmen, professionellen Ton. „Okay, na dann denk an mich, wenn du je ein Event planen willst." Sie fischte ihre neue Visitenkarte aus ihrer Handtasche und reichte sie ihm.

Er steckte sie in seine Tasche. „Klar", sagte er nur.

Es war offensichtlich, dass er ihre Dienste nicht brauchte. Sie straffte ihre Schultern und trank ihr Wasser aus. Sie hatte die Schnauze voll. Sie hatte versucht zu netzwerken, hatte dem glücklichen Paar gratuliert, warum also noch länger bleiben.

Sie zuckte zusammen. Jemand hatte ihr gerade in den Po gezwickt! Sie wirbelte herum und starrte dem Onkel mit der feuchten Aussprache ins Gesicht. Seinen Namen hatte sie schon wieder vergessen. Onkel Sprühregen reichte auch.

Er grinste sie lüstern an. „Da bist du ja, Mädchen. Lass

uns für einen Schlaftrunk zu mir nach Hause gehen." Scheinbar hatte er ihren Namen auch vergessen.

„Fassen Sie mich nicht noch einmal an", knurrte sie.

Sie spürte das Gewicht von Marcus' Arm auf ihren Schultern. „Sie gehört zu mir, und wir wollten gerade gehen."

Sie erstarrte, geschockt von Marcus' ritterlichem Einschreiten, um sie vor dem lüsternen Mittfünfziger zu retten.

Doch der lehnte sich vor. „Was ist mit uns?" Speichel regnete auf ihre Wange. *Widerlich.* Sie wollte gerade einen Schritt zurückweichen, als Marcus sie mit dem Arm auf ihrer Schulter sanft umdrehte und sie in Richtung Ausgang schob.

Sie mochte diese Art der Bevormundung zwar nicht, aber okay. Sie hatte sowieso gehen wollen.

„Geh nicht!", rief ihr ihr Onkel Sprühregen nach.

Sie ging ein paar Schritte mit Marcus, bevor sie einen Blick über ihre Schulter riskierte. Der Mann schwankte bereits in Richtung Bar.

Als sie abrupt stehen blieb, blieb Marcus ebenfalls stehen und sah sie fragend an. Als wartete er ab, was sie tun wollte. Seltsam. Sie hatte ihn für jemanden gehalten, der sich durch seine Körpergröße dazu berufen fühlte, die Führung zu übernehmen. „Danke, dass du mich vor Onkel Sprühregen gerettet hast. Jetzt komme ich wieder allein klar."

Marcus nahm seine große Hand von ihrer Schulter. „Kein Thema. Onkel Sprühregen?"

Sie nickte. „Von einer persönlichen Distanzzone hat er scheinbar noch nie gehört. Und eine feuchte Aussprache hat er auch noch."

Er lachte, ein volles, tiefes Lachen.

Auch sie lachte. Dieser ganze Abend war lächerlich gewesen – in einem Saal voller liebeskranker Paare zu netzwerken, vor Onkel Sprühregens Konversationsversuchen zu fliehen und alles, während sie so tat, als amüsierte sie sich prächtig allein bei diesem romantischen Anlass.

„Hey Lexi! Hey Marcus!"

Mist. Ihre Freundin Hailey kam auf sie zu. Zur Feier des Valentinstags trug sie ein rotes schulterfreies Kleid und rote Ballerinas. Der weiße Kopf der kleinen Rose spitzte aus Haileys rosa Hundetragetasche. Sie hoffte wirklich, dass Hailey nicht auf die Idee kam, sie verkuppeln zu wollen. Lexi war standhaft gewesen, was Haileys Kuppelversuche anging, doch es half alles nichts. Lexi war der einzige Single im Happy End Buchclub, den Hailey mit dem Ziel gegründet hatte, für all ihre Freundinnen ein Happy End zu finden. Lexi hatte sich dem Club nur angeschlossen, weil ihm zwei ihrer Freundinnen angehört hatten. Jetzt hatte sie eine große rote Zielscheibe auf der Stirn, und die lebhafte rotblonde Jägerin kam auf sie zu. Hailey war auch Single, doch das zählte nicht, denn sie war in einer quasi-Beziehung mit ihrem Hund.

Marcus lächelte Hailey charmant an und sagte mit tiefer Honigstimme: „Hey Sweetheart, alles klar bei dir?"

Hailey ging einen Schritt schneller. „Alles großartig!" Mit ihren großen blassblauen Augen musterte sie die beiden. Rose' große dunkle Augen schienen genauso überrascht. Rose hatte eine rosa Schleife mit roten Herzchen auf dem Kopf – passend zu ihrem Hundepullover. *Lass dem armen Hund wenigstens ein bisschen seiner Würde.* „Ich muss mir Lexi nur einen Moment lang ausborgen."

Im nächsten Moment schleifte Hailey sie ein paar Meter weit weg. Lexi wappnete sich für eventuelle Kuppelversuche, doch Hailey überraschte sie.

„Was machst du da mit Marcus?", flüsterte Hailey. „Seid ihr zusammen? Es geht das Gerücht, dass er ein Playboy ist."

Lexi blickte in Marcus' Richtung. Er stand unbewegt ein paar Meter weiter und wartete auf sie. Vielleicht, um sie vor weiteren Übergriffen durch Onkel Sprühregen zu bewahren? Sie wandte sich wieder Hailey zu. „Da ist nichts zwischen uns. Er hat mir nur geholfen, einem betrunkenen Typen zu entkommen."

Hailey drückte Lexis Arm und sah erleichtert aus. „Bitte versteh mich nicht falsch. Er ist ein netter Typ, aber er ist einfach nicht jemand, mit dem du etwas anfangen willst."

Offensichtlich meinte Hailey es gut. Sie war eine gute Freundin. Es war nur, dass sie zu oft zu aggressiv versucht hatte, sie zu verkuppeln. „Danke, dass du auf mich aufpasst." Sie drückte ihre Schulter. „Schönen Abend noch."

„Dir auch." Hailey lächelte, winkte Marcus zum Abschied zu und ging zurück in Richtung Tanzfläche.

Als Lexi zur Tür ging, ging Marcus neben ihr her. „Ich wollte auch gerade gehen", sagte er, legte die Hand an die Tür und hielt sie ihr auf.

„Danke", murmelte sie und ging hinaus in das kleine Foyer.

Sie holte ihren schwarzen Wollmantel vom Kleiderständer und steckte ihren Arm in einen Ärmel. Marcus trat hinter sie und half ihr beim Anziehen.

„Oh, danke", sagte sie leise und fühlte sich ein bisschen seltsam – aber auf eine gute Weise. Kein Mann hatte ihr je in den Mantel geholfen. Was sagte das über sie, dass ihre Erwartungen gegenüber Männern so niedrig waren, dass sie sich über eine so einfache Geste freute? Es sollte nichts Besonderes sein, dass er gute Manieren hatte. Wahrscheinlich hatte Mr. Campbell sie ihm genauso eingedrillt, wie er sie den Campbell-Jungs und ihren anderen Brüdern ehrenhalber eingedrillt hatte.

Er nahm eine schwarze Jacke und zog sie über seine breiten Schultern. Ihre Jacken passten zueinander. Sie waren allein in dem kleinen Raum, der ihr mit dem großen Mann plötzlich überaus voll vorkam.

∼

Marcus knöpfte seine Jacke zu, froh, dass der Abend vorüber war. Er hatte sein Pokerface aufgesetzt, gelächelt und geflirtet wie immer, doch er war nicht mit dem Herzen dabei gewesen. Es hatte gereicht, einen Blick in Richtung Tanzfläche zu werfen, wo alle seine Freunde bescheuert glücklich mit ihren Frauen tanzten, und seine Laune war in Richtung Gefrierpunkt abgestürzt.

Er blickte in Lexis Richtung. Sie war ein definitives Nein, eine kratzbürstige Männerhasserin, die ihm wahrscheinlich eher den Kopf abbeißen als seine Flirtversuche erwidern würde, weswegen er sich bisher auch nie die Mühe gemacht hatte, mit ihr zu flirten. Aus der Nähe strahlte Intelligenz aus ihren Mandelaugen. Ihre glatten, dunkelbraunen Haare hatte sie hochgesteckt, ihre zart gebräunte Haut war glatt, und ihr Lächeln, wenn sie es einmal zeigte, wirkte verschmitzt. Ja, sie erinnerte ihn an die Liebe seines Lebens, Bitty. Seidig glänzend und weich mit scharfen Krallen. Bis zum heutigen Tage vermisste er diese Katze.

Lexis hautenges dunkelblaues Kleid – tief ausgeschnitten, oberschenkellang – hatte vorhin seine Blicke angezogen. Jeder Mann wusste eine schöne Frau zu schätzen, die viel Haut zeigte. Das bedeutete nicht, dass er gleich eine Beziehung mit ihr eingehen wollte. Er war auf der Suche nach einer Frau, die ihn vergötterte. Wenn Ethan eine gefunden hatte, dann konnte Marcus das auch. Doch eine Kratzbürste passte ganz und gar nicht in dieses Bild. Sie war aus gutem Grund der letzte Single unter ihren Freundinnen. Doch es zählte nicht, dass er praktisch der letzte Junggeselle unter seinen Freunden war. Er hatte *vor*, eine Beziehung einzugehen. Durch seinen Job und die Krankheit seiner Mutter war er nur zu beschäftigt dazu.

Sein Handy vibrierte in seiner Tasche. Es war eine Nachricht von seiner Mutter, in der sie ihn bat, ihr noch heute Abend Lebensmittel vorbeizubringen. Es war Freitag, und normalerweise ging er am Sonntag für sie einkaufen. Er atmete scharf aus. Ihr derzeitiger Zustand lastete schwer auf seinen Schultern. Seit sie kurz vor Weihnachten ihren Job verloren hatte, hatte sie das Haus nicht mehr verlassen. Nicht einmal, um mit ihm in ihrem Lieblingsdiner zu Abend zu essen. Agoraphobie nannte man das. Er hatte sich ein bisschen besser gefühlt, als er erfahren hatte, dass es einen Namen dafür gab, was bedeutete, dass andere Leute etwas Ähnliches durchgemacht und es überstanden hatten. Bisher war es ihm allerdings noch nicht gelungen, sie dazu zu bringen, mit einem Profi darüber zu reden.

Er schrieb zurück. *Ich bin bei einem Valentinstagstanz. Ich komme danach vorbei und bringe deine Lebensmittel.*

Die Punkte blinkten auf dem Bildschirm seines Handys, während sie schrieb. Er wartete mit besorgt gerunzelter Stirn.

„Alles okay?", fragte Lexi sanft.

Er hob abrupt den Kopf, überrascht, dass sie klang, als machte sie sich tatsächlich etwas daraus, wie es ihm ging. Er musste so besorgt aussehen, wie er sich fühlte. „Meiner Mom geht es nicht gut." Er blickte auf den Bildschirm.

Mom: *Danke. Ich hoffe, du triffst da ein nettes Mädchen. Es macht mich so traurig, dich immer allein zu sehen.*

Sicher, er war allein am Valentinstag, umgeben von seinen liebeskranken Freunden, doch das bedeutete nicht … er schluckte schwer. Es lag eine stille Würde darin, allein zu sein. Das hatte er zumindest irgendwo gelesen. Seine Mom lag ihm schon seit Jahren in den Ohren, endlich eine Familie zu gründen. Er war dreiunddreißig. Das war nicht alt, und er hatte es ja auch schon einmal versucht, doch in letzter Zeit beharrte seine Mutter darauf, dass sie wissen musste, dass er jemanden hatte, weil sie nicht immer da sein würde. Sie war nicht selbstmordgefährdet, doch mit einundfünfzig fühlte sie sich plötzlich alt, auch wenn er sie nicht für alt hielt. Sie hatte noch viele gute Jahre vor sich, wenn er ihr nur helfen könnte, ihre Angst, das Haus zu verlassen, zu überwinden.

Langsam hob er den Blick zu Lexi, die ebenfalls sehr

allein wirkte, und hatte einen verrückten Einfall. Was, wenn er Lexi mit zum Haus seiner Mutter nahm? Er würde alles tun, um seine Mutter glücklich zu machen. Es quälte ihn, sie zum Schatten ihrer selbst reduziert zu sehen.

„Das mit deiner Mom tut mir leid", sagte Lexi. „Was für eine Krankheit hat sie denn?"

Sein Hals schnürte sich angesichts ihres unerwarteten Interesses zu. Seit er sieben Jahre alt gewesen war, war er der Mann im Haus gewesen. Es waren immer er und seine Mutter gegen den Rest der Welt gewesen. Doch er schien zu versagen. Ihr Zustand wurde immer schlimmer, und er machte sich solche Sorgen um sie, dass er mit der Wahrheit herausplatzte.

„Es ist keine körperliche Krankheit, sondern eher psychisch. Sie ist kurz vor Weihnachten entlassen worden und hat seitdem panische Angst, das Haus zu verlassen. Das sind jetzt schon fast zwei Monate."

„Meine Tante hatte das. Agoraphobie."

Ihm blieb der Mund offen stehen. „Wirklich? Und hat sie es überwunden?"

Lexi nickte. „Irgendwann schon. Meine Mom und ich haben viel Zeit mit ihr verbracht, haben sie unterstützt und ermutigt. Und sie hat mit einem Psychiater gearbeitet. Jetzt geht es ihr viel besser und sie geht regelmäßig aus."

Ein Funke Hoffnung flackerte in ihm auf. Lexi war vielleicht in der Lage, viel mehr zu tun, als seiner Mom den Tag zu verschönern, indem sie seine Freundin spielte, vielleicht konnte sie ihr ja auch mit der Agoraphobie helfen. Vielleicht konnte Lexi ihr von ihrer Tante erzählen und wie viel besser es ihr jetzt ging. Vielleicht konnte sie seine Mutter davon überzeugen, endlich mit einem Profi zu reden.

„Lexi, ich will dir ein Angebot machen."

Sie riss die Augen auf. „Oh, danke, aber–"

„Ich buche dich für ein Event in meiner Bar. Du kannst

am Faschingsdienstag das Mardi Gras Event ausrichten und dafür kommst du ein paarmal mit zu meiner Mom."

Sie starrte ihn an. „Ein Event würde ich gerne machen, aber willst du wirklich, dass ich deine Mom kennenlerne? Wir kennen einander doch kaum."

„Ich denke, deine Erfahrung mit deiner Tante könnte ihr helfen. Aber ich weiß, dass du ihr Vertrauen gewinnen musst, darum … würde ich vorschlagen, dass wir so tun, als wärest du meine feste Freundin. Nur für eine Weile. Vielleicht acht Wochen oder so?" Er presste die Lippen aufeinander. „Ich hoffe wirklich, dass es ihr dann wieder besser geht."

Als Lexi schwieg, fuhr er fort. „Es ist schwer, mich aus der Ferne darum zu kümmern. Ich meine, ich bin in der Stadt, sie ist in Eastman. Ich muss ihr später ihre Lebensmittel vorbeibringen. Wir könnten kurz einkaufen und alles bei ihr abliefern gehen. Ich würde dich als meine Freundin vorstellen, und dann sage ich ihr, dass wir noch Pläne für den Valentinstag haben und gehen müssen."

Sie musterte ihn.

Er wartete ungeduldig. Jetzt, da er einen Hoffnungsschimmer gesehen hatte, wollte er gleich entsprechend handeln. Er wusste, dass der erste Besuch zu früh war, um Lexis Tante zu erwähnen. Sie mussten es langsam angehen lassen, was bedeutete, dass er jetzt mit der Vorstellung zumindest den Ball ins Rollen bringen musste.

„Okay", sagte sie schließlich, die Lippen zu einer schmalen Linie zusammengepresst. „Ich könnte die Arbeit wirklich gebrauchen. Ich habe vor ein paar Tagen meinen Job verloren, und es ist nicht leicht, sich selbständig zu machen." Sie hob einen Finger. „Aber es muss Regeln geben. Sechs Wochen und keine Sperenzchen."

Die Anspannung fiel von ihm ab. Er fühlte sich erleichtert und geradezu beschwingt. Er ging vor Lexi her und hielt ihr die Tür auf. „Kein Problem."

Als sie an ihm vorbeibrauste, nahm er ihren zitronigen Duft wahr. „Und Sex ist vom Tisch."

Er grinste und folgte ihr hinaus. „Als ob du mein Typ wärst."

Sie warf ihm einen finsteren Blick zu, als er lachte und ihr die Haare zerzauste. In Mad hatte er eine „kleine Schwester" und wusste daher nur zu gut, dass Frauen es hassten, wenn man ihnen die Haare zerzauste.

Er schmunzelte und beobachtete Lexi dabei, wie sie ihre Frisur zu retten versuchte. „Ich werde dich behandeln wie meine kleine Schwester ehrenhalber, und du darfst mich dafür anhimmeln."

Sie gab den Versuch, ihre Frisur zu retten, schnell auf, zog die Haarnadeln aus ihren schulterlangen Haaren und schüttelte sie aus. Wie Seide fielen sie in Position. Sein Schmunzeln verschwand, und er ging ihr voraus über den Parkplatz, um ihr die Beifahrertür seines roten Audi aufzuhalten.

Sie stieg ein und blickte zu ihm auf. „Du behandelst deine kleine Schwester aber gut", bemerkte sie mit einem Lächeln.

Er erwiderte es. „Das ist Joe Campbells Einfluss. Er hat mir beigebracht, Frauen so zu behandeln, wie ich will, dass jemand meine kleine Schwester behandelt, mit Herzlichkeit und Respekt."

„Dann sollte ich mich bei Joe bedanken. Was für ein Mann!"

Er nickte, dann schloss er die Tür. Das war eine fantastische Idee – eine gespielte Freundin, damit sich seine Mom besser fühlte, und alles ohne die Arbeit, diese „Freundin" bei Laune zu halten. Ein für beide Seiten guter Deal, der sowohl seine als auch ihre Probleme löste. Was konnte da schon schiefgehen?

2

Marcus wollte das Einkaufen schnell hinter sich bringen. Seine Mom hatte ihm eine Liste geschickt. Lexi warf noch einen Blick auf die Liste, und so effizient, wie sie durch die Gemüseabteilung ging, sparte sie ihm viel Zeit. Seit seiner Exfrau hatte er seiner Mom niemanden mehr vorgestellt, doch verzweifelte Situationen erforderten verzweifelte Maßnahmen. Er war ihr einziges Kind, und sein Dad war gestorben, als Marcus gerade einmal sieben Jahre alt gewesen war, kurz, nachdem er wegen Drogenbesitzes verhaftet worden war. Im Austausch für eine milde Gefängnisstrafe hatte sein Dad den Drogenbaron, für den er gearbeitet hatte, verpfiffen. Er war ermordet worden, während er auf Kaution auf freiem Fuß gewesen war und auf seine Verhandlung gewartet hatte. Marcus' Mutter hatte gesagt, dass alles, was sein Dad gewollt hatte, zu ihnen nach Hause zu kommen gewesen war. In Marcus' jungen Ohren hatte sich das angehört, als würde sein Dad noch am Leben sein, wenn er nicht gewesen wäre. Eine verdammt große Last auf dem Rücken eines Siebenjährigen.

Danach hatte er seine Mutter viele Nächte weinen hören und war zu dem Schluss gekommen, dass er sich um sie kümmern musste. Ihre Beziehung ähnelte viel eher der von Freunden als einer typischen Mutter-Sohn-Beziehung, nachdem sie quasi selbst noch ein Kind gewesen war, als sie ihn mit achtzehn zur Welt gebracht hatte. Über die Jahre schien es seiner Mutter besser zu gehen, bis er ihre erste Panikattacke miterlebt hatte, als er dreizehn war. Er hatte befürchtet, dass sie sterben würde, so wie ihr Herz gerast hatte. Er hatte einen Notarzt gerufen und sie in die Notaufnahme bringen lassen. Später fand er heraus, dass sie schon seit Jahren unter Panikattacken gelitten hatte. Ganz gleich wie viel Mühe er sich gegeben hatte, seine Liebe war nie genug gewesen.

Und jetzt, mit der Agoraphobie ging es ihr noch schlechter. Vielleicht würde seine Liebe nie genug sein für seine Mom. Vielleicht musste er sich wirklich Verstärkung hinzuholen. In diesem Fall Lexi. Er konnte sein Glück nicht fassen, jemanden gefunden zu haben, der die Krankheit seiner Mutter verstand und wusste, was zu tun war. Lexi mochte vielleicht eine kratzbürstige Männerhasserin sein, doch sie war großartig im Umgang mit anderen Frauen. Um das zu erkennen, musste man nur alle ihre Freundinnen ansehen und die Tatsache, dass sie ihrer Tante geholfen hatte, wieder gesund zu werden. Und so betrachtet war sie viel weniger kratzbürstig, seit er ihr von seiner Mom erzählt hatte.

Er traf Lexi an der Kasse wieder und bezahlte für die Einkäufe.

„Sonst noch irgendetwas, das ich über deine Mom wissen sollte?", fragte sie, als sie wieder im Auto saßen.

„Ihr Name ist Lia. Sie hat früher als Sekretärin gearbeitet. Eine ganz liebe. Eine Frau der leisen Töne und ganz sanft."

„Okay, also ein bisschen wie Sabrina." Ihre gemeinsame Freundin Sabrina war Beziehungstherapeutin.

„Was den Umgang mit Gefühlen angeht, ist meine Mom nicht so gut wie Sabrina, aber sonst, ja, so süß wie Sabrina."

Sie fuhren ein paar Minuten schweigend weiter, während derer er mit den Gedanken bei seiner Mutter war. Er machte sich Sorgen um sie. Sie saß tagein tagaus einfach nur auf dem Sofa. Sie füllte Kreuzworträtsel aus, sah fern, las ein bisschen, doch eine Verbindung zur Außenwelt hatte sie nicht. Selbst ihre Freundinnen aus ihrem alten Job hatten sie aufgegeben, dabei hatte sie zwanzig Jahre dort gearbeitet. Jetzt hing alles von ihm ab. Solange er sie nicht unter Druck setzte, schien es ihr gut zu gehen. Doch sobald er auch nur erwähnte, dass sie mit einem Profi sprechen oder mit ihm spazieren gehen sollte, wurde sie nervös, ihre Gesten wurden fahrig, und sie zog sich schnell in Richtung ihres Schlafzimmers – ihres Zufluchtsorts – zurück.

Er bog in die Auffahrt des Ranchhauses ein, das er ihr vor ein paar Jahren gekauft hatte. Es war das erste Haus überhaupt, in dem sie seit einem Leben in verschiedenen Mietswohnungen lebte, und sie liebte es. Sie hatte sogar einen kleinen Gemüsegarten hinter dem Haus. Wenn das Wetter endlich wärmer werden würde, würde sie hoffentlich ein bisschen in den Garten gehen, um Gemüse anzupflanzen.

Er öffnete den Kofferraum, holte die Einkaufstüten heraus und ging zur Haustür. Lexi folgte ihm und blieb ein wenig nervös neben ihm auf der kleinen Betonveranda stehen.

„Ganz cool bleiben", sagte er. „Folg einfach meinem Beispiel." Er klingelte und wartete. Er hatte seiner Mom aus dem Supermarkt geschrieben, um sie wissen zu lassen, dass er auf dem Weg war, darum wusste sie, dass er es war.

Er hörte, wie sie die Türkette öffnete und den Türriegel, dann öffnete sie langsam die Tür. Sie war zierlich, ein bisschen kleiner als Lexi und trug einen grünen Fleecebademantel über ihrem Pyjama. Es war kurz nach neun am Abend, doch das war nicht der Grund, aus dem sie in Pyjama und Bademantel war. Sie machte sich nicht mehr die Mühe, sich anzuziehen, als könnte sie dadurch vermeiden, das Haus verlassen zu müssen. Sie riss die Augen auf, als sie Lexi sah.

„Mom, ich habe Lexi mitgebracht, da wir zusammen den Valentinstag feiern."

„Hallo", sagte Lexi strahlend. „Schön, Sie kennenzulernen."

Seine Mom strich eilig ihre kinnlangen braunen Haare glatt und zog den Bademantel fester um sich. „Hallo", sagte sie leise, bevor sie ihm einen finsteren Blick zuwarf. „Du hast gar nicht gesagt, dass du jemanden mitbringen würdest. Ich bin gar nicht darauf vorbereitet."

Er hob die Einkaufstüten hoch. „Ich habe alles mitgebracht, was du brauchst. Wir bleiben nicht lange. Wir müssen zurück zu unserem Valentinstag."

Seine Mom trat beiseite, um sie einzulassen. „Natürlich. Danke, dass du dir die Zeit genommen hast, meine Einkäufe zu erledigen. Du hast gesagt, dass du im Ort bist, darum …" Sie presste die Lippen aufeinander. „Tut mir leid, dass ich eure besondere Nacht gestört habe."

Er ging in die Küche. „Schon gut. Ich wollte sowieso, dass du Lexi kennenlernst." Er stellte die Tüten auf die Arbeitsfläche. „Lexi, das ist die wunderbare Lia Shepard, Königin der Paellaköche." Seine Mom war zwar hier zur Welt gekommen, doch ihre Familie stammte aus Spanien.

Seine Mom wurde rot. „Marcus!" Sie wandte sich Lexi zu. „Er übertreibt. Er würde alles essen."

„Ich liebe Paella", sagte Lexi, während sie ihren Mantel auszog.

„Das ist ein hübsches Kleid", sagte seine Mom. „Es ist mir so peinlich, dass Sie mich in meinem Bademantel erwischt haben."

„Kein Problem", sagte Lexi. „Sonst bin ich auch nicht so aufgetakelt."

„Möchten Sie etwas trinken?", fragte seine Mom Lexi. „Ich habe Wasser oder Milch." Zumindest musste er sich keine Sorgen machen, dass seine Mutter trinken könnte.

Sie hatte schon immer auf gesunde Ernährung geachtet und nie getrunken, auch wenn sein Dad kein Problem damit gehabt zu haben schien, gelegentlich die Drogen, die er verkaufte, selbst zu probieren.

„Wasser wäre schön", sagte Lexi und setzte sich an den kleinen runden Küchentisch, den Mantel auf ihrem Schoß. Eine weiße Tischdecke, von Hand bestickt mit einem bunten Blumenkranz, lag auf dem Tisch. Seine Mom mochte schöne Dinge und war talentiert, was häuslichen Kram anging. Sie war schon immer ein Stubenhocker gewesen, doch nie so extrem.

Seine Mom eilte zum Küchenschrank und dann zum Waschbecken, um Lexi ein Glas Wasser zu holen.

Er begann, die Einkäufe zu verstauen, ein Ohr gespitzt, um dem Gespräch zwischen seiner Mom und Lexi zu lauschen.

„Wie haben Sie Marcus kennengelernt?", fragte seine Mom.

Lexi antwortete in überaus überzeugendem Ton. „Wir haben viele gemeinsame Freunde, da wissen Sie ja sicher, wie das geht. Wir sind uns ein paarmal begegnet, er war ein charmanter Flirter, und dann hat es irgendwie Klick gemacht."

Er lächelte in sich hinein. Das klang durchaus realistisch. Er war ein charmanter Flirter.

„Seid ihr schon lange zusammen?", fragte seine Mom neugierig.

„Wie lange ist es jetzt, Babe?", fragte Lexi ihn.

Ganz toll, gib den Ball nur ab. „Morgen ist unser Einmonatiges", sagte er ohne aufzublicken. Seine Mutter hätte ihm eine Lüge angesehen. Es war eine harmlose Notlüge für ein höheres Ziel. Er sollte sich deswegen nicht so schuldig fühlen.

„Leben Sie hier oder in der Stadt?", fragte seine Mom Lexi. „Und was machen Sie beruflich? Haben Sie Familie hier?"

Der Fragenschwall war ein gutes Zeichen. Seine Mom

hatte schon lange nicht mehr so großes Interesse an irgendetwas gezeigt. Er hoffte nur, dass es Lexi nichts ausmachte. Er warf ihr einen verstohlenen Blick zu.

„Ich bin Eventplanerin", sagte Lexi mit einem Lächeln. „Ich lebe ganz in der Nähe in Clover Park und pendele zur Arbeit in die Stadt. Meine Eltern leben etwa eine dreiviertel Stunde von hier, mein älterer Bruder und seine Frau etwa eine Stunde entfernt. Wir sind alle noch in Connecticut."

„Das ist schön", sagte seine Mutter mit stiller Begeisterung.

Er entspannte sich. Das lief sogar noch besser, als er gehofft hatte.

Lexi nickte und wurde ernst. „Marcus hat mir erzählt, dass sie vor nicht allzu langer Zeit Ihren Job verloren haben. Ich weiß, wie hart das ist. Ich habe meinen auch erst kürzlich verloren. Haben Sie schon was Neues in Aussicht?"

Marcus erstarrte. Das war zu direkt. Scheiße. Er hätte Lexi sagen sollen, dass sie es mit seiner Mom langsam angehen lassen musste. Selbst er würde darauf keine Antwort bekommen. Er war sich nicht sicher, ob seine Mom die Suche aufgegeben oder ob sie einfach eine Menge Absagen bekommen hatte. Eine Weile hatte er ihr Stellenangebote per E-Mail geschickt, doch sie hatte aufgehört, ihre E-Mails zu checken.

Die Stimme seiner Mutter war hoch und schrill. „Wie es scheint, hat Marcus eine Menge von mir erzählt, dabei weiß ich rein gar nichts von Ihnen."

Er drehte sich um, warf Lexi einen Blick zu, der sagte *bitte mach langsam*, dann erklärte er seiner Mom: „Lexi hat sich Hals über Kopf in mich verliebt, darum wollte sie alles über mein Leben wissen. Und du bist nun einmal ein wichtiger Teil."

Seine Mom verzog das Gesicht, offensichtlich alles andere als glücklich darüber, dass er über sie gesprochen hatte.

Lexi mischte sich erneut ein. „Ich habe ihm jede Menge Fragen gestellt. Meine Tante hatte ganz ähnliche Probleme wie Sie mit der Agoraphobie und–"

„Phobie!" Die Hand seiner Mutter schoss an ihren Hals. „Ich habe keine Phobie."

Marcus zog das Genick ein.

„Meine Freundin Sabrina ist Therapeutin", sagte Lexi, die nicht zu sehen schien, wie sehr das Thema seine Mutter aufwühlte. „Wir sollten sie herbringen, damit Sie sich einmal mit ihr unterhalten. Vielleicht hat sie ja ein paar Tipps, um Ihnen bei Ihren Problemen zu helfen."

„Welche Probleme?", fragte seine Mom und wandte sich ihm mit Panik im Blick zu. „Marcus?"

„Ich meinte nicht, dass du Probleme hast", sagte er. „Ich habe nur erwähnt, dass du nicht mehr so viel aus dem Haus gehst. Vielleicht dachte Lexi, dass es nicht schlecht wäre, eine Therapeutin zu haben, die einen Hausbesuch machen würde."

„Ich brauche keine Therapie", sagte seine Mom und stand abrupt auf. „Mir geht es gut." Ihre Hände zitterten, und sie sah sich nervös im Raum um. „Ich muss nur wieder anfangen zu arbeiten. Das ist alles." Sie wich einen Schritt zurück.

„Mom, es ist okay."

„Tut mir leid, ich habe da was missverstanden", sagte Lexi in beschwichtigendem Ton.

„Sie kennen mich nicht", sagte seine Mom mit vor Unruhe zitternder Stimme. „Wie können Sie es wagen, herzukommen und solche furchtbaren Sachen von mir zu behaupten!" Sie drehte sich um und floh aus dem Zimmer, wahrscheinlich in die Sicherheit ihres Schlafzimmers.

Sie rieb sich die Stirn. „Ich gehe mich entschuldigen. Ich wollte sie nicht aufregen."

Er schüttelte den Kopf. „Ich kümmere mich darum."

„Sag ihr bitte, dass es mir leidtut, ja? Ich wollte nur helfen."

Er nickte kurz und räumte schnell die übrigen

Einkäufe in die Schränke, holte tief Luft und ging zum Zimmer seiner Mutter.

Er klopfte an. Keine Antwort. „Mom, ich bin's. Ich wollte mich verabschieden."

„Komm rein."

Er öffnete die Tür. Sie saß ans Kopfbrett des Bettes gelehnt, und aus dem Fernseher dudelte leise ein Werbeslogan, bevor sie ihn ausschaltete.

„Mach die Tür hinter dir zu", sagte sie.

Er gehorchte und ging zu hier. „Tut mir leid, wenn Lexi zu weit gegangen ist. Sie hat es gut gemeint. Es ist ihr unangenehm, und sie hat mich gebeten, mich in ihrem Namen bei dir zu entschuldigen. Ich dachte mir, dass du sie nicht hier drin haben willst."

„Ich mag sie nicht. Was für ein ungehobeltes, unsensibles Ding. Man marschiert nicht unangekündigt in jemandes Haus und verteilt ungebeten Ratschläge. Sie hat offensichtlich keinen Respekt vor Älteren–"

„Mom, du bist nicht alt."

Die Finger seiner Mutter schlossen sich um ihre Bettdecke. „Ich bin älter als sie, und sie hat mich respektlos behandelt. Ich will sie nicht noch einmal sehen. Ist das klar? Sie ist nicht willkommen in meinem Haus."

Er rieb sich mit der Hand über das Gesicht. Er hätte Lexi besser vorbereiten sollen. Das hätte der erste Schritt sein sollen, seiner Mom zu helfen. Das konnte er jetzt allerdings vergessen. Aber welche Hoffnung hatte er schon, ihr allein zu helfen? Sie würde nicht auf ihn hören. Er hatte keine Ahnung, was er jetzt tun sollte.

Seine Mom ergriff mit eisigen Fingern seine Hand. „Schwör mir, dass du sie nicht wiedersehen wirst."

Sie war in einem so labilen Zustand, dass er sie nicht weiter aufregen wollte. „Ich verspreche es." Er drückte ihre Hand. „Schick mir eine SMS, oder ruf mich an, wenn du irgendwas brauchst."

Sie zog die Bettdecke bis zu ihrem Kinn hoch. „Danke, Marcus."

Als er ging, lastete die Bürde ihrer Krankheit wieder schwer auf seinen Schultern. An der Tür angekommen, murmelte er sarkastisch: „Wir heiraten nächste Woche."

„Nur über meine Leiche", rief seine Mutter. Für eine *alte Frau* hatte sie ein ausgezeichnetes Gehör.

Das war alles andere als gut gegangen.

Er fand Lexi im Wohnzimmer. Sie hatte ihren Mantel bereits wieder angezogen. Er nickte in Richtung Tür. „Lass uns gehen."

Draußen angekommen, fragte Lexi: „Hast du ihr gesagt, dass es mir leidtut?"

Er konnte ihr schlecht sagen, dass sie für alle Zeiten aus dem Haus seiner Mutter und aus seinem Leben verbannt war. „Sie ist einfach sehr sensibel", sagte er darum.

„Ich fühle mich furchtbar."

„Tut mir leid, dass ich dich da mit reingezogen habe." Er durfte nicht aufgeben, doch langsam gingen ihm die Ideen aus. Er hielt ihr die Beifahrertür auf und schloss sie wieder.

Als sie wieder auf der Straße waren, sagte Lexi: „Du solltest wirklich Sabrina herbringen. Sie könnte mit ihr über alles reden. Ich bin mir sicher, dass es ihr nichts ausmachen würde, einen Hausbesuch zu machen. Und irgendwann könnte deine Mom dann einen Psychiater in seiner Praxis sehen."

Er biss die Zähne zusammen. „Hast du es nicht begriffen? Sie konnte die Idee nicht ausstehen. Hast du nicht gemerkt, wie sehr sie allein der Vorschlag aufgeregt hat?"

„Kennt sie Sabrina?"

„Nein."

„Dann hat sie keine Ahnung, wie leicht es ist, mit ihr zu reden. Findest du nicht auch allein schon Sabrinas Gegenwart entspannend? Sie ist immer so ruhig und aufgeräumt, und ihre Stimme erst."

Er schüttelte den Kopf. „Sie ist noch nicht soweit. Und

wenn ich sie zu sehr dränge, wird es nur noch schlimmer."

Sie schwieg.

Er schloss die Finger fester um das Lenkrad. „Mach dir keine Sorgen. Es ist nicht dein Problem."

„Aber ich will helfen. Agoraphobie ist so lähmend. Wie wäre es mit einem Therapiehund? Hailey könnte dir vielleicht helfen, durch den Trainer, der Rose ausgebildet hat, einen zu besorgen."

Er hielt an einer roten Ampel an und wandte sich ihr zu. „Das könnte eine gute Idee sein. Sie würde sich auf den Hund konzentrieren. Vielleicht würde sie sogar anfangen, mit ihm spazieren zu gehen."

„Ja, und sie hat einen eingezäunten Garten, darum wäre der Druck nicht allzu groß. Sie könnte ihn im Garten herumrennen lassen, bis sie so weit ist, mit ihm rauszugehen."

Er lächelte, begeistert von der neuen Idee. Er war so darauf konzentriert gewesen, wie er die Situation verbessern konnte. Lexi hatte Mist gebaut, doch ihr Herz war am rechten Fleck. „Weißt du, ich habe Mom schwören müssen, dass ich mit dir Schluss machen würde, doch so schlecht bist du gar nicht."

Ihr blieb der Mund offen stehen. „O mein Gott, sie hat es dich schwören lassen? Sie muss mich wirklich hassen. Marcus, ich muss zurück und es wiedergutmachen."

„Nein, das musst du nicht. Du hast mir gerade einen praktikablen Lösungsansatz geliefert. Das nächste Mal, wen ich sie sehe, erzähle ich ihr, dass wir Schluss gemacht haben."

„Was für ein Desaster", murmelte Lexi. „Die falsche Freundin-Nummer ist ordentlich in die Hose gegangen."

„Könnte man so sagen."

„Danke."

Er schüttelte den Kopf. Viel schlechter hätte es wirklich nicht laufen können.

Sie zwirbelte eine Haarsträhne. „Wie kommt es, dass

deine Mom allein ist? Ist dein Dad nicht da? Keine Familie? Keine Freunde?"

Er war überrascht, dass es sie immer noch interessierte, nachdem seine Mom ihr eine solche Abfuhr erteilt hatte. „Ihre Freunde haben nach einer Weile aufgegeben. Sie ist nie irgendwo hingegangen und hat auch niemanden zurückgerufen. Und ich bin alle Familie, die sie hat – abgesehen von meinen Großeltern, aber die leben nicht hier. Keine Brüder oder Schwestern, und mein Dad ist gestorben, als ich sieben war." Seine Mom hatte darauf bestanden, ihre Eltern, die ihren längst überfälligen Ruhestand in Florida genossen, nicht mit ihrem Problem zu belästigen.

Es war nicht das erste Mal, dass er sich fragte, ob das Leben seiner Mutter anders verlaufen wäre, wenn sein Dad nicht gestorben wäre. Vielleicht hätte sie dann keine Probleme gehabt. Sie hatte Marcus' Dad geliebt, und Marcus auch. Sein Dad war kein gewalttätiger Mann gewesen, nur ein kleiner Gauner, der immer auf der Suche nach dem schnellen Geld gewesen war. Ein Charmeur, hatte seine Mom immer gesagt. In dieser Hinsicht war der Apfel nicht weit vom Stamm gefallen.

„Tut mir leid", sagte Lexi. „Ich weiß, dass das nicht leicht für dich ist."

Er schluckte den Kloß in seinem Hals herunter, wieder einmal überrascht von Lexi. Sie hatte seine gut gelaunte Fassade im Haus seiner Mutter durchschaut und sein Leid gesehen. Sein ganzes Leben lang hatte er seiner Mom zu helfen versucht, doch es ging ihr immer schlechter, vom Weinen zu Panikattacken und jetzt Agoraphobie. Seine Liebe reichte einfach nicht.

Für seine Frau war seine Liebe auch nicht genug gewesen. Sie hatten sich vor vier Jahren nach einer katastrophalen Beziehung voller Lügen und Betrug scheiden lassen.

Vielleicht würde seine Liebe nie für jemanden genug sein. Vielleicht war er einfach nicht genug.

„Marcus, bist du okay?"

Er blinzelte und verdrängte die dunklen Gedanken. „Es gibt nichts, was sie nicht für mich tun würde, wenn die Situation umgekehrt wäre. Es waren immer wir zwei gegen den Rest der Welt."

„Das ist *wirklich* schwer für ein Kind."

Seine Mom hatte ihr Bestes gegeben. Sein Beschützerinstinkt ließ seine Worte barsch klingen. „Ich bin dreiunddreißig Jahre alt, ein erwachsener Mann, der mit beiden Beinen fest im Leben steht. Das bedeutet, dass ich mich jetzt um sie kümmere."

Sie wurde still.

Jetzt bekam er ein schlechtes Gewissen. Lexi versuchte nur, ihm eine Freundin zu sein. „Zu harsch?", fragte er.

„Nein. Es war perfekt. Ich mag einen erwachsenen Mann, der mit beiden Beinen fest im Leben steht, viel lieber als einen charmanten Flirter."

„Ja?"

„Ja."

„Hm." Diese Erfahrung hatte er bei Frauen noch nicht gemacht. Mit Flirten erreichte er normalerweise alles, was er wollte.

Sie spielte mit ihren Händen und lächelte ihn kurz an, dann wandte sie den Kopf ab und blickte aus dem Fenster.

Plötzlich kam sie ihm gar nicht mehr wie eine bittere Männerhasserin vor. Sie war vielleicht ein bisschen unsensibel, aber sie war auch geradeheraus. Bei ihr gab es kein leeres Gerede. Keine Spielchen. Nur die unverblümte Wahrheit. Verdammt, er fing an, sie zu mögen.

Lexi zog den verschwitzten, unverschämt muskulösen Marcus in seinem weißen ärmellosen Shirt und der schwarzen Jogginghose nicht mehr mit Blicken aus, als es ihre Freundinnen Sabrina und Ally taten, also musste es nur normales weibliches Verhalten sein.

Sie waren am Sonntag in Sabrinas Apartment und halfen ihr, in das Haus ihres Verlobten Logan umzuziehen. Die Frauen verpackten Sabrinas Geschirr und anderen Küchenkram, während die Männer – Marcus, Logan und Ethan – sich um ihre Möbel kümmerten. Logan hatte einen muskulös-athletischen Körperbau, und als Cop war Ethan, Allys Verlobter, ebenfalls top in Form. Doch Marcus' Muskeln waren so eindrucksvoll, dass sie jede Wette eingegangen wäre, dass er das Sofa, das sie gerade aus dem Wohnzimmer schaffte, alleine hätte tragen können.

„Dreh es auf die Seite", sagte Marcus zu Logan.

Logan war mit seinem Ende des Sofas an der offenen Wohnungstür angekommen. Er drehte es, und das Sofa passte hindurch. Ethan folgte ihnen mit dem Sofatisch.

Sabrina ging ins Wohnzimmer und bückte sich, um etwas vom Teppich aufzuheben, wo gerade noch das Sofa gestanden hatte. Ihre dunkelblonden Haare hatte sie zu einem Pferdeschwanz gebunden. Sie blickte zu ihnen auf, ihre braunen Augen glitzernd, ihre rundlichen Wangen strahlend – wahrscheinlich von einem Morgenfick mit Logan. Sie neigte dazu, ziemlich offen darüber zu reden, dass Logan nicht die Hände von ihr lassen konnte und umgekehrt. „Mädels! Schaut, was ich gerade gefunden habe! Erinnert ihr euch?"

Lexi kniff die Augen zusammen, als sie etwas Kleines, Braunes sah. *Ähm....*

Sabrina ging zu Lexi und Alli in die Küche. „Das ist von der Super Bowl Party letztes Jahr." Es war ein kleiner Plastikfootball an einem Cocktailspieß. Sabrina hatte ein paar davon in einen Schokoladenkuchen gesteckt, den sie als Footballfeld dekoriert hatte. Sie hatte sich geweigert, die Schokoladenglasur grün zu färben, darum hatte sie nur ein bisschen grüne Sahne am Rand benutzt. Sabrina war eine wahre Küchengöttin. Lexi war verwöhnt gewesen dadurch, dass sie nur ein paar Türen weiter hatte gehen müssen, um köstliches, frisch gekochtes Abendessen und Desserts abzustauben. Sie würde sie wirklich vermissen.

Lexi bekam einen Kloß im Hals. Dass Sabrina wegzog, war wirklich bescheiden.

„Das war ein lustiger Abend", sagte Lexi mit brüchiger Stimme. Sie räusperte sich. „Ich kann nicht fassen, dass ihr mich jetzt ganz allein hier lasst."

Es war so schön hier gewesen, solange Ally, Sabrina und Missy auf demselben Flur gewohnt hatten. Beinahe wie im Wohnheim an der Uni, wo sie einander jederzeit besuchen konnten. Ally lebte jetzt mit Ethan zusammen, Missy bei ihrem Verlobten Ben – mit dem sie gerade auf Aruba im Liebesurlaub war – und jetzt zog auch noch Sabrina zu Logan.

Sabrina nahm sie in den Arm. „Oh Lexi, wir kommen dich immer noch besuchen."

„Ich vermisse euch auch", sagte Ally und strich sich

den blonden Pony aus den Augen. „Es ist nicht dasselbe, jetzt, wo wir nicht mehr auf demselben Flur wohnen." Sie drückte Lexis Arm. „Ich kann mir vorstellen, dass es blöd ist, die letzte hier zu sein."

Ethan drehte sich um und zwinkerte Ally zu. Er hatte kurze, schmutzig-blonde Haare und blaue Augen wie Ally, doch ihre Persönlichkeiten hätten unterschiedlicher nicht sein können. Ethan war ein tougher Cop, der selten lächelte, und Ally war ein quirliges, begeisterungsfähiges Energiebündel. Ally strahlte ihn an, als wäre er ein Sexgott in Schokolade verpackt.

Lexi seufzte. Verdammte Pärchen und ihre gefühlsduselige Glückseligkeit. Nicht, dass sie ihren Freundinnen ihr Glück nicht gönnte. Es war nur, dass es nicht mehr so wie früher zwischen ihnen war. Jetzt hieß es immer: „Lass mich mit Ethan darüber reden", oder „Vielleicht kann Logan ja auch kommen."

Lexi wandte sich wieder dem Verpacken von Sabrinas Kaffeetassen zu.

Sabrina lehnte sich neben Lexi an den Küchentresen. „Was läuft da zwischen dir und Marcus? Er beobachtet dich immer wieder, und du glotzt ihn auch andauernd an."

Lexi holte scharf Luft. Er beobachtete sie auch? Das hatte sie gar nicht bemerkt. Ein warmes, prickelndes Gefühl breitete sich auf ihrer Haut aus.

Ally schloss den Küchenschrank und drehte sich zu Lexi um. „Ja, wie lange geht das jetzt schon? Ich habe euch beim Valentinstagstanz flirten sehen."

Ethan verließ eilig mit einem Beistelltisch das Apartment, wahrscheinlich, weil ihm der Weiberklatsch unbehaglich war.

„Wir haben nicht geflirtet", sagte Lexi. „Er hat mir geholfen, einen betrunkenen Typen loszuwerden." Sie erwähnte nicht, dass der Betrunkene Sabrinas Onkel gewesen war, da sie nicht wollte, dass es Sabrina peinlich war.

„Ich habe dich mit ihm den Tanz verlassen sehen", sagte Ally. „Raus mit der Sprache."

Ihren Freundinnen entging nichts. Sie konnte nicht über ihren Deal mit Marcus reden, denn der hatte sich sowieso erledigt, und sie glaubte nicht, dass Marcus wollte, dass sie das mit seiner Mutter an die große Glocke hängte. Sie hatte solch ein schlechtes Gewissen gehabt wegen seiner Mutter, dass sie Marcus gesagt hatte, dass er das Event, das er ihr im Austausch dafür versprochen hatte, vergessen sollte. Er hatte ihr immer noch helfen wollen, doch ihr war es einfach nicht richtig vorgekommen.

Lexi zuckte mit den Schultern. „Wir sind nur zufällig zur gleichen Zeit gegangen. Jetzt wisst ihr alles." Sie hatte seit diesem Abend nicht mit Marcus gesprochen, was an sich jedoch nichts Ungewöhnliches war. Sie kannten einander nicht *so* gut. Sie hatte nicht einmal seine Nummer. Er hatte allerdings ihre, da sie ihm ihre Visitenkarte gegeben hatte. Nicht, dass sie irgendetwas erwartete. Es war nur, dass er so süß mit seiner Mom umging. Da hatte sie das Gefühl gehabt, einen Blick auf einen anderen Marcus erhascht zu haben.

Sabrina nickte. „Gut so. Soweit ich weiß, kann er sich einfach nicht für eine Frau entscheiden. Logan sagt, dass Marcus einmal drei Frauen gleichzeitig gedatet hat. Definitiv nicht jemand, von dem man eine monogame Beziehung erwarten kann. Bei dem Typen gehen bei mir alle Warnlampen an. Nicht, dass er nicht nett wäre. Logan steht ihm ziemlich nahe, darum muss er schon ein guter Kerl sein, aber Beziehungsmaterial ist er nicht."

Da haben wir's. Die Beziehungstherapeutin hat ihre Diagnose gestellt, und gut sieht anders aus.

„Jupp", sagte Lexi. Sabrina hatte nicht unrecht. Marcus *war* gut als Kumpel, doch mehr als das war nicht drin. Sie hatte seine gute Seite durchscheinen sehen – wie er sich um seine Mom kümmerte und die Tatsache, dass er seinen Part des Deals immer noch einhalten wollte, obwohl sie als seine vorgetäuschte Freundin ordentlich versagt hatte. Auch sie hatte Gerüchte von dieser Sache mit den drei Frauen gleichzeitig gehört, und auch, dass er nicht an Monogamie glaubte und zahllose gebrochene Herzen hinterließ, von denen jede einzelne geglaubt haben musste, dass sie etwas Besonderes war, dabei war sie nur eine unter vielen. Offensichtlich log er sie an, betrog sie und ließ sie glauben, dass da etwas zwischen ihnen war. Leider kannte sie diesen Typ Mann nur zu gut – ihr Ex, Noah, und seine allwöchentlichen Affären, die Seitensprünge ihres Vaters und ihre leidende Mutter, die ihm immer wieder vergeben hatte, auch wenn sie jedes Mal Tränen vergossen hatte. Lexi hatte als junges Mädchen versucht, ihre Mutter zu trösten, und als sie älter war, ihre Mutter angefleht, zumindest Grenzen zu ziehen. Und Lexis älterer Bruder war genau wie ihr Vater. Er betrog bereits seine schwangere Frau, ein süßes Ding, das Lexi mochte und das ihr leidtat.

Die Gründe, nichts mit Marcus anzufangen, stapelten sich nur so – er war ein lügender Fremdgeher, seine Mom hasste sie und ihre Freundinnen waren auch dagegen. Ein *Danke, aber nein danke*-Hattrick. Warum war sie dann enttäuscht? Vielleicht stimmten die Gerüchte über ihn ja gar nicht. Es fiel ihr schwer, das Gerede mit dem zuvorkommenden Mann, den sie in ihm gesehen hatte, unter einen Hut zu bringen.

Ally sah Sabrina mit hochgezogenen Brauen an. Ihre blauen Augen tanzten. „Vielleicht will Lexi nur ein bisschen Spaß in einem großen Paket." Sie wandte sich Lexi zu. „Du willst ihn ficken, oder?"

Lexi prustete angesichts der unverblümten Frage.

„Ally!", entfuhr es Sabrina.

„Sorry", sagte Ally, auch wenn sie gar nicht klang, als täte es ihr leid. „Aber er strotzt nun mal vor Sex. Vielleicht hätte ich es anders ausdrücken sollen: Würde dir ein bisschen frühes Vorspiel mit ihm gefallen?"

Lexi bog sich vor Lachen.

Logan und Marcus kehrten zurück. „Was ist so lustig?", fragte Logan lächelnd. Er war wirklich niedlich, wenn er lächelte, und seine braunen Augen funkelten amüsiert.

„Nichts", sagte Sabrina zugeknöpft. „Ally hat nur was Unanständiges gesagt."

Ethan kam in die Küche. „Ally steht auf unanständig."

Ally lachte. „Das tue ich. Ist das nicht furchtbar?"

Ethan schmunzelte und begann zu strahlen, als wäre Ally die Sonne, die er anbetete. „Nein, das ist fantastisch."

„Was jetzt?", fragte Marcus. Die Hände in die Hüften gestemmt, gab er allen einen appetitlichen Einblick auf seine definierten Brustmuskeln unter seinem Shirt. Alles an ihm – angefangen bei den breiten Schultern, über seine massiven Bizepse zu seiner Brust – glitzerte vor Schweiß. Testosteron pur. „Der Esszimmertisch?"

Die drei Frauen starrten ihn an. Es war unmöglich, einen verschwitzten, sexy Mann wie ihn zu übersehen.

„Ja, lass uns zuerst die Stühle nehmen", sagte Logan, und kurz darauf verschwanden die Männer mit den Stühlen wieder.

„Woo!", rief Ally und wedelte sich frische Luft zu. „Ich verstehe, warum du ihn mit Blicken ausziehst, Lex! Er sieht aus wie ein Model – oh, oder besser noch – wie einer dieser sexy Strippertypen."

„Nur, weil ein Mann Muskeln hat, macht ihn das noch lange nicht zu einem Stripper", bemerkte Sabrina.

Als Lexi plötzlich einen strippenden Marcus vor sich sah, verdrängte sie den Gedanken vehement. Sie ging auf die Knie, um die Kiste, die sie gepackt hatte, zuzukleben und ihre peinliche Reaktion zu verbergen.

Ally holte ein paar Plastikbehälter aus dem Schrank. „Er *sieht aus* wie ein Stripper. Ich weiß, dass er eine Bar hat. Komm schon, Lexi! Wir sind unter uns. Du kannst mir doch nicht erzählen, dass du all diese Männlichkeit ignorierst!"

„Was soll ich dazu sagen?", fragte sie und hielt die

Kiste mit einer Hand geschlossen, während sie mit der anderen nach dem Klebeband griff. „Marcus ist Sex auf zwei Beinen. Er ist ein Prachthengst, ein Adonis, ein visueller Orgasmus. Und er ist ein Mann, der mit beiden Beinen im Leben steht. Was wäre bitte besser als das?"

„Danke", antwortete Marcus.

Lexi blickte geschockt auf und wäre beinahe umgekippt. Sie warf ihren Freundinnen finstere Blicke zu, dass sie sie nicht gewarnt hatten, dass er wieder zurück war. Sabrina schnitt eine betretene Grimasse. Ally zuckte mit den Schultern und flüsterte: „Er ist gerade erst reingekommen."

Mit feuerroten Wangen stand sie auf und drehte sich zu ihm um. Dabei wurde sie nicht so schnell rot.

Er starrte sie einen quälend unbehaglichen Moment lang an.

„Weibertratsch", sagte sie und hoffte, dass er nur den Teil mit den beiden Beinen im Leben mitbekommen hatte.

Er nickte. „Dachte ich mir."

Logan und Ethan kehrten zurück, und Marcus ging lächelnd zu ihnen, um ihnen zu helfen, den Esszimmertisch zu tragen.

Lexi stand wie angewurzelt da und wartete darauf, dass die Männer wieder gingen. Sobald sie die Wohnung verlassen hatten, wirbelte sie zu ihren Freundinnen herum. „Wieviel hat er gehört?"

„Ich glaube, er ist beim Orgasmus reingekommen", sagte Ally sachlich. „Aber er könnte vom Flur aus auch mehr gehört haben. Die Tür war ja weit offen, und du warst nicht gerade leise."

Sabrina nickte. „Visueller Orgasmus. Ich bin zur Salzsäule erstarrt, als ich ihn reinkommen gesehen habe."

Lexi schlug sich die Hände vors Gesicht. „Ich glaube nicht, dass ich mich je in meinem Leben so blamiert habe."

Ally rieb ihr tröstend den Rücken. „Sei froh, dass das das Peinlichste war, was dir passiert ist. Ich habe viel Peinlicheres angestellt."

Lexi ließ ihre Hände sinken und runzelte die Stirn. „Das bezweifle ich."

Ally lächelte. „Rate mal, wo Ethan und ich uns das erste Mal so richtig unterhalten haben."

„Bei deinem Jahrgangstreffen von der Uni, oder?", fragte Lexi.

„Das schon", antwortete Ally. „Aber es war in der Herrentoilette des Hotels, in dem das Treffen stattgefunden hat. Ich habe mir in einer Toilettenkabine die Augen wegen meines Ex' ausgeheult, als er reinkam. Ich stand da und habe gehofft, dass er mich nicht bemerkt, doch er kam direkt zur Kabine, hat sich als Cop vorgestellt und gefragt, ob ich Hilfe brauche."

Das klang tatsächlich unangenehm. Superpeinlich. Sie konnte sich gut vorstellen, dass der toughe Ethan sofort in den Rettermodus geschaltet hatte, als er Ally in der Herrentoilette schluchzen gehört hatte. Dabei waren Tränen Privatsache.

„Warum–", begann Lexi.

„Vor der Damentoilette war eine Schlange", sagte Ally.

Lexi fühlte sich tatsächlich ein bisschen besser, als sie das hörte. Geteilte Peinlichkeit ist halbe Peinlichkeit. Und für Ally und Ethan hatte alles gut geendet, darum hatte sie kein schlechtes Gewissen, sich über die Geschichte zu amüsieren.

Sabrina schnitt eine Grimasse. „Lex, ich muss dich vorwarnen … ich habe heute Morgen mit Marcus vereinbart, dass er für ein paar Monate in meiner Wohnung wohnen kann, solange mein Mietvertrag noch läuft. Nur immer von Sonntag bis Mittwoch, damit er sich um seine Mom hier kümmern kann. Mein Mietvertrag läuft noch bis Juni. Er wollte einen Teil der Miete übernehmen, doch Logan hat schon alles im Voraus bezahlt."

Lexi erstarrte bei den Worten *für ein paar Monate in meiner Wohnung wohnen*. Sie starrte Sabrina geschockt an. „Hier? Du meinst er zieht hierher? In deine alte Wohnung, ein paar Türen weiter?"

„Oh Junge, wir sollten ihr ein Wasser holen", sagte Ally und sah sich nach einem Glas um.

„Hier, setz dich", sagte Sabrina und tippte einladend mit der Hand auf den Küchenstuhl.

Lexi war zu geschockt, um sich zu bewegen. Ally und Sabrina schoben sie zu dem Stuhl, auf den sie sich fallen ließ. Ihre Freundinnen redeten in beruhigendem Ton auf sie ein, doch sie konnte sich nicht auf sie konzentrieren, da sich in ihrem Kopf alles um die alarmierende Tatsache drehte, dass Marcus auf demselben Flur wohnen würde.

Ihr neuer *Er ist ein Prachthengst, ein Adonis, ein visueller Orgasmus. Und er ist ein Mann, der mit beiden Beinen im Leben steht*-Nachbar. Der Mann, mit dem sie nichts anfangen sollte, und zu dem sie sich doch hingezogen fühlte. Marcus zu widerstehen, wenn sie hier lebte und Marcus in der Stadt war kein Problem, aber auf demselben Flur zu wohnen?

Die Männer kehrten zurück.

Sie spürte Marcus' besorgten Blick auf sich. „Warum ziehst du hier ein?", fragte sie mit lauter und peinlich hoher Stimme.

„Damit ich mich um meine Mom kümmern kann", antwortete er. „Gibt es ein Problem?"

Seine Mom, er stellte sein Leben auf den Kopf, um sich um sie zu kümmern. Noch mehr Punkte für den *guten* Marcus. Sie hatte ein ernstzunehmendes Problem.

Leise und ruhig antwortete sie. „Nein, kein Problem."

„Gut."

Sie konnte nicht aufhören zu reden, auch wenn alle sie neugierig beobachteten. „Nur, dass wir quasi Nachbarn sind." *Halt die Klappe!*

Er zog eine Braue hoch und wischte sich mit dem Saum seines Shirts den Schweiß vom Gesicht. Ihr Blick fiel auf seinen Waschbrettbauch, die muskulösen Furchen an seinen Flanken und die dunklen Haare, die den Blick zu einer ansehnlich gefüllten Hose lenkten. Ihr Magen sank ihr in die Kniekehlen, und ein Pochen zwischen ihren

Beinen machte sie nervös. Fuck, Fuck, Fuck. Warum konnte sie nicht immun gegen diesen Mann sein?

„Ethan hat diese Furchen neben seinem Waschbrettbauch auch", bemerkte Ally.

„Logan hat nur einen Waschbrettbauch", bemerkte Sabrina.

Marcus ließ sein Shirt sinken und wandte sich den anderen Männern zu. „Habt ihr euch je schonmal wie bei einer Fleischbeschau gefühlt?"

„Und ob", sagte Ethan. „Komm her, Baby." Und Ally flog geradezu zu ihm.

Logan machte eine lockende Geste, und Sabrina schwebte lächelnd zu ihm hinüber.

„Als nächstes nehmen wir uns die Schlafzimmermöbel vor", sagte Logan mit dem Arm um Sabrina. „Dann die Umzugskisten, und dann war's das. Als Dankeschön für eure Hilfe habe ich eine Kühlbox mit Bier, und wir bestellen eine Runde Pizza. Wie hört sich das an?"

„Ja, lass uns fertig werden", sagte Ethan und drückte Ally noch einmal an sich, dann gingen die Männer ins Schlafzimmer.

Ally ging in die Küche. „Kommt, Ladys, lasst uns die Kisten fertig packen. Ethan hat eine Sackkarre mitgebracht, da müssen wir nichts schleppen."

Sabrina kehrte ebenfalls in die Küche zurück und sah Lexi mitfühlend an. „Bist du okay?"

Lexi warf die Hände in die Höhe. „Ja, ja. Männer, richtig? Man kann nicht mit ihnen leben, aber ohne sie ficken geht auch nicht."

Ally kicherte und Sabrina versetzte ihr kichernd einen Ellbogenstoß.

„Zurück an die Arbeit", sagte Lexi, entschlossen, die Versuchung, die Marcus Shepard darstellte, zu ignorieren.

Selbst wenn diese Versuchung nur ein paar Türen weiter wohnte.

$$4$$

Lexi hatte all ihre Freundinnen am Dienstag zur Ladys Night mit Cocktails zum halben Preis im Garner's zusammengetrommelt. Es war eine Weile her, seit sie einen Mädelsabend zelebriert hatten, und sie freute sich, Zeit mit ihnen zu verbringen — ohne die jeweiligen Partner.

Sie parkte ihren Wagen und eilte in die Bar, wo sie eine einladende Wärme willkommen hieß. Sie sah ihre Freundinnen sofort am einen Ende der langen, dunklen Kirschholztheke.

Ihr Herz schlug schneller. Marcus war auch da. Er hatte ihr zwar den Rücken zugekehrt, doch über seinem unverkennbaren Rücken spannte ein hellblaues Hemd. Er unterhielt sich mit Josh Campbell, dem Barkeeper und Manager des Garner's. Jetzt, wo Marcus immer von Sonntag bis Mittwoch hier war, schien er mehr Zeit mit seinen Freunden hier zu verbringen. Seit er vor zwei Tagen eingezogen war, war sie ihm nicht in ihrem Haus begegnet. Sie musste zugeben, dass sie das ein wenig enttäuscht hatte, denn sie hatte ihn trotz der Gerüchte und der Warnungen ihrer Freundinnen liebgewonnen.

Sie zog einen Barhocker neben Hailey und begrüßte ihre Freundinnen. „Hey Ladys, alles klar?"

Mad strahlte sie an. Sie war die jüngste der Campbell-Geschwister und ein echter Tomboy. Sie ließ sich gerade die Haare wachsen, darum reichten sie ein wenig zottelig bis zu den Schultern, von den Haarwurzeln bis etwa zu den Ohren waren sie dunkelbraun, der Rest feuerrot. Für ihre im Juni anstehende Hochzeit hatte sie sich entschlossen, zu ihrer natürlichen Haarfarbe zurückzukehren. „Haileys Mom und mein Dad ziehen zusammen. Nächstes Wochenende ist es so weit."

„Wow", sagte Lexi und warf Hailey einen Blick zu, um zu sehen, wie sie die Neuigkeit aufgenommen hatte.

Hailey war ungewöhnlich still, und ihre langen, rotblonden Haare verdeckten ihr Gesicht, während sie sich darauf konzentrierte, Rose, die auf ihrem Schoß saß, zu streicheln. Da bemerkte Lexi, dass Haileys pinkfarbener Nagellack abgeplatzt und drei ihrer Fingernägel kurz waren. Kaute sie etwa auf ihren Fingernägeln? Du heiliges … Das war ernst. Hailey verließ sonst nie das Haus, ohne von Kopf bis Fuß perfekt zurechtgemacht zu sein. Sie traute ihr zu, dass sie vor dem Schlafengehen noch einmal frischen Lippenstift auftrug.

Mad war bester Stimmung. „Sie gehen zwar erst fünf Wochen miteinander, doch es scheint ziemlich ernst zu sein."

Das war schnell. Doch wenn man so spät im Leben jemanden fand, vielleicht wurde es da schneller ernst. Die beiden hatten schließlich erwachsene Kinder.

„Es ist zu früh", sagte Hailey missmutig. „Das habe ich ihr auch gesagt."

„Sie scheinen schwer verliebt zu sein. Zusammenzuziehen ist der logische nächste Schritt auf der Intimitätsskala", fügte Sabrina ihre professionelle Meinung als Beziehungstherapeutin hinzu.

Mad klatschte mit der Hand auf den Tresen. „Und bald wird geheiratet!"

Die Frauen begannen, über eine mögliche Heirat der beiden zu spekulieren, und wie süß es doch war, Leute in ihrem Alter so dermaßen verliebt zu sehen. Hailey jedoch wirkte abwesend.

Lexi hatte Mitleid mit Hailey. „Bist du okay, was deine Mom und Joe angeht?", flüsterte sie.

„Natürlich", sagte Hailey und warf ihre Haare über ihre Schulter. „Aber ich könnte einen Drink gebrauchen. Josh ist heute furchtbar langsam." Sie setzte Rose zurück in ihre zartrosa Hundetragetasche, dann winkte sie Josh zu, wahrscheinlich, weil Josh den Hund nicht frei an der Bar haben wollte.

War Hailey unglücklich, weil sie durch eine mögliche Heirat von Joe und ihrer Mom auf ewig mit ihrem Erzfeind Josh verbunden sein würde?

Josh kam zu ihnen herüber. Er hatte sich die Haare schneiden lassen. Es war jetzt kürzer an den Seiten und ein wenig länger am Oberkopf, wirkte jedoch immer noch sexy zerzaust. Er trug ein rotes Flanellhemd und ausgewaschene Jeans. Seine Stoppeln grenzten schon eher an einen Vollbart, was gut an ihm aussah.

„Hey Ladys, was kann ich euch bringen?", fragte er.

„Ich nehme einen Pinot Grigio", sagte Lexi. „Danke."

„Wodka mit Cranberrysaft", sagte Hailey. „Wenig Saft bitte."

Josh warf ihr einen mitfühlenden Blick zu. „Schlechter Tag?"

Hailey setzte ihr Schönheitsköniginnen-Lächeln auf, das immer zum Vorschein kam, wenn sie gestresst war. „Alles okay." Rose steckte ihren Kopf aus der Hundetragetasche. Sie hatte Josh mit ein wenig Verspätung bemerkt und schien es mit lautem Keifen wettmachen zu wollen. Die violette Schleifchen-Haarspange auf ihrem Kopf wippte dabei.

Josh fletschte die Zähne in Richtung des Hundes, nahm die Bestellungen der anderen auf und wandte sich ab, um die Getränke zu holen.

Hailey redete leise auf Rose ein, holte sie aus der

Tasche und drückte sie an sich. Rose reckte indes den Hals und knurrte Josh leise hinterher.

Ein paar Minuten später kehrte Josh mit den Drinks zurück und erwiderte Rose' Knurren. „Hailey, wenn du deinen Hund nicht zur Ruhe bekommst, bring sie bitte raus."

Hailey starrte Josh an. „Du hast mich bei meinem Namen genannt. Nicht Prinzessin." Rose verstummte, die Ohren gespitzt, als auch sie Josh anstarrte. Prinzessin war Joshs sarkastischer Spitzname für Hailey, wahrscheinlich wegen ihrer Teilnahmen an Schönheitswettbewerben, bei denen sie zahllose Tiaren eingeheimst hatte. Hailey bezeichnete ihn im Gegenzug als Flegel, Halunke oder Schuft. Insgesamt überaus unterhaltsam.

Josh schmunzelte. „Es ist schwer, jemanden Prinzessin zu nennen, der Zungenküsse mit seinem Hund austauscht."

Hailey keuchte. „Ich tausche *keine* Zungenküsse mit meinem Hund aus!" Rose bellte empört. Es war schwer zu sagen, wer von den beiden bissiger war. Doch alle wussten nur zu gut, dass Hailey sich von Rose schlabbrige Hundeküsse auf den Mund geben ließ. Nicht, dass Lexi sie dafür verurteilte. Es war nichts falsch daran, sein Haustier zu lieben.

Josh deutete auf Rose. „Klappe, oder du fliegst raus."

Hailey blickte finster drein und protestierte über Rose' Bellen hinweg: „Es ist Ladys Night! Wir haben ein Recht, hier zu sein."

Josh verdrehte die Augen. „Sie ist ein Köter, keine Lady."

„Ein weiblicher Hund", erwiderte Hailey.

„Und eine echte Zicke", feixte Lexi. „Gib Pfötchen, Rose." Sie hob Rose' Pfote und gab ihr ein High Five, was sie einen Moment lang ablenkte und beruhigte.

„Außerdem ist sie ein Therapiehund", erklärte Hailey. Sie wühlte in ihrer Handtasche herum und zog ein winziges blaues Hunde-T-Shirt hervor. „Hier ist ihr offizi-elles Therapiehunde-T-Shirt."

„Sollte sie das nicht tragen?", fragte Josh.

Hailey starrte das Shirt angewidert an und warf es zurück in ihre Handtasche. „Das ist kein guter Look für sie."

Lexi unterdrückte ein Lachen und ertappte Marcus dabei, wie er zu ihnen herüberblickte und lächelte. Er stand auf und kam in ihre Richtung. Sie schluckte. Sie hoffte wirklich, dass er vergessen hatte, dass sie ihn als visuellen Orgasmus bezeichnet hatte. *La-la-la. Freundliche Nachbarn. Keine erotischen Untertöne.*

„Halt sie nur von den Tischen fern", sagte Josh zu Hailey. Dann stützte er sich mit beiden Händen auf die Bar und lehnte sich zu Hailey vor, was Rose wieder kläffen ließ. „Und von der Bar auch!"

Marcus blieb neben Hailey stehen. „Darf ich sie mal sehen?", fragte er mit ausgestreckten Händen.

Hailey reichte sie ihm, und Rose verstummte. Marcus hob Rose hoch und schnurrte: „Bist du aber eine Hübsche", dann schmiegte er sie an seine Brust und strei-chelte sie hinterm Ohr. Rose' winziger Schwanz wedelte, als wollte sie abheben.

Marcus wandte sich Josh zu. „Versuch mal, deinen eingerosteten Charme bei den Damen spielen zu lassen. Funktioniert bei allen Spezies."

Lexi lächelte und beobachtete, wie Marcus Rose mit dem Bauch nach oben auf den einen Arm legte, während er ihr mit der anderen den Bauch streichelte. Von einem Hünen wie Marcus, der vor Testosteron nur so strotzte, hätte sie das nicht erwartet.

Marcus grinste Josh an. „Siehst du, was ein bisschen Charme ausmacht?" Er hob Rose an sein Ohr. „Was meinst du?", fragte er, als hätte sie etwas gesagt, anstatt ihm das Ohr zu lecken. „Ah ja. Das ist ernst." Er wandte sich Hailey zu. „Rose sagt, dass sie die Schleifchen, die du ihr ins Fell klemmst, würdelos findet. Die anderen Hunde machen sich über sie lustig."

Lexi lachte.

Hailey rückte Rose' Schleifchen zurecht, das ihr aus dem Fell gerutscht war. „Sie mag es, wenn ich sie hübsch zurecht mache. Wir verbringen Stunden mit der Fellpflege. Das ist ihre Lieblingsbeschäftigung."

Marcus schüttelte traurig den Kopf. „Sie sagt, es ist deine Lieblingsbeschäftigung."

„Oh du!", sagte Hailey. „Gib sie her." Marcus gab ihr Rose zurück, und Hailey hakte die Leine an ihr Halsband. „Bitte entschuldigt uns, wir brauchen eine kurze Pause draußen." Hailey würde nie „Gassigehen" sagen. Dazu hatte sie viel zu viel Klasse.

Sofort bot Mad an, mit Rose spazieren zu gehen, und Hailey reichte sie ihr ohne ein Wort. Mad war diejenige gewesen, die sich um Rose gekümmert hatte, bevor sie sie Hailey geschenkt hatten. Rose war Teil einer Intervention gewesen, um Hailey zu beruhigen, als sie wochenlang auf Hochtouren gelaufen war, nachdem sie ein langjähriges Freunde-mit-gewissen-Vorzügen-Arrangement beendet hatte — ausgerechnet zur selben Zeit, zu der Josh ihnen seine neue Freundin vorgestellt hatte. Alle in ihrem Freundeskreis waren überzeugt davon, dass Josh und Hailey zusammengehörten und auch selbst darauf kommen würden, wenn sie nur einmal lange genug mit dem Streiten aufhören könnten. Josh war jetzt wieder Single, darum bestand grundsätzlich die Möglichkeit, wenn die Chancen dazu auch gering waren.

Hailey nippte an ihrem Wodka-Cranberry, dann trank sie das halbe Glas in einem Zug aus.

Josh starrte Hailey mit gerunzelter Stirn an. „Ich kann immer noch nicht fassen, wie ähnlich du deiner Mom siehst. Man könnte fast meinen, ihr wärt Zwillinge." Josh war ein eineiiger Zwilling, er musste es also wissen.

Hailey presste die Lippen aufeinander. „Ja, also ..."

Josh fuhr fort. „Ich meine, die Haare, das Gesicht, selbst die Designerkleider."

Hailey schnitt eine Grimasse. „Das ist so peinlich."

„Warum?", fragte Josh. „Du hast gute Gene von ihr geerbt."

Lexi wandte sich Hailey zu, da sie dachte, das Kompliment müsste ihr ein Lächeln entlocken, doch da war nichts.

Hailey trank einen weiteren Schluck von ihrem Drink. „Weil sie immer noch versucht auszusehen, als wäre sie Mitte zwanzig, wo sie doch weit davon entfernt ist. Sie färbt ihre Haare, damit sie aussehen wie meine. Ihre Haare sind weißblond, nicht rotblond."

Josh neigte den Kopf. „Kauft ihr im selben Laden ein?"

Hailey schnaubte. „Du hast wirklich keine Ahnung von Damenmode."

„Also, ich weiß zumindest, dass ihr beide immer ausseht, als wärt ihr aus einem schicken Magazin gestiegen", sagte Josh, denn so war es auch.

Haileys Augen blitzten, und sie wurde rot. „Aber es ist vollkommen anders!"

Josh stützte sich auf den Tresen. „Inwiefern?"

Hailey hob einen Finger. „Zum einen tut sie es, weil sie in einer Edelboutique arbeitet und deren Klamotten tragen *muss*. Davon abgesehen bekommt sie einen gigantischen Mitarbeiterrabatt." Sie trank ihren Drink aus und bedeutete Josh mit einer Geste, dass sie einen weiteren wollte.

Er regte sich nicht. „Ah-ha."

Hailey nahm das Glas in die Hand und winkte damit.

Josh ignorierte sie.

Hailey setzte das Glas an und leerte demonstrativ auch noch den letzten Tropfen, bevor sie es lautstark absetzte. „Und ihre Klamotten sind von dieser Saison."

„Du meinst Winter?", fragte Josh.

Hailey wandte sich Lexi zu. „Bestell einen Wodka

Cranberry." Sie deutete mit dem Daumen auf Josh. „Der Barkeeper will mir keinen machen."

„Alles klar", sagte Lexi. „Josh, ich hätte gerne einen Wodka Cranberry, bitte."

Josh ignorierte Lexi. „Dann trägt deine Mom Winterklamotten?"

Hailey stieß einen empörten Seufzer aus. „Nein, ihre Klamotten sind aktuell, trendy, gerade frisch vom Laufsteg."

Er zog eine Braue hoch. „Und deine nicht?"

„Nein."

„Warum nicht?"

„Weil ich es mir nicht leisten kann, okay?", keifte Hailey. „Ich muss immer professionell wirken. Die Hälfte meiner Arbeit spielt sich im Büro ab, die andere Hälfte muss in der Gemeinde netzwerken. Was glaubst du, wie ich neue Aufträge an Land ziehe?"

Josh ließ sich von Haileys Ausbruch nicht beeindrucken. „Wenn du dir keine Designerklamotten leisten kannst, warum trägst du dann immer welche?"

Hailey stand auf und ergriff mit Daumen und Zeigefinger ihr umwerfendes royalblaues Shiftkleid. „Das ist zwei Saisons alt! Ich habe es aus einem Secondhandladen."

„Und es ist schön", mischte Lexi sich ein. „Warum setzt du dich nicht hin und entspannst dich?" Sie schob Hailey sanft zurück auf ihren Platz und flüsterte ihr ins Ohr. „Und sprich nicht so laut." Es würde Hailey sicher nicht beim Netzwerken helfen, wenn sie vor allen Gästen des Garner's die Fassung verlor. Manche der Leute hier waren echte Klatschbasen.

„Ich brauche noch einen Drink", verkündete Hailey.

Lexi reichte ihr ihren Wein.

„Danke, Lexi", antwortete Hailey zuckersüß. „Nur du verstehst mich."

Josh hakte weiter nach. „Warum kaufst du nicht im Laden deiner Mom mit ihrem Rabatt ein?"

„Lass gut sein, Josh", sagte Marcus, doch Josh ignorierte auch ihn.

Hailey warf ihre Haare über die Schulter. „Weil ich eine unabhängige Geschäftsfrau bin und kein Klon meiner Mutter."

„Hm", sagte Josh.

„Was soll das denn bitte heißen?", fragte Hailey.

Josh zuckte mit den Schultern. „Ich dachte, du kommst aus einem versnobten Geschlecht von Schönheitsköniginnen."

Hailey blieb der Mund offenstehen. „Weißt du was? Du bist der Snob hier." Sie zeigte mit dem Finger auf ihn. „Du hast dir schon bei unserer ersten Begegnung ein Urteil über mich gebildet und mir seitdem das Leben zur Hölle gemacht!"

Josh runzelte irritiert die Stirn. „Nein, das habe ich nicht."

„Und ob du das hast", schrie Hailey ihn an.

Ihre Freundinnen warfen einander alarmierte Blicke zu. Hailey schien dem Ausrasten nahe zu sein.

„Ihr habt euch oft gestritten", sagte Lexi und streichelte Haileys Rücken.

Marcus versuchte es mit einem Ablenkungsmanöver. „Hey, Josh, wie wäre es mit einer Runde Drinks auf mich?"

Josh starrte Hailey an. „Ich dachte, es wäre alles nur Spaß."

Hailey schwieg und starrte auf den Tresen.

Sabrina beugte sich vor und sagte mit sanfter Stimme: „Vielleicht waren da ein paar verletzte Gefühle, die als Wut herauskamen."

„Ich …" Josh beugte sich vor, um Haileys Gesicht zu sehen. „Hailey, habe ich deine Gefühle verletzt?"

Hailey antwortete nicht.

Josh fluchte. Er beugte sich weiter vor, wahrscheinlich, um Hailey in die Augen zu sehen. „Tut mir leid. Ich gebe ja zu, dass ich ziemlich angepisst bin wegen ein paar der

Nummern, die du dir erlaubt hast, aber die meisten fand ich recht unterhaltsam. Du weißt schon, ich reize dich, du reizt mich."

Hailey hob den Kopf, die Augen glänzend vor Tränen, und sagte immer noch nichts. Josh blickte ähnlich gequält drein.

Hailey verlor nie derart die Fassung. Diese ganze Sache mit ihrer Mom und seinem Dad musste ihr wirklich an die Nieren gegangen sein. Alle sahen Hailey mitfühlend an und wandten sich erwartungsvoll Josh zu. Er musste es irgendwie wieder geradebiegen.

Josh bot ihr die Hand an. „Lass uns einen Waffenstillstand schließen. Einen echten Waffenstillstand."

Hailey beäugte argwöhnisch seine Hand.

„Wir fangen nochmal von vorn an und–"

„Das ist eine gute Idee", sagte Lexi. „Nimm seine Hand." Ihre Freundinnen stimmten begeistert zu.

Hailey sah Josh in die Augen. „Du wirst mir mein Geld zurückgeben?" So hatte ihr privater Kleinkrieg angefangen. Hailey hatte Josh dafür bezahlt, sie zu Hochzeiten zu begleiten. Nachdem sie sich zerstritten hatten, hatte Hailey es zurückverlangt. Josh sagte immer, dass sie es in seiner Wohnung abholen musste, doch sie weigerte sich.

Josh nickte. „Jupp."

Hailey schien darüber nachzudenken, als Mad mit Rose zurückkehrte. Hailey nahm Rose auf den Arm und drückte sie an sich. „Was denkst du, Rose? Soll ich diesem Halunken vertrauen?"

Josh blickte an die Decke, verkniff sich jedoch jeglichen Kommentar.

Hailey wandte sich Mad zu. „Würdest du bitte auf Rose aufpassen? Ich gehe zu Joshs Wohnung. Ich bin gleich zurück."

Mad riss die Augen auf und nahm Rose zurück. „Du willst zu seiner Wohnung?"

Hailey nickte mit grimmiger Miene.

„Einen Moment nur", sagte Josh. Er eilte in die Küche

und kehrte mit einem Mann zurück, der seinen Platz hinter der Bar einnahm. Dann ging Josh um den Tresen herum und bot Hailey in einer weltmännischen Geste den Arm an, was sie jedoch ignorierte. Rose begann zu knurren, und Mad ging schnell ein Stück weiter, damit sich der kleine Hund wieder beruhigte.

Hailey blickte zu Josh auf. „Als meinen Beitrag zum Waffenstillstand werde ich jetzt deinen Ruf wiederherstellen."

„Nein–", begann Josh.

Doch Hailey unterbrach ihn mit einer Stimme, die man meilenweit hätte hören können und ganz sicher alle Frauen erreichte, die zur Ladys Night gekommen waren. „Alle mal herhören! Ich gehe in Joshs Sündenpfuhl. Er ist vollkommen geheilt von allen Problemen, und ich kann's nicht erwarten." Ihr Tonfall und ihre Miene entsprachen eher dem einer Frau auf dem Weg zur Hinrichtung als einer, die in die Wohnung eines attraktiven Junggesellen ging. Hailey hob ihr Kinn und schien mit tapferer Miene ihrem Untergang entgegengehen zu wollen. „Wir haben einen Waffenstillstand erklärt und uns vertragen."

Alle Anwesenden schwiegen und starrten sie neugierig an.

Josh warf ihr einen schiefen Blick zu. „Bist du fertig?"

Hailey nickte begeistert. „Ja. Ich glaube, es hat funktioniert."

Josh schüttelte den Kopf. „Meine Wohnung ist kein Sündenpfuhl, und ich bin nicht der Teufel. Ich lebe in einer bescheidenen Einzimmerwohnung."

Als Hailey ein bisschen lächelte – ihr erstes echtes Lächeln des Abends – tauschte Lexi erleichterte Blicke mit ihren Freundinnen aus. „Ich habe mir dich immer in einem Bordell vorgestellt."

Josh lachte. „Und ich habe mir dich immer in einem Herrenhaus vorgestellt." Er bot ihr die Hand an. „Freunde?"

Alle hielten den Atem an.

Hailey nahm langsam seine Hand und schüttelte sie kurz, bevor sie sie schnell wieder losließ.

Josh nickte in Richtung Tür. „Ist nur eine kurze Fahrt. Komm."

Alle blickten ihnen nach. Josh ging voraus und hielt ihr die Tür auf. Hailey ging mit hocherhobenem Kopf hinaus und sah ganz wie die Schönheitskönigin aus, die sie vor nicht allzu langer Zeit gewesen war.

Sobald sich die Tür hinter ihnen geschlossen hatte, sprach Lexi in die Stille hinein. „Heilige Scheiße."

„Irgendwo müssen Schweine fliegen gelernt haben!", feixte Mad, und alle lachten.

Alle fingen an zu spekulieren, wie lange dieser Waffenstillstand zwischen Hailey und Josh anhalten würde. Natürlich hofften alle das Beste, doch ihre bisherige Beziehung war recht holprig gewesen. Diese beiden wussten wirklich, wie sie den anderen provozieren konnten.

Eine halbe Stunde später ging die Tür auf, und alle wandten sich zu Josh um, der alleine herein kam.

„Wo ist Hailey?", fragte Lexi.

„Sie ist nach Hause gegangen", sagte Josh und trat hinter die Bar.

Lexi schrieb Hailey sofort eine Nachricht, um sich zu versichern, dass sie tatsächlich zu Hause war. *Bist du okay?*

In ihrem Gruppenchat folgte ein ganzer Haufen von Nachrichten, da alle wissen wollten, was passiert war.

Hailey antwortete jedoch nur knapp. *Ich bin zu Hause, und es geht mir gut. Gute Nacht.*

Mad marschierte an die Bar. „Ganz toll gemacht! Sie ist so durch den Wind, dass sie ihren Hund vergessen hat!"

„Ich habe versucht–"

„Dann solltest du dir mehr Mühe geben", blaffte Mad, und Rose keifte dazu.

Josh fuhr sich mit der Hand durchs Haar und ging ans andere Ende der Bar.

Mad verabschiedete sich, um Rose zu Hailey zurückzubringen. Die anderen diskutierten derweil, ob sie zu

Hailey fahren oder ihr ein bisschen Ruhe gönnen sollten. Sie schien an diesem Abend nicht sie selbst gewesen zu sein, doch vielleicht brauchte sie nur ein bisschen Zeit für sich. Die Frage, die jedoch allen auf der Seele brannte, war:

Was war in Joshs Wohnung passiert?

Josh weigerte sich, etwas dazu zu sagen, darum rief Sabrina Hailey an. Als sie kurz darauf auflegte, sagte sie: „Hailey will heute früh ins Bett."

Es musste ziemlich schlimm sein, wenn Hailey sich nicht einmal Sabrina anvertrauen wollte. Vielleicht würde es Mad gelingen, etwas aus Hailey herauszubekommen, wenn sie ihr Rose brachte. Doch für den Moment waren alle wütend auf Josh, weil er Haileys Zustand nur noch verschlimmert zu haben schien – dabei hatte er es wieder geradebiegen sollen.

Lexi wandte sich Marcus zu, der den Austausch schweigend verfolgt hatte. „Sie tut mir leid. Sie ist wirklich ein liebevoller, großzügiger Mensch." Sie senkte die Stimme. „Ich dachte wirklich, dass sie sich wieder mit Josh vertragen könnte."

Marcus schüttelte den Kopf. „In meiner Bar gibt's mehr als genug Singles, falls sie jemanden außerhalb des Dunstkreises von du-weißt-schon-wem kennenlernen möchte." Er nickte in Richtung Josh, der das andere Ende der Bar energisch mit einem Lappen schrubbte.

„Das werde ich ihr sagen", antwortete Lexi. Es war längst überfällig, dass ihre wohlmeinende Kupplerin vom Dienst ihr eigenes Happy End fand. „Wie geht's deiner Mom?"

Er trank einen Schluck von seinem Bier und stellte die Flasche ab. „Unverändert. Keine Verbesserung."

„Hast du ihr das mit dem Therapiehund vorgeschlagen?"

Er ließ die Schultern sinken und starrte auf den Tresen. „Sie sagt, ein Hund sei zu viel Verantwortung."

Lexi tat das Herz weh. Sie konnte die Last auf seinen Schultern spüren.

Plötzlich stand er auf und legte ein paar Geldscheine auf die Bar. „Ich fahre los." Er hob seine Hand. „Gute Nacht, Ladys", sagte er und rief Josh, der immer noch den Tresen schrubbte, zu: „Bis demnächst, Josh."

Josh warf den Lappen unter den Tresen, nickte in Marcus' Richtung und stand dann mit angespannter Miene da und starrte ins Nichts.

Als Marcus sich Lexi zuwandte, wirkten seine dunklen Augen gequält. „Bis dann."

„Bis dann", sagte sie leise und blickte ihm nach. Einen Moment lang überlegte sie, ob sie ihm nachgehen und ihn in den Arm nehmen sollte.

Als sie nach ihrem Mädelsabend nach Hause zurück-kam, blieb sie vor Sabrinas alter Wohnung stehen und klingelte, da sie hören wollte, wie es Marcus ging. Es musste schwer für ihn sein, der einzige zu sein, auf den sich seine Mutter verlassen konnte. Sie wollte ihm mehr über die Agoraphobie ihrer Tante erzählen und sehen, ob es vielleicht etwas gab, was seiner Mom helfen könnte.

Er war nicht zu Hause.

Vielleicht war er zu seiner Mutter gefahren, und dort konnte sie unmöglich aufkreuzen. Seine Mutter würde ihr den Kopf abreißen.

Also kehrte sie zurück zu ihrer Wohnung, schloss die Tür auf und seufzte. Der Mädelsabend war ein Reinfall gewesen, da sich alle um Hailey Sorgen gemacht hatten. Ihr wäre sogar lieber gewesen, sich von einer begeisterten Hailey beschreiben zu lassen, wie es wäre, wenn sie den *Einen* fand, als ob es eine solche Person gäbe – und das wollte etwas heißen.

5

Am nächsten Tag kam Lexi gerade vom Einkaufen zurück – mit dem absoluten Minimum, um über die Woche zu kommen, denn ihr stets schrumpfendes Bankkonto hing ihr immer wie ein Damoklesschwert über dem Kopf – als sie Marcus auf dem Flur begegnete. Er trug einen schwarzen Kapuzenpullover und eine Jogginghose.

Er kam auf sie zu. „Hey Lexi, wie geht's?"

Sie nickte. „Gut. Und dir?"

„Passt schon. Wie geht's *Lexis Events*? Hast du schon irgendwelche Kunden an Land gezogen?"

Sie schluckte. Sie gab sich wirklich alle Mühe, optimistisch zu bleiben, was ihre Freelancer-Karriere anbelangte, doch es fiel ihr schwer, da es ihr nicht gelungen war, einen einzigen Kunden zu finden. Eine Woche war ihre Kündigung jetzt her, doch die Rechnungen kamen auch ohne Job mit fröhlicher Regelmäßigkeit ins Haus geflattert. „Noch nicht, aber ich arbeite dran."

„Es ist nicht leicht, sich selbständig zu machen. Ich hab das auch hinter mir."

Der Kloß in ihrem Hals wuchs, und ihre Augen brannten angesichts seiner mitfühlenden Worte und dem Verständnis in seiner Stimme. „Danke."

„Ich bin auf dem Weg zurück in die Stadt und bin ab vier in der Bar. Warum kommst du nicht vorbei, und wir besprechen die Details für das Mardi Gras-Event?"

„Wirklich?" Ihre Stimme überschlug sich. „Aber mit deiner Mom habe ich dir nicht wirklich geholfen. Ich habe dir doch gesagt, dass du dich danach nicht mehr an unseren ursprünglichen Deal gebunden fühlen musst."

Das Lächeln, das er ihr daraufhin schenkte, traf sie wie ein Blitz. „Zeig mir, was du kannst, Lexi. Vielleicht buche ich dich dann für weitere Events und rühre die Werbetrommel für dich. In meine Bar kommen jede Menge Typen von der Wall Street, bei denen das Geld so richtig locker sitzt."

Sie dachte darüber nach, die Logistik, das Timing. Bis Mardi Gras waren es nur noch zweieinhalb Wochen, was bedeutete, dass es nicht leicht sein würde, etwas Gutes auf die Beine zu stellen. Andererseits hatte sie im Moment nicht einen einzigen Kunden. „Ich komme, danke."

„Großartig. Kopf hoch, Lexi. Es wird schon."

Dann ging er, und sie blickte ihm mit einem Kloß im Hals hinterher. Sie schüttelte den Kopf. Es war untypisch für sie, so emotional zu sein. Sie ging in ihre Wohnung und stellte ihre Einkaufstüten auf den Küchentresen. Marcus hatte ihr Hoffnung gegeben, eine Rettungsleine, jetzt, da sie wirklich eine brauchte, selbst nachdem sie bei seiner Mom solchen Mist gebaut hatte. Sie nahm sich vor, das mit seiner Mutter wieder geradezubiegen und ihr zu helfen, wie sie es vorgehabt hatte. Sie würde zu ihrem Haus fahren und sich entschuldigen. Und wenn Lia sie nicht hereinließ, dann würde sie ihr eine Nachricht unter der Tür durchschieben. Vielleicht würde sie Lia irgendwann helfen können.

Schnell räumte sie die Einkäufe weg, nahm ihre Handtasche und ging.

～

Marcus sah Lexi sofort, als sie später an diesem Tag mit einer weißen Strickmütze mit großem Pompon *The Burrow* betrat. Nicht, weil er nach ihr Ausschau gehalten hätte. Jeder hätte diese Mütze bemerkt. Dazu trug sie eine schwarze Daunenweste über einem weißen Rollkragenpullover zu schwarzen Skinny Jeans und schwarzen Stiefeln mit hohen Absätzen. Winterkleidung, die trotz allem ihren sexy fitten Körper hübsch verpackt zur Schau stellte. Gott sei Dank trug sie keinen Daunenmantel, der selbst die schlankste Frau wie ein Michelinmännchen aussehen ließ.

„Lexi!", rief er und hob die Hand.

„Hey!" Sie winkte ihm freundlich lächelnd zu.

In seiner Brust wurde es bei ihrem Anblick warm, da er wusste, dass er an diesem Lächeln nicht ganz unschuldig war. Er war ihr erster Kunde. Sie kam an die Bar und blieb mit strahlenden braunen Augen vor ihm stehen. Eine graue Laptoptasche, die über ihrer Schulter hing, verriet ihm, dass sie vorbereitet war. Sie nahm ihre Mütze ab und strich sich die Haare glatt.

Er schenkte ihr ein schiefes Lächeln, das noch bei keiner Frau seine Wirkung verfehlt hatte.

Sie öffnete den Mund, den Blick auf seine Lippen gerichtet. *Nein, noch nie.*

„Kann ich dir was zu trinken bringen?", fragte er.

„Wasser wäre nett, danke."

Er füllte zwei Gläser. „Warum setzen wir uns nicht in eine der Nischen?" An der Bar saßen bereits drei Gäste, darum bevorzugte er die Privatsphäre einer der Sitznischen.

„Gerne." Sie sah sich um. „Der Laden sieht so viel größer aus als letztes Mal, als ich da war. Ich meine, letztes Mal war an einem Samstagabend."

„Ja, da ist's hier so richtig voll." Das *Burrow* sah aus und hatte die Atmosphäre eines Irish Pub. Der Gastraum war lang und schmal, die dunkle, auf Hochglanz polierte Bar befand sich auf der rechten Seite, ein paar Stehtische waren in der Mitte und am hinteren Ende Sitznischen. Im Stockwerk darüber befand sich ein Nebenraum, den man für größere Gruppen reservieren konnte – mit voll ausgestatteter Bar, Pokertischen und einem Billardtisch. Dorthin brachte er seine Freunde, wenn sie in die Stadt kamen. Er selbst wohnte nur ein paar Blocks entfernt.

Er rief Sam aus dem Lager, mit der ihn am Tresen vertrat, und ging zur ersten Nische, in der Lexi bereits saß.

Er ließ sich ihr gegenüber nieder und schob ihr ihr Glas entgegen. „Und, was geht?"

Sie klappte ihren Laptop auf und fuhr ihn hoch. „Ich habe heute mit deiner Mom zu Mittag gegessen."

Er richtete sich abrupt auf. „Was? Wie? Wo? Hat sie das Haus verlassen?"

Lexi sah ihm in die Augen. „Ich habe mich furchtbar gefühlt, weil ich sie so aufgewühlt habe, darum bin ich bei ihr vorbeigefahren und habe mich entschuldigt. Ich habe ihr gesagt, dass ich dazu neige, in jedes verfügbare Fettnäpfchen zu treten, und ihr erklärt, dass es mir leid tut."

„Und sie hat dich ins Haus gelassen?", fragte er, und der Schock war seiner Stimme deutlich anzuhören. Seine Mom hatte ihm klar und deutlich gesagt, dass Lexi in ihrem Haus nicht willkommen war.

Sie lachte. „Warum? Ist das so schwer zu glauben?"

Ungeduldig hakte er nach: „Dann habt ihr zu Hause gegessen? Oder seid ihr ausgegangen?", fragte er, denn er wollte nicht ihre Gefühle verletzen, indem er sie wissen ließ, was seine Mutter ihm gesagt hatte. „Raus mit den Details."

Lexi nickte. „Nachdem ich mich entschuldigt hatte, habe ich ihr erzählt, dass ich kürzlich entlassen worden bin, und habe sie gefragt, ob sie Lust hätte, mich beim Mittagessen zu bedauern."

Er blinzelte, überrascht von ihrem Mut. Mit einer Entschuldigung zu seiner Mutter zu fahren und sie zum Mittagessen einzuladen war wirklich mehr, als er je von irgendjemandem erwartet hätte. Er hatte Lexi beim ersten

Besuch mehr oder weniger überrumpelt, mit ihm zu ihr zu fahren, und sie hatten ja keine Beziehung. Und selbst wenn hätte er nie von ihr verlangt, sich seiner Mom allein zu stellen. Er hätte sie unterstützt.

„Sie hat gesagt, dass sie Ernie's Diner mag, darum habe ich uns von dort was geholt, und wir haben in ihrer Küche gegessen", fuhr Lexi fort. Das war das Diner, zu dem er immer mit seiner Mom gegangen war, bevor sie angefangen hatte, sich zu weigern, das Haus zu verlassen.

Seine Brust schmerzte, und die Emotionen schnürten ihm plötzlich den Hals zu. „Aber die machen das Essen nicht zum Mitnehmen."

„Ich habe das umgangen. Ich habe mich hingesetzt und eine Suppe gegessen und dann habe ich zweimal Hühnerfrikassee bestellt und den Kellner gebeten, es einzupacken."

„Clever", murmelte er. *Und warum war ihm das nicht eingefallen?*

„Ich bin ein geborener Problemlöser", trällerte sie.

Sie war etwas Besonderes. Plötzlich verspürte er den Impuls, sie zu umarmen, doch der Tisch war zwischen ihnen, und er wusste nicht, wie er es tun sollte, ohne dass es ungelenk wirkte.

„Wir haben uns über dich unterhalten." Sie lächelte spitzbübisch, und ihre Augen tanzten geradezu vor Amüsement. „Ich habe ihr erzählt, wie sehr Rose dich liebt, und rate mal, von wem sie mir erzählt hat?"

Er rieb sich die Stirn und wich ihrem Blick aus. „Von wem?"

„Bitty Kitty!" Sie spannte ihren nicht existenten Bizeps an und versuchte, mit rauer Männerstimme zu sprechen: „Der Hüne von einem Teenager Marcus, der ein winziges weißes Kätzchen in seiner Jackentasche versteckt hat." Sie lachte. „Sie hat mir davon erzählt, wie du sie ins Haus zu schmuggeln und ihr Miauen mit Husten und Niesen zu überspielen versucht hast."

Mit gespielter Empörung zeigte er mit dem Finger auf

sie. „Hey! Bitty Kitty war eine besondere Katze. Kein normales Katzenbiest. Sie ist zu mir gekommen wie ein Hund, wenn ich sie beim Namen gerufen habe."

Diesmal lachte sie nicht. Stattdessen sah sie ihn mit zärtlichem Blick an, als gefiele er ihr am besten, wenn er sich am meisten schämte. „Deine Mom hatte so ein schlechtes Gewissen, weil in der Wohnung keine Haustiere erlaubt waren. Sie hat mir erzählt, dass du Bitty Kitty jahrelang bei Bens Großmutter besucht hast."

Er stöhnte. „Ja, es war nett von Mrs. Walsh, sie aufzunehmen."

„Du hast sie geliebt."

Er nickte. Sie war die Liebe seines Lebens gewesen. „Ich habe sie vor ein paar Jahren verloren. Sie ist sechzehn Jahre alt geworden."

„Oh Marcus! Du solltest eine neue Katze adoptieren."

Er schüttelte den Kopf. „Niemand kann Bitty ersetzen."

Sie lächelte ihn an. Wieder so ein herzliches Lächeln. Er schluckte schwer, überrascht, welche Wirkung dieses herzliche Lächeln auf ihn hatte, selbst, nachdem es ihm überaus peinlich war, dass seine Mom ihr von Bitty erzählt hatte.

„Wie auch immer", sagte sie. „Ich habe deiner Mom die Nummer einer Psychiaterin ganz in der Nähe gegeben, die Sabrina empfohlen hat. Sie ist auf Agoraphobie spezialisiert und bietet auch Telefonservice an, um ihren Patienten zu helfen, mit ihrer Angst zurechtzukommen und wieder in die Welt hinauszugehen."

Etwas in ihm brach in diesem Moment auf, und eine ganze Flut von Emotionen schwappte in diesem Moment über ihn ein – pure Freude, schnulzige Zuneigung, unglaubliche Erleichterung. Und er war dankbar, so dankbar, dass er kein Wort herausbrachte und seine Augen brannten.

Lexi musste es bemerkt haben, denn ihr Blick war auf ihren Laptop gerichtet, um ihm einen Moment Zeit zu geben, sich wieder zu fassen. „Es ist gut gelaufen. Sie hat den Vorschlag als die wohlgemeinte Empfehlung aufgefasst, als die sie gedacht war. Ich schicke dir ihre Informationen, dann kannst du das Finanzielle mit ihr regeln, falls sie sie anruft."

Er fand seine Stimme wieder. „Lexi." Er wartete darauf, dass sie ihm in die Augen sah. „Danke." Er legte eine Hand auf seine schmerzende Brust. „Von ganzem Herzen."

Sie zuckte mit den Schultern und wandte den Blick ab. „Ist doch keine große Sache."

„Und ob es das ist. Danke."

Sie begegnete seinem Blick. „Gern geschehen", antwortete sie mit leiser Stimme.

„Glaubt sie immer noch, dass du meine Freundin bist, oder …"

„Ich habe dich in den Himmel gelobt. Du weißt schon" – sie wedelte mit beiden Händen – „um sie dazu zu ermuntern, weiter mit mir zu reden, darum denke ich schon, dass sie glaubt, dass wir zusammen sind."

Er konnte es nicht fassen, dass seine Mom jetzt kein Problem mehr mit Lexi hatte. Nicht nur das, es schien ihr auch nichts auszumachen, dass sie zusammen waren. Er wüsste es bereits, wenn sie immer noch etwas dagegen hätte.

Er konnte sich ein Lächeln nicht verkneifen. „In den Himmel gelobt, was?"

Sie verdrehte die Augen. „Lass dir das bloß nicht zu Kopf steigen. Ich habe versucht, den Mist, den ich gebaut hatte, wieder gutzumachen, nachdem du so nett warst, mir dieses Projekt zu geben, wo ich doch so dringend eins gebraucht habe. Wollen wir loslegen?"

„Wenn es dir nichts ausmacht, würde ich sie gerne noch ein bisschen in dem Glauben lassen, dass wir zusammen sind. Ich glaube, das hilft ihr. Ich weiß, es hört sich seltsam an, aber–"

„Marcus, es ist okay. Wirklich. Davon abgesehen

bekomme ich all die guten Geschichten über dich zu hören. Deine Mom hat mir sogar Babyfotos von dir gezeigt. Einschließlich der klassischen Pose mit dem nackten Po." Sie grinste breit.

Er schüttelte lächelnd den Kopf. „Was soll ich sagen? Stolze Mom."

„Und du warst damals schon gut bestückt!"

Er prustete vor Lachen. „Pervers bist du gar nicht."

Sie lachte. „Also … ich habe jede Menge Ideen für dein Mardi Gras Event. Aber zuerst lass uns über das Budget reden."

„Was immer du brauchst." Er würde jeden Preis zahlen, um Lexi zu helfen, nachdem sie während eines Mittagessens mit seiner Mom mehr Fortschritte gemacht hatte, als er in den letzten zwei Monaten.

Sie riss die Augen auf. „Du musst dir keine Gedanken wegen des Geldes machen?", fragte sie mit gedämpfter Stimme.

Er trank einen Schluck Wasser. „Es ist so: Jake Campbell hat mir Geld für diese Bar geliehen. Ich habe es ihm innerhalb eines Jahres zurückgezahlt und dann in Dat Cloud investiert, bevor es an die Börse gegangen ist." Dat Cloud war Jakes Firma – die Firma, die Jake zum Milliardär gemacht hatte. Marcus hatte damit auch recht gut verdient.

„Bevor es an die Börse gegangen ist", echote sie. Er konnte sehen, wie sie im Kopf die Puzzlesteine zusammensetzte. „Du hast auf den Jackpot gesetzt!"

„Schhh. Mir geht's gut. Jetzt kann ich zum Spaß investieren, darum investiere ich zum Spaß in dich."

Sie starrte ihn geschockt an. Offensichtlich kannte sie ihn nicht sehr gut. Er war bereit, alles für seine Freunde zu tun. Und Lexi hatte sich gerade als Freund *Numero uno* qualifiziert.

Er verdrehte die Augen und seufzte. „Muss ich alles machen? Hurricane Cocktails, Plastikperlenketten und Deko in Violett, Grün und Gold."

Sie horchte auf. „Wie wäre es mit einem Speed-Dating Maskenfest?" Sie imitierte mit ihren Händen eine Maske. „Nur eine Augenmaske, damit man einen Großteil des Gesichts seines Gegenübers sehen kann. Und wenn du deinen weiblichen Gästen Mardi-Gras-Cocktails zum halben Preis gibst, bekommst du garantiert die Bude voll."

Er rieb sich sein stoppeliges Kinn. „Red weiter."

„Und Social Media beziehen wir auch mit ein. Ich sehe immer viel Königliches im Zusammenhang mit Mardi Gras, darum sollten wir einen Wettbewerb für die Königin und den König der Bar ausschreiben. Die ersten zwanzig Leute, die sich anmelden, werden zur Abstimmung auf Social Media gestellt, und wer will, kann seine Stimme abgeben."

„Die Social Media Idee gefällt mir."

Begeistert fuhr sie fort. „Wir können die Leute Umzugswagen bauen lassen, ich meine, wie beim Mardi-Gras-Umzug, nur in Miniformat aus Schuhkartons oder sowas, und dann lassen wir auch da per Abstimmung den Besten wählen."

Er schnitt eine Grimasse. „Das klingt chaotisch."

„Wir könnten ein paar lange Tische ein Stück weg von der Bar aufstellen, damit die Leute sie machen können." Sie machte eine Geste zu den Sitznischen. „Das Speeddating findet hier in den Nischen statt, die Wahl zum König und zur Königin an der Bar. Die Kellner können sich an den Stationen abwechseln. So ist was für jeden dabei."

„Das meiste davon gefällt mir, nur nicht die Cocktails zum halben Preis. Ich glaube, bei dem Event zahlen sie den vollen Preis."

„Okay, dann machen wir auch coole Cocktail-Specials für den Abend. Hurricanes natürlich, aber auch Cocktails in Violett, Grün und Gold." Sie drehte ihren Laptop herum und klickte auf ein paar gespeicherte Cocktailrezepte. „Irgendwas dabei, was dir gefällt?"

„Such einfach was aus. Das wird schon passen."

Sie lächelte. „Sieht aus, als wärst du mein bisher

unkompliziertester Kunde." Sie sah sich um. „Ich glaube nicht, dass du bei allem Platz für eine Live Band hast, aber wir können eine coole Jazz-Playlist zusammenstellen, ein bisschen stimmungsvolles Licht – sowas wie blinkende Lichterketten, und natürlich typisches Essen aus New Orleans."

„Normalerweise machen wir Jambalaya und Gumbo."

„Perfekt. Wie wäre es noch mit Cajun-Style Garnelen mit Maisgrütze? Oh, und vielleicht könnten wir irgendwo Alligatorfleisch herbekommen."

Er verzog das Gesicht. „Hast du das schonmal probiert?"

„Nein, aber es klingt sehr nach New Orleans, oder nicht?"

„Bist du je in New Orleans gewesen?"

„Nein, aber ich habe viel darüber gelesen."

Er schmunzelte. „Ich bin da gewesen. Es ist der Wahnsinn, und die Frauen ziehen für ein paar Plastikperlenketten blank." Er trank einen Schluck von seinem Wasser, um sein Schmunzeln zu verbergen.

„Das habe ich immer gehasst. Wir sollten Perlen an die Typen mit dem längsten Schwanz ausgeben."

Als er sich daraufhin beinahe an seinem Wasser verschluckt hätte, bog sie sich vor Lachen.

Er nahm ein paar Servietten aus dem Serviettenspender und wischte sich den Mund ab. „Da bekommst du es mit der Sittenpolizei zu tun."

Sie zuckte mit den Schultern. „Ist doch dasselbe. Titten, Schwänze."

Er starrte sie an. „Das ist überhaupt nicht dasselbe."

„Kartoffel und Erdapfel. Wie auch immer. Wir könnten eine Kette beim Reinkommen ausgeben, und dann als Preise für verschiedene Spiele. Mardi-Gras-Wissen, für den besten Umzugswagen, den lustigsten Umzugswagen, für das niedlichste Speed-Dating-Paar, solches Zeug. Derjenige, der am Ende des Abends die meisten Ketten hat, gewinnt irgendwas. Vielleicht einen Fünfzig-Dollar-

Getränkegutschein, damit er oder sie mit ihren Freunden zurückkommt."

„Klingt gut. Aber bei so viel Programm brauche ich deine Hilfe."

„Absolut. Ich–" Sie verstummte und starrte jemanden über seine Schulter hinweg an.

Er drehte sich um und sah Ellie, seine langjährige Kellnerin, in ihren zerfetzten Lieblingsjeans und einem engen Longsleeve, das ihre großen Brüste betonte, hinter sich stehen. Diese Aufmachung, kombiniert mit ihren langen braunen Haaren und leuchtendblauen Augen war ein Trinkgeldgarant bei den männlichen Gästen. Sie war seine beste Angestellte. Sie war von Anfang an an Bord gewesen und managte die Bar, wenn er nicht da war. „Hey, Ellie. Wie geht's?"

Ellie lächelte. „Hey, Boss." Sie wandte sich Lexi zu. „Hi."

„Hallo", sagte Lexi.

„Wie lange willst du dieses Leben im Speckgürtel noch durchziehen? Wir vermissen dich hier", sagte sie zu Marcus.

„Keine Ahnung", sagte Marcus und musste sich beim Gedanken an seine Mutter zu einem Lächeln zwingen. „Aber dank dir brauche ich mir ja keine Sorgen zu machen. Du sorgst schon dafür, dass alles glatt läuft." Er war froh, sich auf sie verlassen zu können, solange er einen Teil der Woche in der Nähe seiner Mutter wohnte. Er tastete in seiner Jeanstasche und erinnerte sich plötzlich daran, den Schlüssel in seinem Büro gelassen zu haben. Und das Scheckbuch für Lexi würde er auch gleich holen. „Bitte entschuldigt mich für einen Moment. Bin gleich wieder da."

Er stand auf und drehte sich um, um ins Büro zu gehen.

Ellie deutete auf die Küchentür. „Ich habe dir was im Kühlschrank gelassen."

„Du machst mich alle." Er klopfte sich mit der Hand

auf den flachen Bauch. „Du weißt, ich hab dem Zucker abgeschworen." Er ging weiter.

„Dann lass ich es dir mal durchgehen, aber nur, weil du sowieso schon so süß bist."

Er lachte und ging weiter.

~

Lexi wandte sich ihrem Laptop zu.

„Was plant ihr beiden denn?", fragte Ellie.

Lexi hob den Kopf, überrascht, dass Ellie immer noch da war. „Er hat mich beauftragt, ein Mardi Gras Event zu planen."

Ellie lächelte. „Klingt nach Spaß. Normalerweise weiß ich über alles Bescheid, aber seit Marcus die halbe Woche auf dem Land ist, ist es schwierig."

„Ich bin mir sicher, dass er dich in alles einweihen wird."

Ellie beugte sich zu ihr hinunter. „Ich hoffe, du nimmst Marcus' Geflirte nicht allzu ernst. Ich meine, die meisten Frauen tun das."

„Keine Sorge."

Ellie warf einen Blick über ihre Schulter, dann flüsterte sie: „Da war eine Frau, die ihn viel zu ernst genommen hat. Sie war eine von vielen, die er gedatet hat. Als er sie abserviert hat, hat sie versucht, sich das Leben zu nehmen."

Lexis Hand wanderte an ihren Hals. Wusste Marcus von den verheerenden Folgen seiner Flirterei? Eine Frau hatte seinetwegen versucht, sich das Leben zu nehmen? Das war ernst. Sie schluckte. „Woher weißt du das?"

„Ihr Bruder Nate ist ein Stammgast. Er rät jeder, die es hören will oder nicht, sich von Marcus fernzuhalten."

„Ist das erst vor Kurzem passiert? Weiß Marcus davon?" Sie konnte sich nicht vorstellen, dass es spurlos an Marcus vorbeigegangen wäre, wenn er davon gewusst hätte.

Als Elli einen Blick in Richtung Büro warf und sah, dass Marcus auf sie zukam, beugte sie sich zu Lexi hinunter. „Der Grund, warum er so in der Gegend rumfickt, ist seine Scheidung. Dieses Miststück hat ihn wirklich böse ausgetrickst."

Lexi hatte nicht gewusst, dass Marcus schon einmal verheiratet gewesen war. Doch wie gut kannte sie ihn schon? Sie wollte die bösen Gerüchte über ihn nicht glauben. Sie mochte ihn, und er war gut zu ihr. Doch vielleicht war er bei allen Frauen so, was eine Erklärung dafür wäre, dass sie am Ende so am Boden zerstört waren.

Ellie stemmte die Hände in die Hüften und rief Marcus mit verführerischer Stimme zu: „Was hast du denn da, Boss?"

Marcus hielt einen Schlüsselbund hoch. „Wohnungsschlüssel." Er reichte ihn ihr.

„Danke", zwitscherte Ellie, steckte den Schlüssel in ihre Hosentasche und ging.

Dann hatte Ellie also Zugang zur Wohnung ihres Bosses.

Lexi biss die Zähne zusammen, überrascht von einem plötzlichen Anflug von Eifersucht. Verdammt. Marcus war ihr unter die Haut gegangen. Sie ertappte sich dabei, ihm glauben zu wollen, dass er sich verändert hatte, dass er nicht mehr der lügende und betrügende Weiberheld war, dessen Weg mit gebrochenen Herzen gepflastert war.

Ein unbehaglicher Kloß wuchs in ihrem Hals. Sie schluckte ihn hinunter und ermahnte sich, dass es besser war, wenn Marcus und sie nur Freunde waren.

6

Marcus setzte sich wieder in die Nische und lächelte Lexi an. Sie erwiderte es nicht. „Habe das Scheckbuch mitgebracht. Ich gebe dir die Hälfte als Vorschuss, wenn das okay ist."

„Danke", sagte sie knapp.

„Stimmt was nicht?"

„Bist du mit Ellie zusammen?"

„Nein."

„Sie hat deinen Wohnungsschlüssel."

Er musterte sie einen Moment lang. Ellie hatte eine Wohnung neben *The Burrow* gemietet. Er hatte vor Kurzem das Gebäude nebenan gekauft, in dessen Erdgeschoss er bald ein Café eröffnen wollte. Seit Ellie ihn in seiner Abwesenheit vertrat, hatte er ihr eine Gehaltserhöhung gegeben und einen günstigen Mietpreis vereinbart.

„Bist du eifersüchtig?" Insgeheim hoffte er, dass sie es war, denn das würde bedeuten, dass sie an ihm interessiert war. Sie hatte ihn schließlich als visuellen Orgasmus, der mit beiden Beinen im Leben stand, bezeichnet, und dass sie sich nichts Besseres vorstellen könnte. Außerdem hatte auch er sie liebgewonnen.

Sie starrte auf ihren Laptop. „Tut mir leid, dass ich gefragt habe. Es geht mich nichts an."

War das ein guter Zeitpunkt, um einen Versuch zu starten? Oder würde das alles kaputtmachen? Sie machte solche Fortschritte mit seiner Mom, dass er nichts tun wollte, um das zu riskieren. „Lexi, ich spiele nicht, wo ich arbeite."

Sie tippte blindwütig auf ihre Tastatur ein und würdigte ihn keines Blickes. Er wedelte mit den Fingern vor ihrem Gesicht herum, bis sie schließlich aufblickte. „Was?"

Er beugte sich zu ihr vor und senkte die Stimme. „Ich weiß ja, dass Mom dir meine Fotos gezeigt hat, aber an mir ist mehr dran als ein paar nackte Babyfotos." Er dachte, dass ihr das ein Lächeln entlocken könnte, doch sie zeigte keine Reaktion. „Ich will damit nur sagen, dass du mich vielleicht nicht so gut kennst, wie du denkst."

Sie warf ihm einen säuerlichen Blick zu. „Ich weiß, dass du ein notorischer Flirter bist. Manche Frauen könnten sich das zu Herzen nehmen. Ich nicht. Andere Frauen."

„Flirten ist nur meine Art, nett zu sein."

Sie klappte ihren Laptop abrupt zu. „Wenn du mit einer Frau flirtest, um nett zu sein, wie bist du dann nett zu Männern?"

Er war sich nicht sicher, warum sie das fragte, doch es machte ihm nichts aus. „Ich spiele Basketball mit ihnen, lade sie auf ein Bier ein. Kumpelkram."

„Dann tu das mit mir."

„Du willst, dass ich dich wie einen Kumpel behandele?"

Sie nickte. „Das wäre schön."

„Wie du willst. Wir könnten Billard spielen. Das mache ich mit meinen Kumpels. Oben habe ich einen Tisch." *In einem sehr privaten Nebenraum.*

„Ich muss zurückfahren. Ich lebe nach dem Bahnfahrplan." Sie steckte den Laptop wieder in ihre Tasche und starrte ihn einen Moment lang an.

Er wartete, denn er wusste nicht, was sie damit bezweckte. Bei keiner anderen Frau hatte er sich je so unsicher gefühlt. Im einen Moment war er sich sicher, dass sie auf ihn stand, im nächsten ergriff sie die Flucht. Vielleicht war sie verrückt. Doch wäre eine Verrückte eine so großzügige Freundin, die ihm half, was die Krankheit seiner Mutter anging? Nein. Es musste etwas an ihm sein, das sie in die Flucht geschlagen hatte. In diesem Moment entschied er, genauso mit ihr umzugehen, wie sie es verlangt hatte. Wie mit einem Kumpel. Das schien der einzige Weg zu sein, sie nicht zu vertreiben.

Er schmunzelte. „Wenn ich dir beim Billard in den Arsch trete, kannst du mir ein Bier ausgeben."

„Ha! Du bist derjenige, der mir ein Bier ausgeben wird." Sie nahm ihre Daunenweste und ihre Tasche und rutschte an den Rand der Nische, als ob sie aufstehen wollte, doch dann schien sie es sich anders zu überlegen und blieb sitzen. „Kann ich dich was fragen?"

„Was immer du willst."

„Ich habe dich mit allen meinen Freundinnen flirten sehen, aber nie mit mir. Warum?"

„Ich dachte, du würdest mir den Kopf abreißen", antwortete er aufrichtig.

Sie runzelte die Stirn. „Bin ich so furchteinflößend?"

„Nicht furchteinflößend. Du hast eher eine Lass-mich-in-Ruhe-Attitüde in Gegenwart von Männern."

Sie presste ihre Lippen aufeinander. „Hm. Ich mag Männer für gewisse Dinge."

„Was das ist, werde ich jetzt nicht fragen."

Sie fuhr mit ernster Stimme fort. „Die männliche Spezies hat mich bisher einfach nicht sonderlich beeindruckt. Ganz allgemein gesprochen."

„Dann sage ich jetzt im Namen meiner Spezies *pbbbb!*" Er machte ein abfälliges Geräusch mit den Lippen.

Sie schlüpfte mit einem Arm in ihre Weste. „Sehr erwachsen."

„Du weißt schon, dass wir derselben Spezies angehören, mit einander ergänzenden Körperteilen?"

Sie zog ihre Weste an und warf ihm einen Blick zu, den er nicht interpretieren konnte. War er irritiert? Interessiert? Es war ihm noch nie so schwergefallen, eine Frau zu verstehen.

„Du klingst intelligent", sagte sie. „Viel intelligenter, als wenn du flirtest."

Dann klinge ich wie ein Idiot, wenn ich flirte? Herzlichen Dank auch.

Er kniff die Augen zusammen. „So rede ich mit den Jungs. Du bist jetzt einer der Jungs für mich." Großartige Art zu versuchen, sie für sich zu gewinnen. Er wurde einfach defensiv, wenn sie solche Spitzen abfeuerte. Sicher, er war ein Hüne von einem Mann mit jeder Menge Muskeln, doch darunter hatte er Gefühle, und die waren manchmal sehr verletzlich. Doch er würde eher nackt über den Time Square flitzen, als das zuzugeben.

Sie neigte den Kopf. „Dann redest du normalerweise von oben herab mit Frauen? Hey, Darling – hey, Sweetheart – hey, hübsches Ding?"

Er biss die Zähne zusammen. „Nein, ich bezaubere sie. Das bedeutet jede Menge Komplimente. Dafür brauche ich keine großen Worte, oder?"

„Was hast du gemacht, bevor du deine Bar eröffnet hast?"

„Warum?"

„Weil ich versuche zu verstehen, warum du so bist, wie du bist."

So bist wie du bist? Das klang nicht gut. „Wie bin ich denn?"

Sie machte eine vage Geste. „Erzähl mir einfach, was du vorher gemacht hast."

Er zuckte mit den Schultern. „Nach meinem Abschluss an der Penn–"

„Penn!"

„Ja", sagte er gedehnt. „Penn. Wirtschaftswissenschaften. Danach bin ich mit Dollarzeichen in den Augen an die Wall Street gegangen. Das hektische Leben hat mich krank gemacht, darum bin ich zu einem Hedgefonds gewechselt, und dann …" Er hielt inne. Das musste sie nicht wissen.

„Was dann? Erzähl's mir."

„Es ist blöd. *Wirklich* blöd."

„Wenn du deinen Abschluss an der Penn gemacht hast, kannst du nicht dumm sein. Ivy League und so." Sie beugte sich vor und drängte in verschwörerischem Ton: „Komm, erzähl's mir."

Er schnitt eine Grimasse. „Dann habe ich geheiratet."

Sie richtete sich abrupt auf. „Warum war das dumm?"

Er fuhr sich mit der Hand durchs Haar. „Weil ein verliebter Mann dumme Sachen macht. Ich bin für ein Jahr nach Vegas gezogen – da haben wir uns kennengelernt — ich weiß, ich bin ein wandelndes Klischee – und habe einen beschissenen Job in einem Casino angenommen. Habe einen Großteil meiner Ersparnisse verbrannt, um sie zu verwöhnen. Lange Rede kurzer Sinn – dann ist es geendet. Ich bin zurück nach Hause gezogen und habe nochmal von vorn angefangen."

„Warum ist es geendet?", flüsterte sie. Als ob Flüstern ihm helfen würde, es ihr zu erzählen.

„Das ist nichts, worüber ich mit den Jungs rede."

Sie klimperte mit den Wimpern. „Kann ich für dieses Gespräch kurz ein Mädchen sein?"

Er schenkte ihr ein sexy-schiefes Lächeln. „Sicher Darlin'. Geht deinen süßen Hintern nichts an."

Sie lachte und schüttelte den Kopf. „Bis dann."

„Warte. Dein Scheck." Er stellte ihn aus, faltete ihn und gab ihn ihr.

Sie warf einen Blick auf den Betrag und sah ihn an. „Marcus, das ist überaus großzügig."

Er trommelte mit den Fingern auf den Tisch. „Dafür erwarte ich ein Hammer-Event von dir."

Sie strahlte ihn an. „Danke! Ich werde dich nicht enttäuschen." Sie schlüpfte aus der Nische und ging zur Tür.

Er blickte ihr nach, wie sie zielstrebig hinausging, und ertappte sich bei einem Lächeln. Er war in der Freundeszone gelandet, doch irgendwie störte ihn das nicht. Denn plötzlich war er nicht mehr empfindungslos gegenüber einer Frau, wie er es seit seiner Scheidung vor vier Jahren gewesen war. Er spürte alles – ihre Spitzen, ihre Wärme, ihre Freude. Und dafür gab es nur eine Erklärung.

Er war verrückt nach ihr.

Marcus fuhr spät am Sonntagvormittag zurück nach Eastman zu Ethans Haus, und freute sich darauf, mit Ethans Gewichten zu trainieren. Er kam gerade von seiner Mutter. Die schlechte Nachricht war, dass sie die Psychiaterin nicht angerufen hatte; die gute, dass sie nichts mehr dagegen hatte, dass er Lexi sah. Nicht, dass ihn das davon abgehalten hätte, Lexi besser kennenzulernen. Er hatte so lange nichts für die Frauen, mit denen er ausgegangen war, empfunden. Flirten und Umgarnen, Dinner und Wein, Bett und Adieu. Es war langweilig geworden, doch es hatte nichts daran geändert. Warum war das so? Zu beschäftigt für mehr? Oder … vielleicht wusste er einfach nicht, wie es anders sein konnte.

Ethans Verlobte Ally arbeitete immer sonntagvormittags, darum hatte er ein bisschen Zeit mit seinem Kumpel. Er konnte immer noch nicht fassen, dass Ethan verlobt war – da er ein so tougher Typ war. Dabei war Marcus derjenige, der sich beim Flirten massiv ins Zeug legte. Doch alles, was Marcus für seine Mühen geerntet hatte, waren ein bisschen Spaß und viel Leere.

Gott. War das zu viel verlangt? Warum konnte er nicht jemanden wie Ethans Verlobte finden? Warum konnte

Lexi nicht diese Frau sein? Ein bisschen Glück hatte er doch auch verdient, oder nicht?

Vielleicht nicht. Vielleicht war das der Grund, warum er nie etwas empfunden hatte.

Was zum Henker hatte Ethan, das Marcus nicht hatte? Sie kamen aus ähnlich verkorksten Familien, waren beide mit der Campbell-Familie aufgewachsen und hatten eine ähnlich praktische Lebenseinstellung. Als Jugendlicher hatte Ethan keinerlei Respekt vor Autorität gehabt. Es war der Einfluss von Joe Campbell, ihr Dad ehrenhalber, gewesen, der Ethan dazu bewegt hatte, ein Cop zu werden. Eine gute Entscheidung, denn trotziger Punk mit Aggressionsproblemen war nicht wirklich ein empfehlenswerter Karriereweg. Doch mit Ally war Ethan anders – er lächelte, lachte sogar und strahlte pure Lebensfreude aus. Wie war Ethan von A nach B gekommen? Marcus kam sich dumm vor, diese Frage überhaupt zu stellen. Alle wussten, dass er nie ein Problem damit gehabt hatte, eine Frau abzuschleppen. Doch in letzter Zeit war ihm immer mehr bewusst geworden, dass er nicht irgendeine Frau wollte. Er wollte die *richtige* Frau.

Als er zu Ethans Haus kam, war er so aufgewühlt, dass Ethan einen Blick auf ihn warf und ihn sofort in Richtung Laufband dirigierte. Ethans Esszimmer war als Fitnessraum eingerichtet. Ziemlich ordentlich mit Laufband, Langhandeln, Kurzhantel und einer Rudermaschine.

„Lauf erst mal ein bisschen", sagte Ethan. „Danach fühlst du dich gleich besser." Ethans kurze, dunkelblonde Haare waren bereits schweißnass, er musste also schon vor einer ganzen Weile angefangen haben.

Marcus ging aufs Laufband, und Ethan setzte sich auf die Rudermaschine und fiel schnell in einen gleichmäßigen Rhythmus.

Marcus stellte das Laufband zum Aufwärmen langsam und warf seinem Freund einen verstohlenen Blick zu. Ethan war nur ein Jahr älter als er, doch seine Miene war *tough, autoritär* und sagte *leg dich nicht mit mir an*. Nicht sonderlich überraschend für einen Cop. Marcus lief schneller und versuchte, einen klaren Kopf zu bekommen.

Ethan ruderte schweigend, vollkommen auf seinen Rhythmus konzentriert.

Als Marcus mit dem Sprint fertig war, raste sein Puls, doch die Anspannung war auf ein erträgliches Maß gesunken. Er stellte das Laufband für die Abkühlphase langsamer. *Scheiß drauf.* Er war hier, Ethan war hier, es konnte nicht schaden, ihn zu fragen, wie er eine Frau dazu bringen konnte, sich in ihn zu verlieben. Doch wenn Ethan ihn auslachen würde, würde er dafür bezahlen. Dann würde es unangenehm werden. Ethan war nicht jemand, mit dem man sich anlegen sollte, und besonders nicht, seitdem er bei der Polizei ausgebildet wurde, Kriminelle zu überwältigen. Doch Marcus wäre das egal. Er würde sich nicht wegen einer ernsthaften Frage auslachen lassen.

In einem Ton, als würde er über das Wetter reden, sprach Marcus die Frage aus, die der Schlüssel zu seinem Glück sein könnte. „Hey, Ethan, wie hast du dir eigentlich Ally geschnappt?"

Ethan warf ihm einen Blick zu und wandte sich wieder dem Rudern zu. „Was meinst du mit wie ich mir Ally *geschnappt* habe. Eine Frau schnappt man sich nicht einfach so."

„Ich meine, wie hast du sie dir geangelt? Sie sieht dich an, als ob … ich weiß nicht, als ob sie dich vergöttert. Sie strahlt, wenn sie dich sieht."

Ethan hielt mit dem Rudern inne, und seine Miene hellte sich auf, wie eine zweite sanftere Haut. „Ich liebe es, wenn sie so strahlt. Fragst du wegen Lexi? Ich habe gesehen, wie du sie anstarrst."

Jetzt nur nichts zugeben. Er brauchte diese Art von Druck nicht, dass die Jungs ihn dabei beobachteten, wie er sich möglicherweise einen Korb einhandelte. „Ich weiß nicht. Nur so generell."

Ethan lächelte. „Ally ist die einzige, die ich je geliebt

habe. Aber ich schätze, was ich gemacht habe, könnte bei dir auch funktionieren. Erst waren wir Freunde. Ich habe sie eingeladen, Sachen mit mir zu unternehmen, die ich gerne mache. Du weißt schon, um zu sehen, ob wir zueinander passen."

Marcus stieg vom Laufband. „Sachen, die *du* gerne machst?" Das ging entgegen aller Erfahrungen, die er mit Frauen gemacht hatte. Er scheute keine Mühen, zu tun, was sie gerne mochten. Hatte er es etwa all die Jahre falsch gemacht?

„Ja, ich habe sie zum Wandern mit meinem Wanderclub eingeladen, total locker, kein Druck. Das haben wir ein paarmal gemacht." Er verzog das Gesicht. „Aber jetzt ist sie ein paar Monate nicht mitgekommen. Unter zehn Grad Celsius kommt sie nicht mit. Ich habe ihr zwar Thermounterwäsche und richtig gute Wanderstiefel gekauft, denn wenn man das Draußensein genießen will, hängt alles von der richtigen Kleidung ab. Aber sie sagt, vergiss es. Ihr Gesicht wird kalt, und eine Balaklava will sie nicht anziehen, weil sie sich damit blöd vorkommt." Er runzelte die Stirn, als versuchte er eine Lösung für sein Wanderproblem zu finden. „Aber wenn es warm wird, kommt sie wieder mit."

Das war das längste Gespräch, das er je mit Ethan geführt hatte. Und die längsten Sätze, die sein Freund jemals geäußert hatte. „Was habt ihr sonst noch so gemacht?", fragte Marcus.

Ethan ruderte weiter. Der Junge war eine Maschine. „Ich bin mit ihr fischen gegangen."

Marcus starrte ihn fassungslos an. Ethan fischte für sein Leben gern, doch Marcus kannte kaum eine Frau, die das auch gerne tat. Ethan war ein richtiger Outdoor-Fan. „Was sonst noch?"

Ethan ruderte weiter. „Ich habe sie zum Grillen mitgenommen. Die S'mores hat sie geliebt." Als er sich Marcus zuwandte, tanzten Lachfältchen in den Winkeln seiner großen blauen Augen. „Du bist auch da gewesen. Erinnerst du dich noch an die Party am See?" Ally und ihre Freundinnen hatten diese Party organisiert.

„Dann hast du quasi null Aufwand betrieben?" Marcus riss sich buchstäblich die Beine aus für die Frauen, die er bezirzte, machte Reservierungen in den besten Restaurants der Stadt und ließ seine Beziehungen spielen, um den jeweils besten Tisch zu bekommen. Nicht nur das, er gab sich auch unglaubliche Mühe, die richtigen Komplimente zu finden, und sorgte er nicht jedes Mal dafür, dass die Frau auch im Bett auf ihre Kosten kam? Inwieweit war das fair? Ethan hatte absolut nichts getan.

Ethan hielt mit finsterer Miene inne. „Ich habe mir Mühe gegeben. Gott, hörst du mir denn gar nicht zu? Ich habe sie zu meinen Lieblingsaktivitäten mitgenommen. So hat sie mich kennengelernt."

„Und dann hat sie sich bis über beide Ohren in dich verliebt? Ethan, ich habe gesehen, wie sie dich ansieht. Es ist, als könntest du nichts falsch machen." Er hob seine Hände in Richtung Decke. „Als wärst du da oben."

Ethan lächelte, stand auf und begann, sich zu stretchen. „Ja, so ist sie bei mir. Wir sind uns einander sicher. Wir wissen beide zu schätzen, was wir haben."

Marcus konnte immer noch nicht fassen, dass Ethan mit null Aufwand so weit gekommen war. „Und wie bist du da hingekommen?"

Ethan zuckte mit den Schultern. „Als ich mir sicher war, dass sie auf mich steht, habe ich den ersten Schritt gewagt. Du wirst wissen, wann es soweit ist."

„Kann gut sein." Doch er verstand weniger denn je. Er hatte oft genug den ersten Schritt gewagt, doch nicht ein einziges Mal hatte ihm das eine Frau eingebracht, die ihn und *nur ihn* liebte. „Und eines Tages habt ihr euch einfach ineinander verliebt."

Ethan kam auf ihn zu. „Irgendwann ist mir bewusst geworden, dass ich andauernd an sie gedacht habe. Ich habe mich wahnsinnig gefreut, wann immer ich sie gesehen habe, und schließlich bin ich an einem Punkt angelangt, an dem es mir schwergefallen ist, *nicht* mit ihr zusammen zu sein. Und das war alles kurz, nachdem Peggy gestorben war." Peggy war seine Pflegemutter gewesen. „Der Verlust hat etwas in mir bewegt. Mich der Liebe gegenüber geöffnet. Du musst ihr gegenüber aufgeschlossen sein. Sobald du es bist, spürst du alles."

Marcus seufzte und schaltete das Laufband ab. „Tiefschürfende Gedanken."

Ethan nickte.

Marcus ging zu den Hanteln. „Was macht ihr, wenn es zu kalt zum Fischen und Wandern ist?"

„Wir hängen hier rum." Ethan wandte den Blick ab. „Anderen Kram", murmelte er.

Marcus stürzte sich darauf. „Was zum Beispiel? Was, was sie gerne macht?"

Ethan ging in den Liegestütz und regte sich nicht. „Es ist ja nicht so, als würden sie jeden Abend ein Spiel im Fernsehen übertragen."

„Dann schaust du dir Weiberkram mit ihr an?", feixte Marcus.

Ethan hielt seine Position. „Ich leiste ihr nur Gesellschaft. Bei manchen ihrer Renovierungsshows kann man sogar was lernen. Wir sparen ja auf ein Haus. Und sie hat Hailey am Wochenende mit dem Hochzeitsplanungs- und Sologamie-Kram ausgeholfen, und da gibt es andere Shows, die ihr dabei auch helfen. Es gibt für so gut wie alles eine Show." Er fing an, in schneller Folge Liegestütze zu machen.

Marcus nahm ein paar Hanteln. „Ah ja. Und was ist dieses Sologamie-Zeugs?"

Ethan stöhnte und beendete seine Liegestütze, dann stand er auf und erklärte ihm, dass bei einer Sologamie-Zeremonie Frauen sich selbst heiraten und sich zu ihrem eigenen Glück bekennen. „Dabei geht es um Selbstwertsteigerung. Ally und ihre Freundinnen haben die Zeremonie zusammen gefeiert. Jetzt bietet Ally sie als Zusatzleistung bei Hochzeiten für die Braut, die Brautjungfern und wer sonst noch alles mitmachen will an. Kein Witz."

Marcus war sprachlos. Ethan derart ernsthaft über so etwas sprechen zu hören, war ein Schock für ihn. Ethan war ein Mann, durch und durch, doch er hatte sich definitiv verändert, seit er mit Ally zusammen war. Es war weder gut noch schlecht, nur anders.

Ethan nahm die Langhantel und stemmte sie über seinen Kopf. „Und wir machen Sachen gemeinsam. In die Mall gehen und so'n Scheiß."

„Du gehst mit ihr shoppen?"

„Halt die Klappe." Er senkte die Langhantel. „Du hast mich um Rat gebeten, ich habe ihn dir gegeben."

„Jetzt werd bloß nicht zickig. Ich freue mich für dich, Mann. Wirklich."

Ethan hob die Langhantel erneut hoch. „Ist mir egal, was wir machen – shoppen, fischen oder sonst was. Ich liebe sie, und ihr Glück bedeutet mir alles. Ich würde mit ihr jede Renovierungs- oder Hochzeitsshow und jeden kitschigen Liebesfilm ansehen." Er senkte die Langhantel wieder und sah Marcus ernst an. „Ich würde ihre Handtasche halten und ihr bis Ladenschluss beim Klamotten-Anprobieren zusehen. Für sie würde ich in der Nacht losfahren, um ihr ihr Lieblingseis zu kaufen oder Tampons oder–"

„Whoa! Zu viel Information."

Ethan lächelte schief. So ein Spinner. „So ist es aber."

Marcus sah Ethan ein paar Minuten beim Trainieren zu und dachte darüber nach. Er konnte sich das einfach nicht vorstellen – der toughe Ethan vor dem Regal mit den Damenhygieneprodukten? An der Kasse, wo er vor Zeugen dafür bezahlte. Schließlich schüttelte er den Kopf. „Fuck, Mann, das ist ganz schön krank."

Ethan schmunzelte. „Das ist Liebe. Wenn du bereit bist für was Ernstes, dann wird es auch passieren."

Marcus bedeutete ihm mit einer Geste, dass er mit der Langhantel trainieren wollte. „Das ist furchteinflößend."

Ethan nahm die Kurzhanteln. „Ist nichts für Weicheier. Man muss schon ein ganzer Mann sein, um sich darauf einzulassen. Man fühlt sich klein, und man begreift, was wirklich wichtig ist. Sie ist mein ein und alles." Seine Stimme erstickte.

Marcus schnürte sich angesichts des Gefühlsausbruchs seines einst so stoischen Freundes der Hals zu. „Cool. Ich freue mich, dass du das gefunden hast."

Sie beendeten ihr Workout und gingen in die Küche, um etwas zu trinken. Ethan goss zwei Gläser Wasser ein und setzte sich mit ihm an den kleinen Küchentisch.

Ethan sah ihn mit seinem eindringlichen Cop-Blick an. „Was läuft da zwischen dir und Lexi?"

Marcus trank einen langen Schluck. „Ich weiß nicht. Ich denke, wir sind Freunde." Und sie wollte, dass er sie wie einen Kumpel behandelte, was ihn in diese unbehagliche Situation brachte, in der er mehr wollte, aber nicht wusste, wie er es anstellen sollte. Er konnte sich nicht vorstellen, Ethans Ratschlag zu folgen und Lexi einzuladen, mit ihm seinem Lieblingshobby nachzukommen – dem Trainieren. Und ihr Tampons kaufen? *Gott bewahre.*

Als Ethan mit der Hand auf den Tisch klatschte, zuckte Marcus zusammen. „Das Leben ist verdammt kurz. Wenn du glaubst, da geht was, dann nichts wie ran. Lad sie ein, was mit dir zu machen, was du gerne machst. Vielleicht nicht gerade Gewichtheben. Was machst du sonst noch gern?"

„Basketball."

„Willst du mit ihr Basketball spielen?"

„Ich habe Saisontickets für die Knicks."

Ethan neigte den Kopf und überlegte. „Ja, schätze, das könnte funktionieren. Wenn sie sich nicht zu sehr langweilt. Beim Wandern oder Fischen gibt's immer was zu tun. Darum bin ich so gerne draußen in der Natur."

„Ja, ja." Marcus war ein Stubenhocker.

Ethan trank einen Schluck, stellte das Glas ab und hob die Hand. „Mir ist gerade noch was eingefallen. Zach sagt, dass vom anthropologischen Standpunkt aus betrachtet, der dominante Mann ein begehrter Partner ist, da er offensichtlich als Beschützer und Versorger für die Jungen geeignet ist. Nicht dominant im Sinne von unterdrücken einer Frau. Eher um zu zeigen, dass du stark genug bist, Feinde zu vertreiben, die Familie zu beschützen und Essen nach Hause zu bringen. Du solltest dich mal mit Zach unterhalten. Er hat ein wirklich tiefgreifendes Verständnis von Werbungsverhalten und Ehegebräuchen."

Marcus blinzelte. Ethan sprach überraschend akademisch daher. Vielleicht färbte Zach ja auf ihn ab. Schließlich waren Ethan und Zach, der zwischenzeitlich Professor der Anthropologie geworden war, in derselben Pflegefamilie aufgewachsen, und Zach neigte dazu, immer irgendwas über instinktives animalisches Verhalten zu erzählen. Nicht gerade hilfreich in der heutigen Zeit.

„Was denkst du? Soll ich ihr lieber Fleisch oder Fisch mitbringen?", feixte Marcus.

„Das könnte helfen", antwortete Ethan enthusiastisch. „Und schau, dass du dich mit ihrer Familie und ihren Freunden gut stellst. Das ist simple Ethologie. Zach hat es erklärt. Zustimmung zur Partnerwahl und so." Dieser Teil erschien ihm tatsächlich sinnvoll. Und Zach würde im Mai heiraten, darum war also vielleicht etwas an diesem anthropologischen Kram dran.

Ihm schwirrte der Kopf vor Informationen, und er war sich nicht sicher, wie viel davon auf ihn anwendbar war. Aber scheiß' drauf. Er würde alles versuchen.

7

Lexi war Marcus gegenüber nicht so immun, wie sie es gerne gewesen wäre. Sie hatte sich eingeredet, dass es am besten wäre, wenn sie nur Freunde wären, doch sie ertappte sich viel zu oft dabei, wie sie an ihn dachte. Erstens, er war intelligent. Das war sexier als sein Körper, und der für sich war schon reichlich sexy. Zweitens hatte er diese zärtliche Fürsorglichkeit, die er unter all diesen Muskelbergen verbarg. Wie er ihr das Projekt angeboten hatte, sich um seine Mutter kümmerte oder Rose geknuddelt hatte, und … oh, einfach alles. Jetzt, wo sie einen Blick auf diese süße Art erhascht hatte, konnte sie sie nicht wieder vergessen. Smart, sexy, süß – der S-Hattrick, der garantiert jede Frau ins Schwärmen brachte.

Wie konnte das derselbe Mann sein, der reihenweise Herzen brach? Es musste eine vernünftige Erklärung für diese furchtbaren Gerüchte geben. Vielleicht hatte seine Ex-Frau ihn so fertig gemacht, dass er für eine Weile die Kontrolle verloren hatte und sich erst wieder hatte fangen müssen. Jetzt kam er ihr allerdings stabil vor. Oder vielleicht wollte sie die Wahrheit einfach nicht sehen. Das wäre nicht das erste Mal. Und hatte sie nicht genau das bei ihrem Fremdgeher von einem Exfreund in den Hintern gebissen?

Sie seufzte, öffnete den Kühlschrank und starrte in der vergeblichen Hoffnung, dass sich das Abendessen von selbst kochen würde, hinein. Doch nichts geschah. Die Küchenfeen ließen sie schon wieder im Stich. Sie schloss die Kühlschranktür und nahm eine Packung Mini Wheats Frühstücksflocken aus dem Schrank. Sie schob sich ein paar davon in den Mund und kaute nachdenklich, während sie den Rest in eine Müslischale schüttete. Vielleicht suchte sie nur wegen des unerwarteten S-Hattrick nach Entschuldigungen für Marcus.

Sie goss Milch in die Schale, holte einen Löffel aus der Schublade und ging zu ihrem Sofa. Es war Sonntagabend, und sie wollte einfach durch die Kanäle surfen und sehen, was lief. Kaum hatte sie es sich auf dem Sofa bequem gemacht, da klingelte es an ihrer Tür. Jetzt, wo alle ihre Freundinnen ausgezogen waren, kam niemand mehr unangemeldet vorbei. Oh Shit. War es Marcus? Er dürfte zwischenzeitlich wieder aus der Stadt zurück sein. Als sie einen Blick auf ihren ausgeleierten violetten Pullover und ihre graue Jogginghose warf, rang sie einen Moment mit der Panik, doch dann kam sie zu dem Schluss, dass sie für ihn nicht toll aussehen musste. Sie waren nur Freunde. Wenn er es war. Warum hoffte sie plötzlich, dass er es war?

Es klingelte erneut.

„Ich komme!" Sie eilte zur Tür und spähte durch den Spion. Ihr Herz pochte, und plötzlich war ihr heiß. Als sie die Tür öffnete, stand Marcus vor ihr in einer schwarzen Lederjacke, Jeans und schwarzen Stiefeln und sah insgesamt aus wie ein fleischgewordener feuchter Traum.

„Hey", sagte sie. „Mit dir hab ich jetzt gar nicht gerechnet."

Er hielt eine braune Papiertüte hoch, aus der es wunderbar duftete. „Hab gegrillte Chickenwings mitgebracht. Die Knicks haben heute ein Auswärtsspiel. Würde es dir was ausmachen, wenn ich mir das Spiel auf deinem Fernseher ansehe, Kumpel?" Sie *hatte* ihm gesagt, dass er sie wie einen der Jungs behandeln sollte. Das war eine schöne sichere Freundschaftsnummer. Und Chickenwings anstelle von Frühstücksflocken klang ziemlich gut.

Sie machte eine einladende Geste. „Immer herein."

Er lächelte, und seine dunklen Augen leuchteten. „Schön." Er folgte ihr in ihre Wohnung. „Ich habe noch keinen Fernseher für meinen Palast auf Zeit hier. Meistens schaue ich auf meinem Laptop fern, aber das Spiel macht auf einem größeren Bildschirm einfach mehr Spaß."

„Nimm Platz", sagte sie und ging in die Küche. „Ich hole Teller und eine Rolle Küchenpapier. Bei Chickenwings kriegt man immer so herrliche Fettfinger." Ihr Magen knurrte vor Vorfreude. „Möchtest du was trinken?"

„Hast du Bier da?"

„Nein. Ich habe Wasser oder Milch."

„Dann Wasser bitte."

Als sie alles zum Tisch gebracht hatte, hatte es sich Marcus bereits gemütlich gemacht und fläzte sich auf ihrem grünen Sofa. Die Beine breit, die Arme auf der Rückenlehne ausgestreckt, den Blick aufs Spiel gerichtet. Kumpelzeit. Er war allerdings so umsichtig gewesen, nicht schon ohne sie mit dem Essen anzufangen. Die Kartons vom Diner waren noch verschlossen.

Sie öffneten eine davon. Er hatte sogar an Sellerie mit Ranch Dip gedacht.

„Die hier sind nicht ganz so scharf", sagte er und deutete auf einen der Kartons. „Und die hier sind schärfer. Ich wusste nicht, wieviel Feuer du verträgst."

Ihr Kopf schnellte zu ihm herum. In seinem Ton lag eine kaum merkliche Anspielung. Aber das konnte sie auch. „Ich vertrage alles."

Seine Augen glitzerten. „Wild, heiß und brennend scharf?"

„Ja." Ihre Stimme klang heiser.

Da war es wieder, sein sexy-schiefes Lächeln. „Gut zu wissen, das merke ich mir dann fürs nächste Mal." Er zwinkerte ihr zu, lud ein paar Chickenwings auf seinen Teller und wandte sich wieder dem Spiel zu.

Sie setzte sich neben ihn und tat, als wäre das alles vollkommen normal. Zwei Kumpel, die sich zusammen ein Spiel ansahen. Nur, dass sie wusste, dass sie mit dem Feuer spielte. Sie lud sich auch ein paar Chickenwings auf den Teller und schob sich einen in den Mund. *Mmm ... so gut.*

„Das ist so viel besser als das, was ich zu Abend gegessen hätte", sagte sie.

Er sah sie an. „Ja? Und was wäre das gewesen?"

„Frühstücksflocken." Sie wartete darauf, dass er ihr deswegen einen Vortrag hielt. Offensichtlich achtete er auf sich und stand auf Fitness.

„Ich habe auch immer welche zu Hause für den Fall, dass ich mal zu müde zum Kochen bin."

„Oh", sie lächelte. „Ich dachte, du ernährst dich nur von Proteinshakes und rotem Fleisch."

„Normalerweise esse ich ziemlich gesund, aber solange man es mit dem Zucker nicht übertreibt, sind Frühstücksflocken ja nicht schlecht."

Sie entspannte sich und aß. „Wer gewinnt?"

„Die Knicks. Aber das ist erst das erste Viertel." Er trank einen Schluck Wasser. „Soll ich dir das Spiel erklären?"

„Ich weiß, wie es geht. Bin nur kein großer Fan."

Er stellte das Glas ab. „Und ich komme hier reingeplatzt und frage dich, ob ich das Spiel auf deinem Fernseher ansehen kann. Mach nur und stell was ein, was du magst."

„Passt schon. Ich habe einen älteren Bruder. Bei uns zu Hause lief dauernd Sport." Sie nahm den nächsten Chickenwing. „Und außerdem hast du mir was Warmes zu Essen mitgebracht."

Sie aßen schweigend, abgesehen von Marcus' gelegentlichem Jubel, wenn die Knicks punkteten. Es war schön, wieder Gesellschaft zu haben. Jetzt, da ihre Freundinnen nicht mehr auf demselben Flur wohnten, verbrachte sie viel mehr Zeit allein zu Hause. Da half es wahrscheinlich auch nicht, dass sie von zu Hause aus arbeitete. Bisher hatte sie mit Hilfe von Haileys Rechtsanwalt die Firma gegründet, Visitenkarten drucken lassen und online wie offline so viel wie möglich genetzwerkt, doch sie sollte sich auch mit der finanziellen Seite der Selbständigkeit befassen, damit sie vorbereitet war. Sie warf Marcus einen verstohlenen Blick zu. Vielleicht könnte er ihr mit seinem Wirtschaftsabschluss helfen. Außerdem war er ja selbst ein Geschäftsmann.

Sie wartete, bis beide mit dem Essen fertig waren *und* die nächste Werbepause begann, um ihn zu fragen. Sie wusste, dass es keine gute Idee war, einen Sportfan während eines Spiels zu fragen.

„Klar kann ich dir da helfen", sagte er.

„Danke, das weiß ich wirklich zu schätzen." Sie sammelte das Küchenpapier, die Kartons und was sonst noch so auf dem Tisch lag ein und warf es in die braune Tüte. „Ich dachte mir, ich sollte von Anfang an alles ordentlich machen. Es macht mich ziemlich nervös, mein eigener Boss zu sein. Ich meine, alles hängt von mir ab."

„Dein eigener Boss zu sein, ist eine fantastische Sache. Natürlich ist es ein Lernprozess, aber das kriegst du schon hin."

„Danke." Sie brachte den Abfall in die Küche, zwischenzeitlich ein bisschen optimistischer, was ihre künftige Karriere anging.

Als sie ins Wohnzimmer zurückkehrte, schenkte er ihr ein Lächeln, das ihr Herz schneller schlagen ließ. Er sah aus, als freute er sich, sie zu sehen und Zeit mit ihr zu verbringen, und ihr ging es da nicht anders. Aber gut war das nicht. *Grenzen.*

Sie ließ sich aufs Sofa fallen und legte die Füße auf den Sofatisch. Er tat es ihr nach und streckte seine Arme über die Sofalehne aus, den linken direkt über ihrem Kopf. Sie richtete sich auf und schob seinen Arm weg. „Du kannst dich nicht über mein ganzes Sofa ausbreiten. Ein bisschen Platz brauche ich auch noch."

„Sorry, habe gar nicht bemerkt, dass ich mich so breitgemacht habe." Er zog die Arme ein. „Ich hab mich nur entspannt."

Sie starrte auf den Bildschirm und ihre Irritation wuchs. Sie wollte ihn nicht wollen, doch hier war er und Bad Boy sexy wie er war, brachte ihr ein köstliches Abendessen und war einfach nur zuvorkommend. Sein männlich-erotischer Duft mischte sich mit der scharfen Sauce und trieb sie vor Lust fast in den Wahnsinn. Das war zu viel. Sie musste die Wahrheit über ihn wissen, darum tat sie, was keine Frau, die auch nur annähernd bei Verstand war, mit einem sexy Bad Boy in ihrer Wohnung tun würde – ihn zur Rede stellen.

Sie nahm die Fernbedienung und drückte den Pause-Knopf. „Ich habe gehört, dass du nicht an Monogamie glaubst." Das war ihre höfliche Art, Fremdgehen zu umschreiben. „Warum hast du dann geheiratet?"

Er starrte sie an, seine Miene irgendwo zwischen überrascht und genervt. Wahrscheinlich, weil sie das Spiel unterbrochen hatte.

„Also?", fragte sie.

Seine Miene verschloss sich. „Ich habe an Monogamie geglaubt, bis meine Ehe zerbrochen ist."

„Und dann bist du fremdgegangen?"

Er verzog das Gesicht. „Ich nicht. Aber sie hat mich gleich mit mehreren Männern betrogen."

Ihr Magen sackte ihr in die Kniekehlen, als sie begriff. Er war genauso verletzt worden wie sie. Sie konnte sich nur allzu gut vorstellen, wie weh es getan haben musste bei einer Frau, die er so geliebt hatte, dass er sie geheiratet hatte. Darum glaubte er also nicht mehr an Monogamie. „Das tut mir leid. Gott, das ist wirklich scheiße."

„Ja, das war es, aber ich hab's überwunden. Das war

vor vier Jahren. Können wir jetzt das Spiel weiter anschauen?"

Doch sie war noch nicht fertig. „Darum bist du selbst zum Fremdgeher geworden und hast drei Frauen gleichzeitig gedatet. Alles wegen deiner Exfrau."

Er nahm ihr die Fernbedienung aus der Hand, schaltete das Spiel aber nicht sofort wieder ein. Stattdessen starrte er sie finster an. „Ich habe gesagt, dass ich nicht fremdgehe. Nach meiner Scheidung war ich eine Weile im freien Fall. Ich war nicht soweit, eine exklusive Beziehung mit jemandem einzugehen, und das habe ich jeder Frau, mit der ich ausgegangen bin, gesagt. Ich habe immer mit offenen Karten gespielt. Sie konnten daten, wen auch immer sie wollten. Aber das ist eine ganze Weile her. Ich hatte schon seit Monaten nichts mehr mit einer Frau."

Sie bemühte sich, ihre Überraschung zu verbergen. Ein lebensstrotzender, sexy Mann wie Marcus lebte seit Monaten zölibatär? Plötzlich wollte sie ihn umarmen. Sie war so erleichtert zu hören, dass es eine vollkommen nachvollziehbare Erklärung für sein Verhalten gab. Natürlich wollte sie der Sache weiter auf den Grund gehen und bestätigt wissen, dass er wirklich der gute Mann war, für den sie ihn die ganze Zeit schon gehalten hatte. „Und warum nicht?"

Er sprach durch die Zähne. „Darum."

Nicht, dass das eine Antwort gewesen wäre. „Und warum hattest du das Bedürfnis, drei Frauen gleichzeitig zu daten?"

Er holte scharf Luft. „Weil es Spaß gemacht hat."

„Und dann plötzlich nicht mehr."

Ein Gesichtsmuskel zuckte. „Genau."

Sie war erstaunt über seine offensichtliche Irritation. Warum sollte sie nicht relevante Fragen stellen? „Und was ist mit Ellie?"

„Was ist mit ihr?"

„Du hast ihr den Schlüssel zu deiner Wohnung gegeben."

„Nicht zu der Wohnung, in der ich lebe. Zu einer Miet-wohnung, die mir gehört. Können wir jetzt das Spiel weiter anschauen?"

Sie wollte ihn besänftigen, wusste aber nicht wie. Alles was sie wusste, war, dass er eine empfindsame Seite hatte und zutiefst verletzt gewesen sein musste, um sich so zu verhalten, wie er es getan hatte. Und wenn er jetzt wirk-lich über seine Ex hinweg war, dann würde er wieder zu seinem normalen Verhalten zurückkehren. Das Problem war nur, dass sie ihn nicht gut genug kannte, um zu wissen, welcher Marcus wirklich er war und welcher der, der sich im freien Fall befunden hatte.

Sie rutschte näher und stieß seinen Arm mit der Schulter an. „Ich war nur neugierig, weil ... du hier bist und du so gut duftest und mir Essen gebracht hast."

Er legte die Fernbedienung neben sich und sah sie eindringlich an. „Ich glaube wieder an Monogamie. Ich will das. Ich habe alle meine Freunde ihre Partnerinnen finden sehen, Frauen, die sie anbeten, und ich ... ich bin es leid, mich leer zu fühlen. Leid, Spielchen zu spielen. Ich habe die ganze Datingszene sowas von satt."

Ihr Adrenalinspiegel schoss in die Höhe. Ihr Herz pochte und ihr Puls raste angesichts dieser neuen Seite an Marcus. „Du willst eine Frau zum Anbeten?"

Er beugte sich zu ihr vor und strich ihr die Haare hinters Ohr. „Genau genommen habe ich schon eine Frau, die ich anbete." Er blickte ihr in die Augen, warm und zärtlich und süß. Und sie schmolz dahin.

„Mich?", fragte sie, nur um sicherzugehen.

Er lächelte. „Ja, dich." Er schlang seine Arme um sie und zog sie an sich. Nicht, was sie erwartet hatte. Sie schmiegte ihre Wange an seine Brust und hörte sein Herz pochen. Hatte er genauso viel Angst wie sie?

Sie blickte zu ihm auf. „Mein Ex hat mich auch betro-gen. Ich habe sie in unserem Bett erwischt. Es war seine Wohnung, darum habe ich, als wir uns getrennt haben, nicht nur mein Zuhause verloren, sondern auch unseren gemeinsamen Hund." Ihre Stimme versagte. Sie *liebte* diesen Hund. Sie hatten Tig, einen Boxer, zusammen gekauft, doch sie war diejenige gewesen, die ihn erzogen und sich um ihn gekümmert hatte.

„Lex, das ist wirklich eine beschissene Situation. Tut mir leid, dass dir das passiert ist."

Sie schluckte. „Seitdem bin ich auch nicht mehr mit jemandem zusammen gewesen, und das ist lange her. Ich war nicht ein einziges Mal versucht gewesen."

Er blickte ihr in die Augen, und sie erwartete, dass er eine flirthafte Bemerkung zur Versuchung machen würde, doch er überraschte sie. „Wir holen deinen Hund zurück."

Sie setzte sich auf. „Danke, wirklich, das bedeutet ..." Ihre Stimme versagte, und sie hustete, um es zu überspielen. „Das bedeutet mir eine Menge, aber mein Ex ... er hat ein Kontaktverbot gegen mich erwirkt. Er könnte mich festnehmen lassen."

„Wow, langsam. Erzähl mir bitte die ganze Geschichte."

Sie begann zu erzählen. Nachdem sie Noah beim Fremdgehen erwischt hatte, hatte er sie aus seinem Haus geworfen und Tig behalten. Da sie Tig, der ihr Ein und Alles war, nicht aufgeben wollte, hatte sie Tig am nächsten Morgen abzuholen versucht. Noah hatte sie dabei erwischt, wie sie gerade den großen Hund dazu bewegen wollte, in ihren kleinen Subaru einzusteigen. Tig war nicht sonderlich kooperativ gewesen, da er wahrscheinlich befürchtet hatte, dass sie ihn zum Tierarzt bringen würde. Und ehe sie sich's versah, hatte Noah ihr den Hund abgenommen und ein Kontaktverbot gegen sie erwirkt.

„Und das war meine kurze kriminelle Karriere", beendete sie die Erzählung.

Marcus presste die Lippen aufeinander. Offensichtlich nahm er ihren Verlust ernst. „Wenn du mir die Adresse gibst, hole ich dir den Hund zurück. Gegen mich besteht ja kein Kontaktverbot."

Ihr blieb der Mund offenstehen, und ihr Herz schwoll

vor Zuneigung. „Das würdest du für mich tun? Ich meine, das wäre Einbruch und Diebstahl."

„Gott ja. Es geht schließlich um ein Tier, das du liebst. Das kann ich vollkommen nachvollziehen."

Ihre Unterlippe begann zu zittern, und sie biss darauf. „Das ist das Netteste, was mir jemals jemand angeboten hat", sagte sie und wischte sich eine Träne ab. „Aber ich habe hier keinen Garten für Tig, und Noah ist wieder zurück zu seinen Eltern gezogen, nachdem er seinen Job verloren hat. Sie haben einen großen eingezäunten Garten und einen winzigen Yorkshire Terrier, mit dem Tig sich angefreundet hat. Er scheint glücklich zu sein."

Er starrte sie an. „Und woher weißt du das?"

„Ich musste mich doch versichern, dass es Tig gut geht."

„Dann hast du deinen Ex gestalkt?"

„Nein! Ich habe ihm eine E-Mail geschrieben, und er hat geantwortet und mir ein Foto von Tig und Sugar geschickt."

Er legte seine große Hand an ihr Gesicht. „Lex, hinter deiner kratzbürstigen Schale verbirgt sich ja ein ganz weiches Herz–"

„Oh, halt die Klappe."

„Nein, du halt die Klappe." Dann küsste er sie.

Und er war ein guter Küsser.

Ein verdammt guter.

Seine Lippen auf ihren streichelte seine Zunge sie. Und als sie ihren Mund öffnete, wurde der Kuss leidenschaftlich. Wild. Lippen und Zunge und Zähne. Sie kroch auf seinen Schoß, schlang die Arme um seinen Nacken und schmiegte sich an seinen harten, muskulösen Körper, während sie sich in seinem Geschmack, seinem Duft und seinem köstlichen Mund verlor.

Seine Hände glitten unter ihren Pullover, liebkosten ihren nackten Rücken und hinterließen elektrische Hitze, wo immer er sie berührte. Sie rieb sich an ihm, und die harte Ausbuchtung in seiner Jeans traf genau die richtige Stelle, um ihr Verlangen zu wecken.

Plötzlich unterbrach er schwer atmend den Kuss. „Ich sollte gehen."

Sie nahm seinen Kopf in ihre Hände. „Machst du Witze?"

Doch er machte keine Witze. Er nahm ihre Hände von seinem Gesicht, schob sie sanft von seinem Schoß und stand auf. Sie wollte ihm folgen, doch er wich zurück. „Lex, ich will es langsam mit dir angehen lassen."

„Nein, das passt schon so."

Er atmete tief durch und blickte über ihre Schulter. „Ich springe nicht mehr sofort ins Bett. Vor dem dritten Date geht da nichts."

Sie starrte ihn an, wie er vor ihr stand und sie nicht anfasste. Oh, war das nicht die ultimative Ironie? Sie hatte den besten Antörner gefunden – einen reformierten Bad Boy – und jetzt wollte er nicht mit ihr ins Bett.

Zumindest hoffte sie, dass er reformiert war. Es nagten immer noch Zweifel an ihr, vor allem wegen der Dinge, die Ellie ihr erzählt hatte, doch sollte sie Ellie Glauben schenken? Es war eine Menge Hörensagen und Tratsch gewesen.

Er beugte sich zu ihr hinunter und küsste sie auf den Kopf. „Wir sehen uns bald zu einem zweiten Date."

„Das war ein Date?" *In ihren abgefuckten Joggingklamotten?*

„Jupp." Dann ging er.

Sie starrte die Tür an, immer noch geschockt. War das wirklich gerade passiert? Welcher Mann brach eine wilde Knutscherei mit einer willigen und lüsternen Frau ab und ging? Welcher Mann ging, während sein Lieblingsteam noch spielte? Sie drehte sich zum Fernseher um. Auf dem Bildschirm war immer noch das angehaltene Spiel am Anfang des dritten Viertels zu sehen. Es war Gleichstand. Ein Sieg war nicht garantiert. Er hätte wissen wollen sollen, wer gewinnen würde, und bleiben sollen, um es herauszufinden.

Doch ihretwegen war er gegangen. Weil er sie *anbetete.* Ein warmes, prickelndes Gefühl breitete sich in ihr aus und jagte ihr einen heißen Schauer den Rücken hinunter. Das war eine gefährlichere Situation, als ihr bewusst gewesen war. Geradezu tödlich.

Er versuchte, ihr den Hof zu machen!

Und trotz all ihrer Verteidigungsmechanismen und ihres natürlichen Widerstandes gegen alle und jede Verletzlichkeit, zog sich ihr Herz angesichts der Chance auf ihre eigene wahre Romanze zusammen. War es wirklich möglich, dass der Mann, von dem sie geglaubt hatte, dass er alles repräsentierte, was sie verabscheute, tatsächlich alles war, was sie sich immer gewünscht hatte?

8

Marcus ging ins Garner's, um dort das Ende des Knicks-Spiels anzusehen. Die Tatsache, dass er ans andere Ende des Ortes fahren musste, um der Versuchung, die von Lexi ausging, zu entfliehen, war ihm ein Rätsel. Er hatte seinen Schritt gemacht – es war purer Instinkt gewesen –, doch dann hatte er die Notbremse ziehen müssen, weil diese Frau anders war. Er wollte nicht dasselbe alte Dinner-Wein-Bett-Spiel spielen, auch wenn er Chickenwings und Wasser bei einem Knicks-Spiel nicht unbedingt als Dinner bezeichnet hätte. Er hatte vorgehabt, es als Freundschaft angehen zu lassen, wie Ethan vorgeschlagen hatte, einander kennenlernen bei Aktivitäten, die er mochte. Er hatte sich sogar Zachs Ratschlag mit dem Essen zu Herzen genommen.

Er seufzte. Jetzt, da er die Grenze überschritten hatte – er hatte schließlich zugegeben, dass er sie anbetete –, wuchs der Druck, etwas Besonderes zu tun, aber was? Natürlich konnte er sie fragen, was sie gerne unternehmen würde, doch was, wenn sie ihn zu irgendetwas peinlich-weiblichem mitschleppen wollte wie in einen Beautysalon oder Antiquitätenshoppen? Oder noch schlimmer: Schuhe einkaufen!

„Yesss!", jubelte er, als die Knicks den Siegestreffer erzielten. Er hatte ein spannendes drittes Viertel verpasst, doch das vierte war fantastisch gewesen, und die Knicks hatten wirklich ausgezeichnet gespielt.

Josh, der wie immer an der Bar arbeitete, kam zu ihm. „Willst du noch ein Bier?"

Er musterte Josh einen Moment lang. Seine dunkelbraunen Stoppeln konnte man langsam wirklich als Bart bezeichnen – es musste mindestens eine Woche her sein, seit er sich das letzte Mal rasiert hatte. Machte Josh gerade irgendetwas durch? Vielleicht hatte ihn die Sache mit Hailey letzte Woche bei der Ladys Night hart getroffen. Oder vermisste er vielleicht seine Ex? Sie waren zwei Monate lang zusammen gewesen. Damit dürfte das Joshs längste Beziehung gewesen sein. Doch sie hatten schon im Dezember Schluss gemacht, vor mehr als zwei Monaten. Es musste etwas mit Hailey zu tun haben.

Marcus lehnte das angebotene Bier ab. „Nein, danke. Alles klar bei dir?"

„Sicher, alles bestens. Warum fragst du?"

„Hailey."

Joshs Miene veränderte sich schlagartig, als er Haileys Namen erwähnte. Er presste die Lippen aufeinander, und jeder Gesichtsmuskel schien zum Zerreißen angespannt zu sein.

Marcus und Josh waren wie Brüder aufgewachsen, darum redete er erst gar nicht lange um den heißen Brei herum. „Was ist eigentlich letzte Woche passiert? Sie war so angepisst, dass sie in einer kalten Februarnacht zu Fuß nach Hause gegangen ist *und* ihren Hund vergessen hat. Du weißt, wie sehr sie ihren Hund liebt."

Josh biss die Zähne aufeinander. „Ich habe ihr angeboten, sie zurückzufahren."

„Was hast du angestellt?"

Er warf die Hände in die Höhe. „Ich habe gar nichts angestellt!"

Marcus neigte den Kopf. „Dann eben was hat sie gemacht?"

„Geht dich einen Scheiß an."

Interessant. „Okay, okay." Auch wenn es seltsam war, dass Hailey daran schuld gewesen sein sollte, wenn sie diejenige war, die in der Kälte zu Fuß nach Hause gegangen war. Irgendetwas stimmte hier nicht.

Josh sah nach den anderen Gästen, weitestgehend Männer, die hier waren, um das Spiel zu sehen. Marcus wartete, bis er ihnen frisches Bier gebracht hatte, bevor er ihn zu sich herüberwinkte.

Josh ließ sich Zeit. „Was?"

„Ich brauche Date-Ideen, aber kein Abendessen."

Josh entspannte sich. „Mit wem willst du ausgehen?"

„Lexi Judson."

Josh grinste. „Du kennst sie bei ihrem vollen Namen, was? Klingt ernst. Weißt du, was sie gerne macht?"

„Keine Ahnung."

„Du weißt schon, dass du sie fragen kannst, oder?"

Um dann irgendwelchen Weiberkram ertragen zu müssen? „Ich hab dich nur um Vorschläge gebeten."

Josh blickte an die Decke. „Lass mich nachdenken. Abgesehen von Abendessen könntest du eine Menge billigen Kram machen wie eine Wanderung oder ein Picknick, mit ihr auf den Boardwalk gehen und versuchen, bei den Spielen da einen Preis für sie zu gewinnen, durch Clover Park spazieren gehen und einen Schaufensterbummel mit ihr machen, sie auf ein Eis einladen, solches Zeug."

„Aber es ist Februar. Bisschen kalt für die meisten deiner Ideen."

Josh fuhr fort. „Eislaufen, Bücherladen mit einem Kaffee, Bar mit Tanzfläche." Er hob die Hände. „Du hast *The Burrow.* Bring sie auf einen Drink hin, und wenn sie Lust hat, geh hoch mit ihr und spiel eine Runde Billard, tanz mit ihr oder *was auch immer.*" Er zwinkerte Marcus zu. „Das sind drei Aktivitäten, die dich keinen müden Cent kosten."

Marcus lachte. „Mir ging's nicht um ein billiges Date. Ich will, dass es etwas Besonderes ist."

Josh blickte an der Bar auf und ab, um zu sehen, ob alle Gäste noch versorgt waren, dann wandte er sich Marcus wieder zu. „Du musst sie gut kennen, um zu wissen, was etwas Besonderes für sie ist."

„Was hast du auf deinen Dates mit Clarissa gemacht?" Clarissa war Joshs Ex.

Josh schüttelte den Kopf. „Wenn ich dir das erzähle, müsste ich dich umbringen, damit du nicht bei den anderen Jungs darüber tratschst."

„So schlimm, was?"

Josh seufzte und warf ihm einen kläglichen Blick zu. „Lass uns einfach sagen, da waren zu viel Yoga und grüne Getränke involviert."

„Dann wissen wir ja jetzt, warum diese Beziehung in die Hose gegangen ist."

Josh nahm einen Lappen und fing an, die Bar abzuwischen.

Marcus dachte über die Idee, mit ihr ins Burrow zu gehen, nach. „Die Sache mit dem Nebenzimmer oben ist, dass es so privat ist."

Josh warf den Lappen ins Waschbecken hinter dem Tresen. „Du willst nicht allein mit ihr sein? *Du*? Im Ernst?"

„Sie ist anders."

Josh verdrehte die Augen. „O Gott, jetzt kommt der schnulzige Mist. Dann lad eben ihre Freundinnen ein und mach eine Party draus."

„Ein Party-Date."

Josh zuckte mit den Schultern. „Warum nicht?"

„Okay, dann schau ich mal, ob das Nebenzimmer frei ist." Er schickte Ellie eine Nachricht. Sie hatte heute Abend Dienst. Ein paar Minuten später schrieb sie ihm, dass der Raum am Freitag und am Samstag gebucht war. Donnerstag war frei, darum bat er sie, den Raum zu reservieren. Er blickte auf. „Wie kann ich alle am schnellsten kontaktieren?"

„Erzähl einfach Hailey, was du vorhast, und sie erledigt den Rest."

„Hast du ihre Nummer?"

„Ja, es wird ihr nichts ausmachen, wenn ich sie dir gebe. Sie lebt für diesen Scheiß." Josh holte sein Handy hervor, tippte darauf herum und schrieb dann die Nummer auf eine Serviette.

Marcus schmunzelte. „Willst mich wohl nicht dein Handy sehen lassen, was? Befindet ihr euch im SMS-Krieg? Oder sextet ihr etwa?"

Josh schob sein Handy wieder in seine Hosentasche. „Sei nicht lächerlich."

Jemand hier war lächerlich, und es war nicht Marcus. Doch er behielt es für sich, denn wie immer hatte Josh ihm mit seinen Ideen geholfen.

„Danke, Mann."

Josh brummte.

Marcus schrieb Hailey, die sofort antwortete. *Ich kümmere mich drum. Klingt nach Spaß!* Dann schrieb er Lexi, um sie einzuladen.

Lexi: *Und nach der Party rennst du dann weg?*

Sein Nacken brannte. *Ich bin vorhin nicht weggerannt. Du bist was Besonderes. Darum lassen wir es langsam angehen.*

Ganz toll, warum muss ich mir auch einen reformierten Bad Boy angeln. Mach dich bereit, dir beim Billard den Hintern versohlen zu lassen.

Er lachte laut auf. Das war definitiv der richtige Schritt gewesen. Ein besonderes Date und es langsam angehen lassen. *Und* kein Weiberkram, was Lexi offensichtlich nicht störte.

Dann bis denne, schrieb er.

Du wohnst auf demselben Flur. Ich bin mir sicher, dass wir uns zwischenzeitlich über den Weg laufen werden.

Wie wäre es mit Mittagessen morgen?

Sicher. Müssen wir immer Sachen mit anderen Leuten machen?

Er schmunzelte und schrieb zurück: *Für den Moment schon.*

Na, dann muss wohl mein Vibrator ran.

Er lachte in sich hinein. *Das würde ich gerne sehen.*

Dann komm rüber.

Noch nicht, Darling.

Nenn mich nicht Darling!

Dann eben noch nicht, geiles Weib.

Wahre Worte.

Er lächelte und bemerkte Joshs wissenden Blick. „Sie hat Humor", sagte er zu ihm.

„Und …" sagte Josh gedehnt. „Er schließt sich den Untoten an."

„Den Untoten?"

Josh nickte weise. „Ist dir noch nie aufgefallen, dass die Jungs zu Zombies werden, wenn sie eine am Haken haben? Ja, Liebes, was immer du willst. Mir gefällt, was dir gefällt, Honey." Er schnitt eine Grimasse. „Erbärmlich."

Marcus konnte nicht aufhören zu lächeln. Seltsamerweise gefiel es ihm, zu den Liebeszombies zu gehören. Er war smart genug, nicht zu erwähnen, dass Josh für seine Ex Yoga und grüne Smoothies auf sich genommen hatte. Stattdessen zeigte er auf Josh. „Und dann war nur noch einer übrig."

„Ja, ja", sagte Josh. „Der letzte der Mohikaner. Der einzige, der noch klar sehen kann."

„Für den Moment."

Josh versetzte ihm einen Klaps. „Arsch."

～

Lexi schwebte durch ihre Arbeitswoche, und das hatte sie alles Marcus zu verdanken. Er war so viel besser als die Typen, die sie bisher gedatet hatte. Er verschwendete keine Zeit damit, anzugeben, wie toll er doch war, und versuchte nicht ein einziges Mal, sie ins Bett zu bekommen. Es war, als wollte er wirklich einfach nur Zeit mit ihr verbringen. Am Montag nach ihrem Mittagessen im Haus seiner Mom lud er sie im Something's Brewing Café auf einen Kaffee ein, und dann gingen sie einfach spazieren und unterhielten sich. Er erzählte ihr über seine Kindheit mit den Campbells, über den verrückten Scheiß, den er an der Wall Street erlebt hatte, und wie sehr er seine Bar liebte.

Sie erzählte ihm im Gegenzug von ihrem bisherigen Job und der Idee, neben Firmenevents auch Partys für vielbeschäftigte Berufstätige zu planen.

Am Dienstag aßen sie bei ihr zu Hause zu Mittag, was Marcus vom Chinesen mitgebracht hatte, und sprachen über ihren Businessplan. Und heute, am Mittwoch, hatte er sie zum Mittagessen eingeladen, bevor er zurück in die Stadt fahren musste, wo er den Rest der Woche bleiben würde. Er lebte ja nur ein paar Tage die Woche in Clover Park. Morgen Abend zu seiner Party würde sie ihn aber im Burrow sehen.

Sie warf einen Blick in den Ganzkörperspiegel in ihrem Schlafzimmer. Marcus hatte sie gebeten, sich hübsch zu machen, darum hatte sie zu einer weißen Bluse einen dunkelvioletten Bleistiftrock, eine schwarze Strumpfhose und Stiefeletten kombiniert. Die Haare ließ sie offen, und auch das Make-up war nicht übertrieben. Sie war nervös. Das heute fühlte sich viel mehr wie ein Date an, da er mit ihr zum Lunch in ein schönes Restaurant gehen würde.

Als es an ihrer Tür klingelte, machte ihr Herz einen Sprung. *Krieg dich wieder ein.* Sie ging zur Tür, atmete tief durch und öffnete.

Marcus lächelte und hielt ihr einen Strauß roter Rosen entgegen. „Für dich", sagte er in herzlichem Ton.

Sie holte scharf Luft. Nicht nur, weil er umwerfend aussah, wenn er lächelte, es waren all seine Wärme und seine romantischen Absichten, die sie ganz schummrig machten. Er war wirklich schön – seine dunklen Haare zurückgegelt, wie in Stein gemeißelte Wangenknochen, ein kantiges, sauber rasiertes Kinn. Seine Muskeln waren appetitlich in einem weißen Hemd verpackt, die Ärmel zu den Ellbogen hochgerollt. Dazu trug er eine dunkelgraue Stoffhose, die maßgeschneidert sein musste.

„Danke", sagte sie und drückte die Blumen an ihre Brust. Sie starrte die Rosen an und bewunderte deren satte Blütenblätter, die sich gerade erst öffneten.

Marcus räusperte sich. „Willst du sie ins Wasser stellen oder mitnehmen?"

Sie blickte abrupt auf. Wie lange hatte sie ihre Rosen bewundert?

Sie lachte. „Ich geh sie ins Wasser stellen. Dauert nur einen Moment." Sie ging in ihre Wohnung, und er folgte ihr.

„Ich hoffe, du magst italienische Küche", sagte er.

„Und wie."

„Großartig."

Sie holte eine Vase aus einem Schrank, füllte sie und stellte die Rosen hinein. Dann stellte sie sie auf den Wohnzimmertisch, damit sie sie sehen würde, sobald sie wieder nach Hause kam. Sie ging zu ihm und lächelte ihn an.

„Du siehst schön aus", sagte er und bot ihr seinen Arm an.

Angesichts ihrer weichen Knie nahm sie ihn gerne. Bis gerade eben hatte sie nicht gedacht, dass das heutzutage noch jemand machte. „Danke. Du auch. Ich meine, du bist ein schöner Mann" – sie schüttelte den Kopf. „Ein attraktiver Mann."

Er lachte und führte sie hinaus. „Was hältst du von geteilten Desserts? Manche Leute bestehen auf ein eigenes, andere teilen lieber. Der Laden, in dem ich einen Tisch reserviert habe, hat das beste Tiramisu. Besseres kriegst du höchstens in Venedig."

„Ich teile gern. Du bist schonmal in Venedig gewesen? Da wollte ich schon immer mal hin."

„Ich bin viel rumgereist. Ich fahre ihm Urlaub gerne immer mal wieder woanders hin."

Sie fuhren in den wohlhabenden Ort Greenport zum Mittagessen, und Marcus erzählte ihr von seinen Reisen um die Welt – alle möglichen Länder in Europa, aber auch Peru, Costa Rica, irgendeine Insel vor der Küste von Afrika, Japan und Australien. Er liebte das Tauchen und tat es, wann immer er Gelegenheit dazu hatte. Es war so leicht, sich mit ihm zu unterhalten, dass sie sich vollständig entspannte.

Er parkte den Wagen, ging um das Heck herum und öffnete die Tür für sie. Dann bot er ihr für den kurzen Weg ins Restaurant wieder den Arm an. Er gab ihr das Gefühl, etwas Besonderes zu sein, als betete er sie wirklich an. Bisher hatten alle Männer immer die Coolen gespielt. *Spielchen gespielt.* Marcus jedoch nicht.

„Ist Tauchen nicht furchteinflößend?", fragte sie. „Ich hätte dauernd Angst, dass mir die Luft ausgeht."

„Nein, es ist toll, es würde dir gefallen. Ich habe meinen Tauchschein gemacht, bevor ich nach Australien geflogen bin, weil ich am Great Barrier Reef tauchen wollte. Die Korallen waren der Wahnsinn, und Fische gab es in allen erdenklichen Farben und Formen. Wir haben sogar ein gesunkenes Schiff erkundet."

„Ich bin auf St. Thomas geschnorchelt, aber Tauchen habe ich noch nie versucht. Ich habe gehört, auf Hawaii soll es auch toll sein."

„Oh ja, Tauchen und Schnorcheln kann man da wirklich fantastisch. Bei mir wird es im August ruhiger, dann sollten wir einen Trip dorthin machen."

Sie biss sich auf die Lippe. Lud er sie zum Urlaub ein? Die zugrundeliegende Annahme, dass sie dann zusammen sein würden, wärmte sie überall, machte sie allerdings auch ein bisschen nervös. Was, wenn sie etwas planten und das zwischen ihnen nichts wurde? Es war doch erst Februar.

Er lächelte sie an und zwinkerte ihr zu. „Kein Druck. Ich dachte nur, dass es Spaß machen würde."

Sie sah ihm in die dunklen Augen und wagte den Sprung in gefährliches Beziehungsterritorium. „Das wäre schön."

Er strahlte. „Dann ist es ein Date."

Sie konnte nicht aufhören zu lächeln. Und es störte sie nicht einmal, dass sie dadurch vollkommen bescheuert aussehen musste.

Sie kamen zum Restaurant, und Marcus öffnete die Tür für sie und führte sie hinein. Er sprach mit dem Oberkellner, der sie sofort an einen Tisch in einer ruhigen Ecke führte. Die eckigen Tische waren weiß eingedeckt, und das Licht von den schlichten Decken- und Wandlampen war sanft und stimmungsvoll. Mehrere Landschaftsgemälde mit italienischen Weinbergen zierten die Wände.

Der Oberkellner rückte ihr den Stuhl zurecht, während Marcus ihr gegenüber Platz nahm.

Sie legte ihre Serviette auf ihren Schoß. „Was für ein schöner Laden", flüsterte sie.

„Warte, bis du das Essen probiert hast. Das Florentiner Steak ist unglaublich."

Sie schlug die Speisekarte auf, warf einen Blick auf die Preise und überlegte ernsthaft, ob sie nur einen Salat bestellen sollte. Alles andere war lächerlich teuer.

Ein paar Minuten später kehrte der Kellner zurück, um die Tagesgerichte anzubieten, und Marcus fragte ihn nach einer Weinempfehlung, fragte sie, ob ihr der Vorschlag gefiel, und bestellte schließlich einen Brunello aus der Toskana, ohne nach dem Preis zu fragen.

Sie beugte sich vor und flüsterte: „Marcus, du bist wirklich großzügig, aber du hast mir ein Event gegeben mit einem großen Budget, und ich fürchte, das ist zu viel."

Auch er beugte sich vor. „Das ist unser erstes echtes Date, und ich möchte, dass du spürst, dass du etwas Besonderes für mich bist."

„Das tue ich, aber–"

„Das ist alles, was zählt." Er lehnte sich zurück. „Genieß' es bitte einfach. Du bist die erste Frau, mit der ich Zeit verbringe, die durch die Taubheit durchgedrungen ist, die ich seit meiner Scheidung empfinde. Wenn du dich freust, freue ich mich. Wenn du glücklich bist, macht es mich glücklich, und selbst deine Spitzen sind okay, weil ich bei dir alles spüre. Weißt du, wie besonders das ist? Oder wie besonders du bist?"

Sie schluckte. „Ich werde mir Mühe geben, keine Spitzen mehr abzufeuern."

Er lachte. „Sei einfach du selbst. Ich mag dich so."

„Ich mag dich auch."

Sie lächelten einander an wie Idioten.

Der Kellner kam mit dem Wein und goss ein klein wenig in ihr Glas ein, damit sie ihn probieren konnte. Sie riss die Augen auf. „Der ist wunderbar!" Der beste Wein, den sie je probiert hatte.

„Ausgezeichnet", sagte der Kellner und schenkte ein.

„Ausgezeichnet", echote Marcus und sah sie liebevoll an.

Sie konnte den Blick nicht abwenden, geradezu verzaubert. Er war romantisch und sah umwerfend gut aus. Das einzige, das an ihm nicht perfekt war, war ein kleiner Höcker auf seiner Nase. Als der Kellner gegangen war, fragte sie: „Wie hast du dir die Nase gebrochen? Beim Boxen?"

„Football mit den Campbells. Ein Unfall. Mad ist auf mich gefallen und hat mich mit ihrem harten Schädel erwischt."

„Aww, die kleine Mad?" Ihre Freundin Mad war sechs Jahre jünger als er und ein zierliches Persönchen.

Er presste die Lippen aufeinander. „Nein, nein, es *ist* beim Boxen passiert. Der Typ war viel größer als ich, ein richtiggehender Riese."

Sie lachte. „Ah-ha."

„Wirklich." Er demonstrierte, wie groß und breit der imaginäre Gegner gebaut gewesen war.

Sie schüttelte schmunzelnd den Kopf.

Er trank einen Schluck Wein, doch seine Augen ließen sie nicht los. „Erzähl mir von dir. Wo gehst du am liebsten hin, was isst du gern, dein Lieblingswein – ganz wichtig, da ich ja eine Bar habe –, erzähl mir alles, was dir wichtig ist."

Sie starrte ihn sprachlos an. Kein Mann hatte je wissen wollen, was ihr wichtig war.

Er wartete und sah sie erwartungsvoll an.

Und weil es ihn wirklich zu interessieren schien, fing sie an, die Antworten herunterzurattern. „Ich liebe Manhattan – die Energie da, all die Leute und der Trubel. Mein Lieblingsessen … da liegen Marsala-Hühnchen und die Ro-Jis, die meine Mom macht, so ziemlich gleich auf. Das ist wie ein chinesischer Hamburger, aber anstatt aus Rindfleisch sind die aus gewürztem Schweinefleisch gemacht, das die ganze Nacht mit Kardamom und Nelken gekocht wird. Keine Ahnung, was sonst noch drin ist. Dazu kommt, dass sie die Brötchen dazu selbst backt."

„Deine Mom ist Chinesin?"

„Halb Chinesin, der Rest ist irisch, italienisch und puertoricanisch." Sie nahm eine Strähne ihrer glatten dunkelbraunen Haare zwischen die Finger. „Meine Haare kommen von der chinesischen Seite."

„Deine Haare sind wie Seide. Ich liebe sie."

Sie spürte, dass sie rot wurde. Es hatte eine Zeit gegeben, da hatte sie sich verzweifelt gewünscht auszusehen, wie ihre Freundinnen mit Wellen oder Locken, doch ihre Haare spielten da nicht mit, und dann hatte sie herausgefunden, dass eben diese Freundinnen sich glatte Haare wie ihre wünschten. „Danke. Die Leute sind immer neugierig, was meine ethnische Zugehörigkeit angeht – vor allem wegen meiner Haare, meiner Hautfarbe und meiner Augen."

„Stört dich das?"

„Ehrlich gesagt schon. Es ist, als wollten sie mich aus irgendeinem Grund in eine Schublade stecken. Manche

Leute sind richtig unhöflich. Die sagen dann *Was bist du?* Andere raten einfach." Sie neigte den Kopf, um die abschätzenden Blicke zu imitieren. „Latina? Asiatin? Mischling?"

Marcus schüttelte den Kopf. „So unhöflich. Und was sagst du dann?"

„Ich sage ihnen dann, ich bin eine amerikanische Promenadenmischung, denn es geht sie nichts an."

Er lächelte amüsiert. „Ich wusste, dass du ihnen eine gute Retourkutsche verpassen würdest. Die meisten tragen ein bisschen was von irgendwas in sich. Ich bin auch eine Promenadenmischung."

Sie lächelte, und dann bellte er plötzlich, und sie konnte sich das Lachen nicht verkneifen. Ein paar Leute an anderen Tischen drehten sich zu ihnen um, und sie versuchte, sich zu beruhigen, doch dann fing er an zu knurren und zu heulen, und sie verlor die Beherrschung.

Als sie sich schließlich wieder beruhigt hatte, wischte sie sich die Augen und trank einen Schluck Wein. „Das ist der beste Wein, den ich je getrunken habe. Das ist mein neuer Favorit."

„Dann werde ich dafür sorgen, dass ich immer welchen in der Bar habe."

Sie schüttelte den Kopf. „Du bist fast zu gut, um wahr zu sein."

„Dabei hast du mich am Anfang nicht gemocht."

„Unsinn, ich fand dich okay."

Er wedelte mit dem Finger. „Ich habe den bösen Blick gesehen, den du mir mehr als einmal zugeworfen hast."

Sie unterdrückte ein Lächeln. „Hast du tatsächlich mitbekommen, was?" Sie zuckte mit den Schultern. „Ich dachte, du wärst eine männliche Schlampe."

Er schnaubte. „Und ich dachte, du wärst eine Männerhasserin, dann würde ich sagen, dass wir quitt sind." Er winkte sie näher. „Willst du die Wahrheit wissen? Ich fand dich schon immer heiß."

Sie lächelte. „Und ich fand dich auch niedlich."

„Niedlich?" Er verzog angewidert das Gesicht. „Du kannst einen überaus männlichen Hünen doch nicht als niedlich bezeichnen!"

„Reizend?"

„Nein."

„Sympathisch?"

„Schon besser."

„Darling."

Er senkte die Stimme. „Okay, du kannst mich Darling nennen, Sweetheart."

Sie schmolz.

Und erholte sich nie ganz davon. Das Essen war köstlich, und Marcus stellte immer weitere Fragen und erzählte ihr auch ein bisschen mehr von sich. Es fühlte sich an, als wären sie alte Freunde – abgesehen von den gelegentlich lodernden Blicken, die er ihr zuwarf.

Als er sie zu ihrer Wohnung zurückbrachte, hätte sie alles gegeben, um mit ihm allein zu sein. Sie blieb an ihrer Tür stehen und drehte sich zu ihm um. „Willst du reinkommen?" *Und ich meine es so schmutzig, wie es sich anhört.*

Er stützte die Hand über ihrem Kopf an die Tür, und ihr wurde heiß. Sein männlicher Duft trieb sie in den Wahnsinn. Er senkte den Kopf, und ihr Puls schoss in die Höhe. Sie schloss die Augen, beinahe vibrierend vor Erwartung.

Seine Lippen berührten ihre Wange zu einem keuschen Kuss.

Sie riss die Augen auf.

Er richtete sich auf „Bis morgen, Sweetheart", sagte er mit heiserer Stimme, dann drehte er sich um und ging.

Sie sank gegen die Tür. „Bye, Darling", flüsterte sie.

Noch nie in ihrem Leben hatte sie solch süße Worte ausgesprochen. Sie hätte es peinlich gefunden, wenn ihre Freundinnen es gehört hätten, doch jetzt war ihr warm dabei, und ihre Haut prickelte. Sie konnte kaum fassen, dass sie so etwas Romantisches tatsächlich erlebte. Es war unglaublich. *Er* war unglaublich.

Sie seufzte, verloren im Staunen. Endlich verstand sie, was in ihren verliebten Freundinnen vor sich ging, denn jetzt war auch sie infiziert. Alles, was dazu nötig gewesen war, war dieser eine wunderbare Mann.

Heilige Scheiße, sie war verliebt.

Diese Erkenntnis machte ihr furchtbare Angst. Ihr Vertrauen in Männer war so gering, dass es ihr wirklich schwerfiel, nicht immer gleich das Schlimmste zu denken. Mit einem lügenden und betrügenden Vater aufzuwachsen, einem Bruder, der diese Tradition fortsetzte, und es dann mit ihrem eigenem Leib mit ihrem Ex zu erleben – wobei sie die Warnsignale hätte sehen sollen – all das weckte einen gewissen Fluchtreflex in ihr, weg von Marcus.

Sie schloss die Tür ihrer Wohnung auf und blieb stehen, als ihr Blick auf die wunderschönen Rosen auf dem Tisch fiel. Bei der Erinnerung an diese romantische Geste wurde ihr wieder ganz warm ums Herz. Wenn sie die Sache jetzt beenden würde, würde sie sich immer fragen, was vielleicht daraus geworden wäre, und das konnte sie nicht. Ihr Bauchgefühl sagte ihr, dass er das Risiko wert war.

Es war Zeit, der Liebe eine Chance zu geben.

9

Am nächsten Tag fuhr Lexi mit Hailey zum Burrow, während ihre anderen Freundinnen mit ihren jeweiligen Partnern fuhren. Hailey saß am Steuer ihres heißgeliebten orangefarbenen Mini Cooper Cabrios. In einer Vase am Armaturenbrett steckte ein Plastikgänseblümchen. Rose lag in einem mit Plüsch ausgeschlagenen Hundekörbchen auf dem Rücksitz und schlief.

Lexi war geradezu lächerlich aufgeregt, Marcus nach ihrem fantastischen Date gestern wiederzusehen. Er hatte ihr vorhin schon geschrieben, wie sehr er sich darauf freute, sie zu sehen. Und wieder war sie dahin geschmolzen. Heute Abend wollte sie mehr als nur einen keuschen Kuss auf die Wange, und entsprechend verführerisch hatte sie sich angezogen. Sie trug ein schwarzes, hautenges Midikleid mit langen Ärmeln und dazu schwarze Pumps. Wie er sich kleidete war egal, denn er war so oder so unglaublich sexy. Und die Chemie zwischen ihnen würde schon für den Rest sorgen.

Wo sie gerade an Chemie dachte …

„Wie läuft es zwischen deiner Mom und Joe?", fragte Lexi. „Gefällt ihnen das Leben unter einem Dach?"

„Sieht so aus", sagte Hailey emotionslos. „Sie sagt, sie

liebt ihn." Normalerweise reagierte Hailey geradezu ekstatisch, wenn jemand verliebt war. Sie bezeichnete sich selbst als Liebesjunkie – so stand es sogar auf ihrer Visitenkarte – und lebte für Romantik, ob sie nun in einem Buch, einem Film oder im wahren Leben geschah.

„Freust du dich nicht für sie? Joe ist großartig."

„Joe ist ja auch nicht das Problem." Hailey warf ihre langen, rotblonden Haare über ihre Schulter und trat an einer gelben Ampel aufs Gas. Sie waren jetzt in der Stadt, nur ein paar Blocks vom Burrow entfernt. „Sie verliebt sich leicht, und es hält nie lange an. Ich will nicht, dass Joe dabei verletzt wird. Es reicht, dass seine Frau ihn und seine sechs Kinder sitzengelassen hat. Seitdem hatte er keine ernstzunehmende Beziehung. Mad ist begeistert, dass wir Schwestern werden, wenn sie heiraten, doch wenn meine Mom sich davonmacht – und das tut sie immer, dürfte Mad dann nichts mehr von mir wissen wollen, allein, weil ich ihre Tochter bin."

„Mad ist deine beste Freundin. Sie würde dir nie die Schuld daran geben."

„Aber es wird einen bitteren Nachgeschmack hinterlassen. Jedes Mal, wenn irgendjemand aus der Campbell-Familie mich ansieht, werden sie meine Mom sehen, und dass sie ihrem Dad wehgetan hat."

„Warum ist dir so wichtig, was die Campbells von dir denken?" Lexi vermutete, dass es Joshs Meinung war, die Hailey am wichtigsten war.

Hailey seufzte. „Es ist nur, dass sie für mich das sind, was einer stabilen Familie am nächsten kommt. Ich meine, Mad gibt mir das Gefühl, zur Familie zu gehören, und Joe auch, und ich will das einfach nicht verlieren."

Sie waren eine ziemlich coole Familie, und Lexi konnte verstehen, warum Hailey sich Sorgen machte, dass sie über denselben Kamm geschoren werden würde wie ihre Mom, da sie sich so ähnlich sahen. „Aber ihre Beziehung ist ja noch jung …"

Hailey hupte, als ein Taxi sich vor ihr in die Spur

drängte. „Es sind jetzt schon fast sieben Wochen. Frag mich, woher ich das weiß."

„Sie erzählt dir zu viel?"

„Viel zu viel. Anscheinend ist Joe ein Tier im Bett. Dominant und so. Aber was soll man von einem Cop auch anderes erwarten? Sie steht auf die Handschellen. Aber will ich sowas von meiner Mutter hören?" Ihre Stimme überschlug sich fast.

Lexi verzog das Gesicht. „Ich habe so das Gefühl, du verträgst dich nicht sonderlich gut mit deiner Mom."

Hailey seufzte. „Ich gebe mir ja alle Mühe, und du weißt gar nicht wie sehr, aber sie war schon immer mehr wie eine Mitbewohnerin als eine Mutter für mich. Sie hat nie die Verantwortung für ein Kind gewollt, doch ich war nun einmal da. Mein Dad ist gestorben, als ich drei war, aber sie meint, er sei auch vorher nie viel da gewesen. Ich meine, ich weiß, sie liebt mich, aber ..." Sie holte tief Luft. „In meiner Kindheit war sie ziemlich unzuverlässig, ist nicht zur Arbeit gegangen und ist oft gefeuert worden. Das hat mir immer Angst gemacht. Wir waren zweimal obdachlos, weil sie die Miete nicht gezahlt hat und wir rausgeschmissen worden sind. Als Teenager habe ich dann mit den Schönheitswettbewerben angefangen, um Geld für die Uni zu verdienen, damit ich mir ein stabileres Leben aufbauen konnte. Zumindest was die Wettbewerbe anging, ist sie dann zuverlässiger gewesen. Sie war begeistert, dass ich teilgenommen habe, weil sie dachte, dass ich in ihre Fußstapfen treten wollte. Die Schönheitswettbewerbe haben mir dann die Tür zum Modeln geöffnet. Wie auch immer ... irgendwann hat sie dann in dem Laden angefangen, in dem wir die Klamotten für Mads Hochzeit gekauft haben – aber der einzige Grund, warum sie dort arbeiten wollte, war der Angestelltendiscount, damit sie mir schöne Kleider kaufen konnte."

„Das klingt, als führe sie jetzt schon eine ganze Weile ein stabiles Leben, oder? Vielleicht hat sie einfach länger gebraucht, erwachsen zu werden."

„Vielleicht. Aber ganz ehrlich hätte ich mir gewünscht, dass sie schon erwachsen gewesen wäre, als ich sie gebraucht habe. Verstehst du, was ich meine?"

„Hm. Wir werden unsere Kinder wahrscheinlich auch irgendwie verkorksen. Nur anders eben."

„Ich nicht." Hailey klatschte mit der Hand aufs Lenkrad, um ihren Worten Nachdruck zu verleihen. „Ich werde jedes Erziehungsbuch lesen, das ich finden kann, und den Anweisungen buchstabengetreu folgen."

„Ähm … ich schätze, Nachlesen kann nicht schaden, aber … musst du nicht erstmal sehen, wie deine Kinder sind, um zu wissen, wie du mit ihnen umgehen musst?"

Hailey hob das Kinn. „Ich werde sie zu Musterbürgern erziehen."

„Hm …" *Arme Kinder.*

Hailey reckte den Hals und sah sich um. „Halt mal langsam mit nach einem Parkplatz Ausschau. Wie läuft's bei dir und Marcus?" Lexi hatte ihren Freundinnen erzählt, dass sie dateten.

Sie strahlte und erzählte Hailey die wunderbare Neuigkeit, die sie bisher nicht laut auszusprechen gewagt hatte. „Er betet mich an."

„Awww! Das ist süß. Ich freue mich für dich. Du weißt ja, dass ich mir bei ihm nicht sicher war, weil er mit allen flirtet und naja, seinen Ruf kennst du ja auch, aber hey. Gut für dich. Dann macht dir seine Flirterei also nichts aus?"

Sie schluckte, denn Hailey hatte es geschafft, ihre Freude zu dämpfen. „Er ist nur nett." Eine Alarmglocke begann in ihrem Kopf zu klingeln. Sie reagierte wie ihre Mutter, die dauernd Ausflüchte für das lüsterne Verhalten ihres Vaters gefunden hatte. Aber nein, Marcus war nicht so. Er war einer der Guten. „Er glaubt jetzt an Monogamie."

„Ja?", flötete Hailey. „Was hat sich verändert?"

Lexi verspannte sich. Ja, was hatte sich verändert? Wie hatte er es nochmal erklärt? „Ich schätze, es war, weil er so viele glückliche Paare um sich herum sieht. Er ist ein guter Kerl. Das mit seiner Exfrau hat ihn nur eine Weile aus der Bahn geworfen, aber das hat er jetzt hinter sich."

„Oh, ich wusste gar nicht, dass er schon einmal verheiratet gewesen ist. Okay, wenn dir das alles nichts ausmacht, dann mach dir keine Sorgen."

Lexi biss die Zähne aufeinander. Hailey hatte offensichtlich etwas gegen Marcus. „Josh flirtet auch mit vielen Frauen, die in die Bar kommen."

„Josh ist ja auch nicht mein Freund."

Hailey schaltete den Blinker ein, fuhr an den Straßenrand und wartete hinter einem Wagen, der gerade ausparkte. Sie wandte sich Lexi zu. „Ich denke bei alldem nur an dich. Eines, was ich in meiner Karriere als Hochzeitsplanerin und Liebesjunkie gelernt habe, ist, dass Paare, die nicht versuchen, einander zu ändern, die besten Beziehungen haben. Sie lieben und akzeptieren den anderen so, wie er ist."

„Machst du dir etwa Notizen?"

„Ja." Sie beobachtete das Auto, das langsam davonfuhr. „Ich habe jede Menge Notizen über jede erfolgreiche Beziehung, die ich erlebt habe, und ganz besonders, seit ich den Happy End Buchclub gegründet habe." Sie trat aufs Gaspedal und parkte den Mini ein. „Du weißt ja, dass ich ihn als Single-Buchclub gegründet habe, doch da nicht ein Mann mitmachen wollte, habe ich es mir zur Aufgabe gemacht, jede von euch mit dem Mann ihrer Träume zusammenzubringen. Du warst der letzte Single, und jetzt, da du Marcus hast, ist meine Arbeit getan."

Hailey stellte den Motor ab und beide stiegen aus. Lexi wartete, während Hailey Rose an die Leine nahm und sie Gassi gehen ließ. Haileys Worte hatten ihr nur bestätigt, was sie die ganze Zeit vermutet hatte. Jetzt war Hailey der einzige Single, der noch im Happy End Buchclub übrig war.

„Was geht eigentlich mit Josh?", fragte Lexi. „Was ist an dem Abend passiert, an dem du mit ihm in seine

Wohnung gegangen bist, um dein Geld zu holen? Du hast bisher gar nichts davon erzählt."

Hailey verpackte Rose in ihre rosa Hundetragetasche, die wunderbar zu ihrem weißen Wollmantel, dem rosa Schal und den hochhackigen weißen Stiefeln passte. Unter dem Mantel war sie wahrscheinlich auch richtig aufgebrezelt.

Ohne eine Antwort ging sie in strammem Tempo los.

„Hailey?", fragte Lexi, die neben ihr hereilte.

„Über Josh gibt es nichts zu berichten." Hailey blickte mit erhobenem Kinn geradeaus. „Von jetzt an werde ich die effektivsten Dating-Techniken in meinem eigenen Leben anwenden und ernsthaft nach meinem eigenen Happy End suchen. Vielleicht lerne ich ja heute Abend jemanden kennen."

Lexi starrte Hailey an. Josh würde heute Abend nicht hier sein, da er arbeiten musste, doch Lexi und ihre Freundinnen hatten Josh immer für die offensichtliche Wahl für Hailey gehalten. Die sexuelle Chemie zwischen den beiden war spürbar. Und was machte es da schon, dass sie dauernd im Clinch lagen? Sobald sie zusammen im Bett landen würden, würden die Spannungen verfliegen, und sie würden sich wunderbar verstehen. Auch wenn sie durchaus verschieden waren. Hailey war ehrgeizig und engagiert, immer schick gemacht und geschminkt, als würde sie gleich für ein Hochglanzmagazin fotografiert werden. Josh andererseits war locker und entspannt und sah immer aus, als hätte er angezogen, was ihm nach dem Aufstehen in die Hände gefallen war – meistens Flanellhemden, T-Shirts und ausgewaschene Jeans. Hm ... vielleicht war sexuelle Chemie nicht alles. Davon abgesehen musste irgendetwas in Joshs Wohnung vorgefallen sein, denn es hatte offensichtlich zu einem dauerhaften Zerwürfnis geführt.

Hailey plapperte darüber, wie sie die ernsthafte Suche nach Mr. Right angehen lassen wollte, sobald sie Zeit dafür fand, doch alles, woran Lexi denken konnte, war

Marcus. Sie konnte sich nicht daran erinnern, sich je so gefühlt zu haben, zittrig vor Aufregung mit Schmetterlingen im Bauch allein beim Gedanken, ihn wiederzusehen.

Gemeinsam betraten sie das Burrow und sahen ihre Freundinnen und deren Partner am Ende der Bar. Es waren allerdings nicht alle gekommen. Mad, die gerade ihr letztes Semester an der Uni abschloss, musste eine Studienarbeit fertig machen, und auch die Eltern in ihrer Gruppe waren zu Hause geblieben, doch der Rest war da. Sie freute sich besonders, ihre Freundin Missy zu sehen, die aus dem romantischen Urlaub mit ihrem Verlobten Ben zurückgekommen war.

„Missy!" Sie rannte zu ihr hinüber und umarmte sie. „Wow, bist du braun geworden!" Sie deutete auf ihr Gesicht. Ihre einst so blasse Freundin strahlte. Ihre dunkelbraunen Haare hatten auch ein paar rotbraune Highlights von der Sonne abbekommen – wahrscheinlich ihr natürliches Rot, das da durchschien. „Wie war es auf Aruba?"

„Wunderbar!", schwärmte Missy.

„Hast du *den Bikini* getragen?", fragte Lexi. Er war ein Geschenk von Ben gewesen und bestand aus nicht viel mehr als ein paar Bändern.

„Ein einziges Mal", sagte Missy und tauschte einen sexy Blick mit Ben aus. Als er schmunzelte, kamen seine niedlichen Grübchen zum Vorschein.

Lexi hob eine Hand. „Mehr will ich gar nicht wissen."

Missy lachte. „Der Urlaub war wunderschön. Wirklich was ganz Besonderes."

Ben legte den Arm um Missys Schulter und drückte sie sanft.

Lexi sah sich nach Marcus um und fand ihn zu ihrer Linken vor einer Tür, an der ein Schild hing, auf dem stand „Zutritt nur für Mitarbeiter". Er unterhielt sich mit Ellie, die zu ihm auflächelte. Sie trug ein bauchfreies T-Shirt und enge Jeans. Sicher, sie hatte große Brüste und eine ganz schmale Taille – genau von der Sorte, der

Männer hinterher lechzten – und dazu diese Wahnsinns-kombination von dunklen Haaren und blauen Augen, doch das hieß noch lange nicht, dass Marcus irgendetwas von ihr wollte. Ellie war seine Angestellte, und sie unterhielten sich nur. Verdammt, jetzt war sie ganz angespannt. Haileys Bemerkungen wegen der Flirterei waren ihr unter die Haut gegangen. Und das, obwohl sie wegen ihrer Erfahrungen mit Männern sowieso schon sensibel war. *Schluss damit.* Dieser Mann war das Risiko wert. Sie atmete tief durch und zwang sich, sich zu entspannen.

Sie hob die Hand und rief nach ihm. Keine Reaktion. Er war so in das Gespräch mit Ellie vertieft, dass er sie nicht einmal bemerkte.

„Marcus!", rief sie erneut und ging auf ihn zu. Er bemerkte sie immer noch nicht.

Ganz cool bleiben.

Sie trat zu Marcus und stand ihm so nahe, dass sie seine Körperwärme spüren konnte. Und er bemerkte sie *immer noch nicht!* So sehr war er in das Gespräch mit Ellie vertieft.

„Hi!", sagte sie gut gelaunt. „Ich bin da."

Marcus fuhr zu ihr herum und schenkte ihr dann ein umwerfendes Lächeln, das ihren Puls rasen ließ und ihr heiße Schauer über den Rücken jagte. Er murmelte etwas in Ellies Richtung, dann wandte er ihr seine Aufmerksamkeit zu. „Ich habe auf dich gewartet." Er beugte sich zu ihr hinunter und küsste sie auf die Wange. „Wie geht's dir?"

„Gut." *Und gar nicht eifersüchtig. Nein, ich doch nicht.*

Er sah sie herzlich an. „Schön."

Ellie lächelte Lexi angespannt an. „Ich habe Probleme mit einem klammernden Ex. Marcus musste mich gestern nach Hause begleiten und die Wohnung kontrollieren, um sicherzugehen, dass alles sicher ist." Sie wandte sich Marcus zu. „Heute Abend kommst du doch auch mit hoch, oder? Nach der Party?"

„Sicher, Sweetheart", sagte Marcus in beruhigendem Ton. „Ich will nicht, dass du dir Sorgen machst. Und morgen kommt ein Techniker und installiert die Alarmanlage."

Sweetheart. Plötzlich fühlte es sich nicht mehr so besonders an, dass Marcus sie gestern Sweetheart genannt hatte. Sie hatte beinahe vergessen, dass er alle Frauen so nannte.

Ellie blickte mit großen Augen auf. Sie spielte das hilflose Mädchen vor dem großen, starken Mann. „Du weißt, dass ich das zu schätzen weiß, doch es ist nicht dasselbe, wie ihn wissen zu lassen, dass ein muskelbepackter Mann wie du Wache stehst."

Er lachte. „Ich sorge schon dafür, dass du sicher bist, wenn ich nicht da bin."

Lexis Magen zog sich zusammen, da sie sich aus dieser intimen Unterhaltung ausgeschlossen fühlte.

„Ich seh dich dann später", sagte Marcus zu Ellie.

Ellie winkte kurz und verschwand durch die Tür.

Er hilft ihr nur. Er ist ein guter Boss.

Marcus nahm ihre Hand und musterte sie anerkennend von oben bis unten. „Du siehst schön aus. Ich liebe dieses Kleid an dir."

Sie entspannte sich. Das war der Marcus, den sie liebte – herzlich, zärtlich, süß. „Danke."

Marcus begleitete sie zu ihren Freundinnen. „Ich schicke alle nach oben zur privaten Party, Ellie kümmert sich hier unten um alles."

Ein paar Minuten folgten alle Lexi und Marcus nach oben. Sie war bisher einmal oben gewesen, bei einer Singleparty, die Hailey organisiert hatte. Der Raum war gedämpft beleuchtet und behaglich mit dunkelroten Vorhängen an zwei hohen Fenstern. Dunkle runde Holztische, die sich großartig zum Pokerspielen eigneten, waren im Raum verteilt. Die Bar und der Billardtisch standen am anderen Ende des Raumes.

Marcus ging hinter die Bar und spielte sofort den Barkeeper. Im nächsten Moment begann Musik aus den Lautsprechern unter der Decke zu plätschern, leise, langsame, tanzbare Musik. „Sie spielen unser Lied!", rief er ihr zu.

Sie lachte und schüttelte den Kopf, doch er beharrte darauf, dass sie ihm einen Tanz schuldig war, da sie am Valentinstag nicht mit ihm getanzt hatte. Sie ging an die Bar und setzte sich auf einen Hocker am einen Ende. „Dann nehme ich mal an, dass das alles unsere Lieder sind?"

Er schenkte ihr sein sexy-schiefes Lächeln und sah ihr in die Augen. „Was auch immer gerade während unseres lang erwarteten Tanzes spielt, wird automatisch unser Song."

„Na, dann hoffe ich doch mal, dass es ein guter ist", sagte sie mit einem erotischen Timbre in der Stimme.

„Da bin ich mir sicher", antwortete er augenzwinkernd.

„Ähm, soll ich mir selbst ein Bier zapfen?", fragte einer der Jungs laut.

Lexi zuckte zusammen, als ihr plötzlich bewusst wurde, dass Ben neben ihr saß und ihre Freundinnen an der Bar aufgereiht standen und sie und Marcus mit unverhohlener Neugier ansahen. Sie spürte, wie sie rot wurde, und wandte sich wieder Marcus zu. „Du solltest dich vielleicht wieder an die Arbeit machen."

„Brunello?", fragte er, ohne die anderen zu beachten.

„Klar, zieh sie nur vor", brummte Ben.

Sie unterdrückte ein Schmunzeln. „Gerne." Ihr Herz pochte schneller.

„Kommt sofort." Während Marcus die frische Flasche Brunello öffnete, beobachtete sie das verführerische Spiel der Muskeln an seinen Unterarmen. „Das ist der Brunello aus der Toskana, der dir gestern beim Mittagessen so gefallen hat."

Sie starrte ihn mit offenem Mund an. „Marcus! Im Ernst? Wie hast du den denn so schnell besorgt?"

Er lächelte. „Ich habe ein bisschen in Manhattan

rumtelefoniert und ihn in einem Restaurant auf der Upper East Side gefunden. Hab ihn heute Morgen gekauft."

Sie strahlte ihn an. „Du bist wunderbar. Danke dir."

Er erwiderte ihr Lächeln. „Nein, du bist wunderbar. Danke *dir*."

Ben stöhnte.

„Hey", sagte Marcus zu Ben. „Wir alle haben reichlich von deinem liebeskranken Geschmachte für Missy aushalten dürfen."

Missy lachte neben Ben.

„Bist du verliebt, Marcus?", feixte Ben.

Lexi erstarrte, da sie zum einen Marcus' Antwort hören wollte und zum anderen fürchtete, dass er es mit einem Lachen abtun würde und sie sich dumm vorkommen würde wegen ihrer kitschigen Gefühle.

Marcus sah ihr tief in die Augen, während sie mit angehaltenem Atem wartete. „Ich bete sie an."

Die Luft strömte aus ihren Lungen, und all ihre Nervenenden funkten. Ein Mann, der vor seinen Kumpels zu seinen Gefühlen stand? Ganz außergewöhnlich.

Ihre Freundinnen beantworteten seine Bemerkung mit einem kollektiven „Awww." Die Jungs schmunzelten.

Ben murmelte: „Oh, wie süß. Da krieg ich ja gleich Karies davon."

Marcus lächelte und wandte sich ihren Freundinnen zu. „Was kann ich euch Ladys bringen?"

„Ich nehm mir ein Bier, danke", sagte Ben trocken, ging um die Bar und holte sich eine Flasche aus dem Kühlschrank.

Lexi nippte an ihrem köstlichen Wein, während Marcus ihre Freundinnen mit einem freundlichen Lächeln bediente und dabei großzügig mit *Sweethearts* oder *Darlings* um sich warf. Er war charmant wie immer, und ihre Freundinnen sogen es geradezu in sich auf, doch sie machte sich keine Sorgen. Das zwischen ihr und Marcus lief wirklich gut.

Schließlich verteilten sich alle, ein paar spielten Billard, und ein paar der Jungs fingen an, Poker zu spielen, doch Marcus hatte andere Ideen. Er kam hinter der Bar hervor und bot ihr seine Hand an. „Tanz mit mir."

Sie nahm seine Hand, und er zog sie in eine Ecke des Raumes, weg vom Lärm des Billardtischs und des Pokerspiels. Dank des Lautsprechers an der Decke konnten sie die Musik hören. Er begann einen langsamen Walzer mit ihr zu tanzen, und seine Hitze und seine große Hand, die auf ihrem unteren Rücken ruhte, waren berauschend. Die unerwartete Sanftheit seiner Berührung überraschte sie. Sie war gröberen Umgang von Männern gewohnt, besonders da sie große, muskulöse Männer bevorzugte, die sich ihrer Kraft nicht immer ganz bewusst waren. Doch Marcus war sich seiner Kraft sehr bewusst. Er ging behutsam mit ihr um, und das gab ihr das Gefühl, etwas Besonderes zu sein.

Sie begegnete Haileys Blick. Sie stand am Billardtisch, strahlte und klatschte lautlos in die Hände, was alle anderen am Tisch ebenfalls auf sie aufmerksam machte. Sie lächelten und unterhielten sich leise – wahrscheinlich darüber, wie sie und Marcus allein in der Ecke tanzten.

„Vielleicht sollten wir uns wieder unter die anderen mischen", sagte sie zu Marcus. „Alle starren uns an."

„Oh nein, du kommst mir nicht davon. Ein Tanz ist das Mindeste, was ich bekomme." Er beugte sich zu ihrem Ohr hinunter, zog sie an sich und flüsterte: „Hör gut hin, das ist unser Lied."

Doch sie konnte sich kaum auf die Musik konzentrieren, denn Marcus so nah zu spüren, machte sie nach allen ihren erotischen Fantasien diese Woche ganz verrückt vor Lust. Die Hitze, die er ausstrahlte, sein maskuliner Duft, die strammen Muskeln unter ihren Händen, die zärtliche Art, wie er sie hielt und wie süß und geradezu anmutig er sie beim Walzer führte. So überwältigt von Gefühlen wie sie war, hatten ihre körperlichen Bedürfnisse Vorrang vor allem, selbst vor der Party. „Wie viele Dates hatten wir jetzt schon?", fragte sie.

Er hob den Kopf und sah sie an. „Ich betrachte das als unser zweites Date. Das erste war das Mittagessen gestern. Ich glaube nicht, dass man das Knicks-Spiel in deiner Wohnung oder das Mittagessen bei meiner Mom als Date betrachten kann."

Sie unterdrückte ein Kichern. „Und das Mittagessen, bei dem wir meinen Businessplan besprochen haben? Das zählt auch. Wir hatten definitiv mindestens drei Dates." Er hatte gesagt, dass er frühestens nach drei Dates mit ihr ins Bett gehen würde. Prioritäten.

Er tanzte ein paar Schritte weiter, dann beugte er sich erneut zu ihrem Ohr hinunter. „Dann erinnerst du dich an das, was ich über drei Dates gesagt habe. Die Frage ist jetzt nur, bist du bereit, mich und nur mich allein zu lieben?"

Sie schluckte, da sie es nicht gewohnt war, ihre Gefühle in Worte zu fassen, besonders nicht mit einem Mann. Es machte sie verletzlich, etwas, das sie nie wieder sein wollte. Wie eine Schildkröte, die man auf den Rücken gedreht und verwundbar gemacht hatte.

„Lexi?"

Plötzlich stiegen ihr Tränen in die Augen. Oh, fuck. Sie schlang ihre Arme um seinen Nacken, drückte ihn an sich und versteckte ihr peinliches Heulgesicht an seiner Brust.

„Aw, Lex", er streichelte ihren Rücken. „Nicht weinen."

Sie hob den Kopf und blickte in seine dunklen Augen. Sie wollte so viel sagen, konnte aber ihre Stimme nicht finden. *Ja, ich bete dich an. Ich glaube, ich liebe dich. Ja, ich will, dass wir monogam sind.*

Er lächelte sie zärtlich an. „Dann gegenseitiges Vergöttern auf monogamer Basis?"

Sie nickte. Ihr Bauchgefühl sagte ihr, dass sie auf diese Beziehung vertrauen konnte, dass sie *ihm* vertrauen konnte.

„Ausgezeichnet", sagte er und tanzte weiter. „Wusstest du, dass das genau das ist, wonach ich gesucht habe?"

„Nein", krächzte sie.

Er blieb stehen und nahm ihr Gesicht in seine Hände. „Du bist, was ich gesucht habe."

Ihr Kinn zitterte, und sie verfiel in Panik, dass sie in Tränen ausbrechen würde, ohne eine Chance, ihr Gesicht zu verbergen, doch dann senkte er seine Lippen auf ihre und unbändiger Hunger übernahm die Kontrolle. Ja! Das brauchte sie – blindes Vergessen. Beinahe schwindelig von dem heißen Rauch der Begierde machte ihr Magen einen Sprung, und das Sehnen tief in ihrem Bauch ließ sie sich an ihn pressen. Ihre Finger gruben sich in seine Haare, verloren in seinem Kuss. Da war nur Hitze und Hunger, die sie immer heißer und heißer machten.

Jemand pfiff, und Marcus unterbrach den Kuss, wandte den Blick jedoch nicht von ihr ab. Es störte sie nicht einmal, dass ihre Freunde sie beim Küssen beobachteten. „Lass uns zu dir gehen", flüsterte sie. „Ich kann's kaum erwarten."

Er strich ihr mit dem Daumen über die prickelnde Unterlippe. „Lass uns zurück zur Party gehen. Langsam, oder hast du das schon vergessen?"

„Was?" Sie blinzelte ein paarmal, da seine Worte keinen Sinn ergaben, so überdreht, wie ihr Körper immer noch war. „Was!"

Er ließ seine Hände sinken und sah sie ernst an. „Ich möchte, dass du unser Date hier mit unseren Freunden genießt, dann muss ich mich noch kurz um was Geschäftliches kümmern, und dann bringe ich dich nach Hause."

Er wollte sie nach Hause bringen? Bis dann, Lexi? Und das Geschäftliche? Damit musste er Ellie meinen. Er reservierte Zeit nach der Party, um Ellie zurück zu ihrer Wohnung zu bringen und ihren Bodyguard zu spielen. Sie ging davon aus, dass er erwartete, dass sie mitkam, damit er danach dieselbe Rolle für sie spielen und sie sicher nach Hause bringen konnte. Sie war der letzte Punkt auf seiner To-Do-Liste. Wie sie es auch betrachtete, es stank.

Sie trat einen Schritt zurück. Sie brauchte einfach ein

bisschen Abstand, um sich abzukühlen. Heute Nacht würde nichts passieren, und sie versuchte, sich innerlich auf den nächsten keuschen Gutenachtkuss vorzubereiten. Doch das war nicht leicht, bei allem was sie körperlich und emotional empfand. Sie wollte ihn viel zu sehr.

Er folgte ihr, ein dunkles Funkeln in den Augen.

Sie wich langsam einen weiteren Schritt zurück, bemüht, es lässig aussehen zu lassen.

Er folgte ihr wieder.

Sie warf die Hände in die Höhe. „Warum habe ich das Gefühl, dass du mich jagst?"

Er lachte. „Weil ich dich von der Herde getrennt habe. Du bist eine einsame Antilope und ich" – er hielt kurz inne – „bin ein Löwe, der schon lange nicht mehr gejagt hat." Seine Augen verrieten alles: seinen Hunger, seine Entschlossenheit. Er wollte sie verschlingen. Langsam. Gemächlich.

Ihr Atem stockte, und das Blut rauschte in ihren Ohren. Ihre Arme und Beine waren schwer, ihr Körper bereit zur Kapitulation, heiß und feucht, gierig nach der Vereinigung mit ihm.

Dann richtete er sich abrupt auf, nahm ihre Hand und legte sie in seine Armbeuge. „Und jetzt lass uns zurück zur Party gehen." Er führte sie zurück in Richtung ihrer Freunde, und sie folgte ihm auf zittrigen Beinen.

Nach ein paar Schritten blieb er stehen, legte die Hand in ihren Nacken, zog sie an sich und flüsterte ihr ins Ohr: „Wo wir gerade dabei sind, einander kennenzulernen, da gibt es etwas, das du vielleicht nicht über mich weißt: Ich kann dir eine G-Punkt-Ekstase bereiten, wie du sie noch nie erlebt hast."

Sie klammerte sich an seinen Arm, bebend bei seinen Worten. Die meisten Männer waren kaum in der Lage, diesen sagenumwobenen Lustpunkt zu finden, von Stimulieren ganz zu schweigen. Nur ihr Vibrator konnte das für sie tun. Die Vorstellung, dass Marcus ihr Ekstase bereiten wollte, wie sie sie noch nie erlebt hatte, machte sie daher noch heißer auf ihn.

Er richtete sich auf und warf ihr einen sexy-wissenden Blick zu. Dann nahm er ihre Hand von seinem Arm. „Komm, Kumpel. Zeit, dass dir jemand beim Billard den Hintern versohlt."

Sie starrte ihn sprachlos an. War das sein Ernst? Er fing wieder mit dieser Kumpelnummer an? Jetzt?

Er lachte, nahm sie bei der Hand und zog sie zu ihren Freunden zurück.

Sie fand ihre Balance nicht wieder und spielte Billard, als hätte sie nie zuvor gespielt. Es war fürchterlich peinlich. Sie war wie Wachs in seinen Händen, und er spielte mit ihr, ganz freundschaftlich und ohne sie zu berühren.

Zwei Stunden später, als die Party sich dem Ende neigte, hatte sie sich entschieden. Sie würde heute Nacht mit ihm nackt in den Federn landen oder vor unbefriedigter Lust beim Versuch sterben. Sie hatte Hailey gesagt, dass sie nicht mit ihr zurückfahren würde, weil sie sich von allen verabschieden wollte.

Nachdem schließlich alle gegangen waren, waren nur noch Lexi und Marcus an der Bar. Oder besser gesagt, er war dahinter und räumte auf.

Sie saß auf dem Barhocker ihm gegenüber. „Ich komme mit dir nach Hause."

Er zog eine Augenbraue hoch, stellte jedoch weiter Gläser weg. Für ihren Geschmack bewegte er sich viel zu langsam. Sie ging um die Bar herum und trat direkt in seine Distanzzone hinein. Er wich ans Spülbecken zurück und wusch sich die Hände.

Das brachte sie aus Gründen, die er nur zu gut kannte, zur Weißglut. Wie konnte er es wagen, von G-Punkt-Ekstase zu reden und danach wieder den Kumpel spielen?

„Ich meine es ernst!", krächzte sie.

Er verzog seine Lippen zu einem sexy Lächeln, während er sich die Hände abtrocknete. Schließlich blickte er ihr in die Augen. „Hört sich auf jeden Fall so an."

Sie sprang ihn geradezu an, schlang ihre Arme um seinen Hals und ging auf die Zehenspitzen, um ihn zu küssen – doch das reichte nicht. Seine Lippen blieben außer Reichweite. Er war so viel größer als sie, dass er sich zu ihr hinunter bücken musste.

Er legte die Arme locker um ihre Taille. Sein Lächeln war geradezu selbstgefällig, doch das interessierte sie nicht. Sie war viel zu heiß auf ihn, als dass sie das gekümmert hätte. „Ich will es nicht mehr langsam angehen lassen", sagte sie und hoffte, nicht zu verzweifelt zu klingen.

„Lexi, Baby, soll das heißen, dass du möchtest, dass ich Liebe mit dir mache?"

„Ja!"

Er neigte den Kopf und grinste. Doch immer noch kein Kuss. „Hier lang bitte."

„Küss mich", verlangte sie.

Er lachte. „Du bist mir eine." Und dann warf er sie über seine Schulter, als wöge sie nichts.

Sie war atemlos, das Blut schoss ihr in den Kopf, sie war feuchter als feucht zwischen den Beinen, und ihr ganzer Körper bebte vor Erwartung. Ihr Kleid überließ nun auch nichts mehr der Fantasie, denn es war ihr bis zur Hüfte hochgerutscht.

„Du Tier!", kreischte sie.

„Oh, meine Schöne", antwortete er und streichelte ihren Po. „Du stehst ja lichterloh in Flammen, Baby."

Sie stöhnte leise.

„Ich werde mich gut um dich kümmern", schnurrte er.

Und sie glaubte es ihm und öffnete Körper und Herz für ihn. Er trat hinaus ins Treppenhaus, stellte sie auf die Füße und überraschte sie, als er sie plötzlich an die Wand presste. Er hob eine Hand, legte sie an ihre Wange und durchbohrte sie mit einem lodernden Blick.

Ihr Atem stockte, als er sie zu küssen begann. Aggressiv. Besitzergreifend. Der Kuss wollte nicht enden – feucht, heiß und hungrig. Sie wäre am liebsten sofort mit ihm verschmolzen.

Dann ließ er abrupt von ihr ab, ergriff ihre Hand und führte sie die Treppe hinunter.

Ihre Beine zitterten, sie war zum Zerreißen gespannt, und alles in ihr schrie nach mehr. Heute Nacht würde es passieren.

10

„Hey Boss", sagte Ellie zu Marcus, als sie unten ankamen.

Lexi biss die Zähne zusammen. *Romantikkiller.* Oder besser Orgasmuskiller? Ihre Lust kühlte auf frostige Temperaturen ab.

Elli streckte ihre Arme über ihren Kopf und hob damit ihre Titten und ihr Top. „Ich bin so erledigt, aber ich hatte zu große Angst, ohne dich nach Hause zu gehen. Mein Ex war heute Abend hier."

Wie groß konnte die Gefahr schon sein? Sie wohnte gleich nebenan.

Marcus rieb sich den Nacken. „Gib mir ein paar Minuten, Lexi. Ich bringe sie nur schnell nach Hause."

„Sicher." *Und ich bringe mich nach Hause.* Er hatte sie den ganzen Abend lang scharf gemacht, und dann ließ er sie so mir nichts, dir nichts stehen, um sich um eine andere Frau zu kümmern. Sie wollte nicht so reagieren, doch da war es: sie war angepisst.

Ellie strahlte Marcus an und ging ihm voraus zum hinteren Ende der Bar.

Lexi wartete nicht, sondern ging in die entgegengesetzte Richtung zur Vordertür. Sie legte ihre Hand gerade auf den Türknauf, als sie plötzlich zurückgerissen wurde und einen starken Arm um ihre Taille spürte. „Hey!"

Marcus' Stimme grollte in ihrem Ohr. „Dachte mir, dass du vielleicht verschwinden wolltest. Komm mit zu Ellie, danach gehen wir zu mir."

Sie versuchte, sich aus seinem Arm zu befreien, doch stählerne Muskeln gaben sie nicht frei. Er drehte sie zu sich um und hielt sie bei den Schultern. „Ich will dich und nur dich."

Die Anspannung fiel von ihr ab. Er verstand ihre Angst, dass man Männern nicht trauen konnte, und nahm sich die Zeit, ihr zu beteuern, dass er nicht so war. „Könntest du nicht jemand anderen bitten, sie nach Hause zu bringen?", fragte sie leise.

„Ja." Ein entschlossenes Glitzern in seinen Augen war die einzige Vorwarnung, bevor er sie hochhob und auf einen Barhocker setzte. „Geh nicht weg."

„Danke."

Er fuhr sich mit der Hand durchs Haar und sah sich um. „Weiber", murmelte er, dann verschwand er durch die Seitentür in den Mitarbeiterbereich.

Ellie kam an die Bar. „Wo geht er hin?"

Lexi zuckte mit den Schultern. „Ich glaube, er hat was vergessen."

„Er ist ein fantastischer Boss", sagte Ellie und betrachtete ihre rot manikürten Nägel. „Er kümmert sich um mich – genaugenommen um alle."

„Schön, das zu hören."

„Ist das Burrow nicht toll?" Sie wartete nicht auf eine Antwort. „Ich arbeite hier, seit es eröffnet hat. Viele Bars überleben das erste Jahr nicht, doch Marcus hat einen fliegenden Start hingelegt. Seitdem gibt es ordentlich Trinkgeld und immer wieder mal eine Gehaltserhöhung."

„Er ist smart, das überrascht mich also nicht."

Ellie seufzte und holte ihr Handy hervor.

Lexi glitt von ihrem Barhocker, als Marcus mit einem Mann mit Haarnetz zurückkam. Marcus kam auf sie zu und legte seine Hände auf ihre, während er sich Ellie zuwandte. „Mike bringt dich nach Hause, und morgen wird dein Alarmsystem installiert. Gute Nacht." Seine Hand wanderte zu Ellies unterem Rücken, und er schob sie sanft in Richtung Tür. „Und wo waren wir nochmal stehengeblieben?"

Sie warf einen Blick über ihre Schulter und beobachtete, wie Ellie mit Mike in Richtung Hinterausgang ging. „Ellie lobt dich in höchsten Tönen."

Marcus hielt ihr die Tür auf und folgte ihr hinaus. „Ich will nicht über Ellie reden."

„Worüber dann?"

„Wie wäre es darüber, wie du dich anhörst, wenn du kommst?"

„Marcus!" Sie sah sich auf dem Gehsteig um. Niemand war nah genug, um sie zu hören.

Er lachte leise. „Vielleicht kannst du es mir einfach zeigen." Er blieb stehen, hob ihr Kinn und küsste sie. „Ich bete dich an und du mich. Wir sind in einer exklusiven Beziehung, wie wäre es also, wenn wir es mit einem ein bisschen exklusiven Paarvergnügen versuchen würden?" Er studierte ihr Gesicht. „Oder ich könnte dich nach Hause fahren."

„Bist du des Wahnsinns? Du hast mich die ganze Nacht scharf gemacht. Wenn dieser Orgasmuskiller Ellie nicht wäre, wäre ich schon in deinem Bett."

Er verzog seine Lippen zu einem sexy Lächeln, dann küsste er sie und fachte das Feuer erneut an.

Er unterbrach den Kuss, nahm ihre Hand und ging so schnell, dass sie fast rennen musste, um mit ihm mitzuhalten.

„Wo brennt's?"

„In meiner Hose."

～

Lexi folgte Marcus nach oben in seine Wohnung in den

zwei obersten Stockwerken eines eleganten Stadthauses, ihre Finger mit seinen verflochten, ihr Puls rasend vor Erregung. Als er das Licht im Wohnzimmer einschaltete, sah sie moderne, skandinavische Möbel. Ein lohfarbenes Ledersofa, ein Glassofatisch, der aussah wie ein liegendes Komma, und eine braune Lederchaiselongue standen auf einem Teppich mit geometrischem Muster in warmen, satten Farben. Darunter und überall sonst Parkettboden. Nicht gerade die Junggesellenbude, die sie erwartet hatte.

Er drehte sich zu ihr um. „Möchtest du was trinken?"

Sie schüttelte den Kopf. „Schlafzimmer, Mister. Keine Verzögerungen mehr."

Er schmunzelte. „Dann bitte hier entlang."

Sie folgte ihm die Stufen hinauf zu seinem Schlafzimmer, wo ein großes Doppelbett mit grauem Holzrahmen, passenden Nachttischen und Kommode wartete. Er schaltete eine Nachttischlampe mit cremeweißem Schirm ein und dimmte sie zu einem warmen Schummerlicht.

Sie strich über die cremefarbenen Laken. „Hier passiert also die Magie."

Er schlang seine Arme um sie. „Hier ist lange keine Magie mehr passiert. Ich habe auf jemand Besonderen gewartet." Er nahm ihr Gesicht in beide Hände. „Auf dich."

Ihre Augen brannten, und sie schloss sie in der Hoffnung, dass er es nicht bemerkt hatte. Seine Lippen berührten ihre für einen zärtlichen Kuss. Sie legte ihre Arme um seinen Nacken, presste ihren Körper an seinen und genoss seinen Geschmack, seinen Duft, seine harten Muskeln.

Er küsste sie, während seine Hände sie liebkosten, ihren Rücken hinauf und über ihre Schultern, ihre Arme hinab, zu ihrem Po und dann an den Saum ihres Kleides. Er unterbrach den Kuss, zog ihr Kleid hoch und über ihren Kopf und half ihr aus den langen Ärmeln.

Seine dunklen Augen musterten ihren Körper in ihrem

schwarzen Push-up BH und passendem String. „Mein Gott, du bist schön."

Einen kurzen Moment lang fühlte sie sich auch so. Normalerweise war sie ein bisschen gehemmt, da sie nicht die Kurven hatte, auf die die meisten Männer standen. Ihr Ex hatte gesagt, dass sie weniger als eine Handvoll Titten hatte, darum besaß sie eine ganze Kollektion von Push-up BHs. Sie verdrängte ihren Ex vehement aus ihrem Kopf, als Marcus seine Lippen benetzte und ihr bescheidenes Dekolleté anstarrte.

„Danke", sagte sie leise.

Er brummte etwas und zog sich aus – seine Finger unerwartet geschickt beim Öffnen der Knöpfe seines Hemds. Sie beobachtete mit wachsendem Interesse, wie er die gebräunte Haut seiner muskulösen Brust entblößte. Dann fiel das Hemd zu Boden, und sie saugte den Anblick des schönsten Mannes, den sie je gesehen hatte, in sich auf – von seinen breiten Schultern, über seine Brustmuskeln zu seinem Sixpack und der dunklen Spur von Haaren, die zu einer massiven Ausbuchtung in seiner Hose führte. Sie griff nach seinem Gürtel, doch er schob ihre Hände weg.

Er sah ihr in die Augen. „Vorsicht beim Ausziehen, wenn ich einen Ständer wie jetzt habe."

Sie grinste, überaus zufrieden, eine solche Wirkung auf ihn zu haben. Langsam zog er die Hose aus. Ihr Mund wurde trocken. „Die auch noch", sagte sie heiser und deutete auf seine schwarzen Boxershorts, die über seiner Erektion spannten.

„Eile mit Weile." Er nahm sie bei der Taille und hob sie zu einem Kuss hoch. Sie schlang ihre Arme und Beine um ihn und erwiderte den Kuss leidenschaftlich, während seine Erektion köstlichen Druck durch ihren seidenen String ausübte und sie vor Lust fast wahnsinnig machte.

Er legte sie aufs Bett und kroch über sie, ohne den Kuss zu unterbrechen, stützte jedoch einen Großteil seines Gewichts auf seine Ellbogen.

Sie ließ ihre Hände über seine Haut gleiten und genoss

seine Hitze und seine hünenhafte Gestalt. Als er den Kuss unterbrach, kniete er zwischen ihren Beinen und zog sie zu sich hoch. Er öffnete ihren BH und warf ihn von sich. Bevor sie sich auch nur einen kurzen Moment über die Größe ihrer Brüste sorgen konnte, waren seine Hände schon da und streichelten sie, während seine Lippen an ihren Hals wanderten.

Sie stöhnte. „Jetzt, Marcus."

Er flüsterte in ihr Ohr: „Oh nein, langsam, Baby. Ich will dich genießen." Dann machte er sich daran, sein Versprechen einzulösen, legte sie zurück auf die Laken und nahm sich Zeit, ihren Hals mit Küssen zu erkunden. Er kehrte immer wieder zu ihrem Mund zurück und machte sie trunken mit tiefen, leidenschaftlichen Küssen, während seine großen Hände sie liebkosten.

„Marcus", stöhnte sie immer wieder, packte seine Schultern mit ihren Händen, streichelte über seinen muskulösen Rücken und wünschte sich, sie könnte ihn zur Eile treiben, doch er ließ sich nicht hetzen.

Als er seinen Mund über einer ihrer Brüste schloss, zuckte ihre Hüfte von der Matratze. Er saugte an der einen Brust, während er die andere mit einer Hand liebkoste.

O Gott. Sie war dem Orgasmus schon so nah, und ihr Innerstes spannte sich mit jeder Berührung weiter an. *Jetzt.* Sie klatschte mit der Hand auf seine Schulter, und er hob den Kopf, die Lippen feucht, die dunklen Augen lodernd auf sie gerichtet.

„Nimm deine Hände unter den Kopf und beweg dich nicht", befahl er.

„Ich will dich so sehr", flüsterte sie.

„Und du bekommst mich auch", knurrte er. „Aber erst will ich dich genießen. Hände unter deinen Kopf."

Sie zögerte. Sie würde nicht einfach so daliegen und ihn alles tun lassen.

„Lexi, Baby, tu's einfach. Ich verspreche dir, es ist es wert."

„Willst du mir die G-Punkt Ekstase zeigen, die ich angeblich noch nie so erlebt habe?" Nur so würde sie sich zurücklehnen und ihn gewähren lassen. Wenn nicht, wollte sie ihn endlich in sich spüren.

Seine Stimme war rau und kehlig. „Genau die sollst du bekommen."

Ein Schauer lief durch ihren Körper, und sie schob ihre Hände unter ihren Kopf, was ihre Brüste köstlich anhob. Er benetzte seine Lippen und liebkoste beide Brüste, während seine Daumen mit ihren harten Nippeln spielten und sie noch feuchter werden ließen, noch gieriger nach Aufmerksamkeit unter der Gürtellinie. Sie schämte sich nicht, darum zu betteln.

Sie stieß einen erleichterten Seufzer aus, als er schließlich sein Gewicht verlagerte und küssend ihren Körper hinunter wanderte, während seine Hände über ihre Hüften und zwischen ihre Beine glitten, sie langsam streichelten und dann weit spreizten. Sie holte scharf Luft.

Er sah ihr in die Augen, senkte seinen Kopf und leckte in einem langen Zug über ihre Weiblichkeit.

„Marcus!", keuchte sie, packte seinen Kopf und grub ihre Finger in seine Haare.

Er leckte sie erneut, dann trieb er sie mit seinen Fingern in den Wahnsinn, bis sie bebte.

„Jetzt", stöhnte sie.

Er hielt inne. „Marcus!", keifte sie. „Hör auf rumzuspielen und fick mich endlich!"

Er schmunzelte, bevor er den Kopf wieder zwischen ihre Beine senkte und mit dem Mund dort weitermachte, wo gerade noch seine Finger gewesen waren. Doch es war nicht genug, nicht einmal annähernd. Zärtliche Küsse, langsame Liebkosungen seiner Zunge. Sie wand sich unter ihm in gieriger Verzweiflung nach mehr. Mit seiner großen Hand packte er ihre Hüfte und hielt sie fest. Sie stand in Flammen, jede Liebkosung seiner Zunge, jeder hungrige Kuss brachte eine elektrische Welle der Lust. Er brachte sie so oft an den Rand des Orgasmus', dass sie ihre Sprache verlor, reduziert zu einem verzweifelten Stöhnen unter einem Nebelschleier der Emotionen.

Er küsste die Innenseiten ihrer Beine und streichelte sie mit einem Finger. „Bereit?"

Sie hob den Kopf vom Kissen und starrte ihn fassungslos an. „Ja!"

„Dann leg dich zurück und entspann dich, Baby."

Sie ließ den Kopf sinken, so verzweifelt, endlich zu spüren, was er versprochen hatte, dass sie gehorchte. Er senkte den Kopf zwischen ihre Beine und begann zu saugen. Sie stöhnte leise. Dann drang er mit den Fingern in sie ein und übte unerwarteten Druck aus.

„Ah!" Scharfe Lust schoss durch sie hindurch, als er ihren G-Punkt traf. „O Gott, Marcus! Marcus!" Mit seinem dunklen Kopf zwischen ihren Beinen, seinem Mund, der wahre Wunder vollbrachte, und seinen Fingern, die so geübt ihren G-Punkt massierten, verlor sie den Halt. Die Lust trug sie zu einem dunklen, pulsierenden Verlangen, zum Zerreißen gespannt, ihre Muskeln um ihn herum zuckend, tropfnass vor Gier.

Sie wimmerte zusammenhanglose Worte, zuckte, und dann kam sie, während sie sich wild an ihm rieb. Das Gefühl schoss durch ihren Körper wie eine Supernova.

Und er hörte nicht auf.

„Marcus", stöhnte sie und stieß seine Schulter an. „Ich bin gekommen."

Er hob den Kopf, die Lippen feucht von ihr, seine Finger immer noch an ihrem G-Punkt. Immer noch ließen die Gefühle sie erzittern und ihre Hüften unkontrolliert unter seinen Händen zucken. Sie rang nach Luft.

Als sich ihre Blicke begegneten, verstanden beide.

Er besitzt mich.

Sie bebte am ganzen Körper, während er leise auf sie einredete, ohne auch nur einen Moment innezuhalten. „Das zweite Mal ist noch besser. Das ist das, was ich dir versprochen habe. Entspann dich."

Sie atmete zittrig durch und gehorchte. Er schenkte ihr

ein sündiges Lächeln, bevor er sich ihr wieder zuwandte, sein Mund hungrig, seine Finger zielstrebig, bis eine dunkle Lust sie konsumierte.

Sie würde das nicht überleben. Ihr Körper brannte, schwitzte, bebte. Sie war ihm ausgeliefert. Seine Berührungen waren elektrisch, tief in ihr, während sich ihr Körper von der Matratze bog und sich seinem Mund anbot, der saugte, leckte und küsste, als könnte er nicht genug von ihr bekommen. Ihre Sicht verschwamm, Marcus' dunkler Kopf nur ein Schatten zwischen ihren Beinen, das Zimmer im Nebel, während ihre Ohren klangen.

Mit einem stummen Schrei warf sie den Kopf in den Nacken, während ein zweiter Orgasmus wie ein Tsunami über sie hereinbrach und ihr den Atem nahm mit endlosen Schockwellen der Lust, bevor sie schließlich kollabierte, der Raum um sie pechschwarz.

Flatternd öffnete sie die Lider, als Marcus ihr zärtlich die schweißnassen Haare aus dem Gesicht strich.

Er lächelte sie an. „Du bist ohnmächtig geworden."

Sie blinzelte. „Wirklich?"

„Sieht so aus, als hätte es dir gefallen."

„O mein Gott, ich dachte, ich würde sterben."

„Ich habe dich in den Himmel gebracht."

Sie küsste ihn. „Das hast du. Das war Wahnsinn."

„Bereit für mehr? Das Kondom ist an."

„O Gott."

„Nein, Marcus."

Sie lachte, verstummte jedoch schnell, als er sich zwischen ihren Beinen positionierte und in sie eindrang. Sie war immer noch so erregt von gerade eben, dass das elektrische Gefühl bei jedem Stoß erneut durch sie hindurch schoss.

Seine Finger mit ihren verschränkt, presste er ihre vereinten Hände auf die Matratze. Seine dunklen Augen starrten sie an. „So schön. Du hast keine Ahnung, wie schön du gerade aussiehst."

Sie schloss die Augen, überwältigt von seinen süßen Worten, erneut verloren im Genuss. Seine Stöße kamen schneller, tiefer, härter, bis sie sich an seinen Schultern festklammerte, während sein harter, starker Körper in sie hineinpumpte.

„Marcus!" Ihr Körper pulsierte unter einem weiteren intensiven Orgasmus, ihre Hüften zuckten unter ihm.

Mit einem animalischen Schrei warf er den Kopf in den Nacken, pumpte härter und härter und brachte ihr noch tiefere Lust, während ihr Körper gierig nahm, was er ihr bot, vollkommen eins mit ihm. Schließlich erstarrte er tief in ihr, und alles, was zu hören war, war ihr keuchender Atem.

Er hob die Hand an ihre Wange und küsste sie zärtlich.

Sie seufzte, körperlich und seelisch erschüttert. Er war unglaublich.

Als er schließlich von ihr rollte, ließ sie die Arme sinken, einen über seine Brust, absolut und vollkommen befriedigt. Das Warten hatte sich gelohnt.

11

Marcus lag auf der Seite und bewunderte die nackte Lexi neben sich. Sie war schweißnass, alle Muskeln entspannt, die Arme weit geöffnet. Er liebte es, sie so zu sehen, offen und erschöpft. Das war der Punkt, an dem die meisten Frauen gingen, manchmal von selbst, und manchmal bot er an, sie nach Hause zu bringen. Doch diese Frau würde nicht gehen, dafür würde er sorgen. Es war eine Sache, dass sie zugegeben hatte, dass sie Gefühle für ihn hatte, doch zu bleiben war eine andere.

Sie war etwas Besonderes, stark und doch auf eine so richtige Art weich. Er hatte sie hart rangenommen, weil er ihr die größte Lust hatte schenken wollen. Nicht alle Frauen konnten das. Sie musste sich dem öffnen, ihm vertrauen, und Lexi hatte genau das getan. So schön und vollkommen, dass sie ohnmächtig geworden war. Das hatte er noch nie erlebt. Was ihm daran am besten gefiel, war, dass er Lexis Vertrauen hatte. Zumindest im Bett. Das war ein Anfang. Er wusste, dass sie ein gebranntes Kind war und dass ihr Ex sie so schlimm mitgenommen hatte, dass sie seit Monaten keinen Mann mehr gehabt hatte.

Er strich ihr die klammen Haare aus dem Gesicht.

Langsam schlug sie die Augen auf. „Hör auf, mich anzustarren."

„Kann nicht anders. Du bist so schön. Bitte bleib. Morgen früh mache ich dir Frühstück."

Sie starrte ihn einen Moment lang an, die Augen sanft, bevor sie den Blick abwandte. „Was gibt's zum Frühstück?"

„Orgasmus-Pfannkuchen, ist das okay?"

Sie lachte und entspannte sich wieder. „Wer kann schon Nein sagen zu einem Orgasmus-Pfannkuchen?"

„Meine Rede." Er schaltete das Licht aus und ließ seine Hand über ihren flachen Bauch zur sanften Rundung ihrer Hüfte wandern. Sie blieb vollkommen entspannt, locker und schlaff, als hätte er auch das letzte bisschen Anspannung gelöst. „So schön", murmelte er.

„Alle Männer finden eine nackte Frau in ihrem Bett schön."

„Ich sage dir das auch gerne noch einmal, wenn du angezogen bist." Er zog sie auf sich und deckte sie zu.

Sie hob den Kopf. „So kann ich nicht schlafen."

„Warum nicht?"

„Du machst mich viel zu heiß. Ich bin schon wieder erregt."

Pure Freude ließ sein Herz pochen. Er liebte es, wenn sie so offen war. Er schob sie sanft von seiner Brust und zog sie an seine Seite. „Kannst du so schlafen?"

„Nein." Sie streichelte seine Brust und ließ ihre Finger von seinem Schlüsselbein seinen Arm hinuntergleiten. „Du riechst viel zu gut. Nach Sex und sexy Mann."

„Das ist verdammt viel Sex."

„Ich weiß. Daran bist du schuld." Ihre Atmung wurde langsamer, als sie allmählich eindöste. „Aber jetzt mal ehrlich, was machst du mir zum Frühstück?", murmelte sie.

„Frühstücksflocken."

„Ich liebe Frühstücksflocken."

„Ich liebe–" Heilige Scheiße. Er würde jetzt *nicht* sagen „Ich liebe dich" – und schon gar nicht als erster.

„Frühstücksflocken", beendete sie den Satz für ihn.

Er streichelte ihre seidigen Haare. „Ja. Nacht, Baby."

Sie seufzte, und dann schien sie zu schlafen. Er lag mit weit offenen Augen eine ganze Weile da. Hatte er endlich wieder Liebe gefunden? Er wusste es nicht und konnte nur hoffen, dass er der Liebe würdig war. Und vielleicht, ja, vielleicht war diesmal seine Liebe genug.

Hier saß sie also am hellichten Tag in Marcus' Küche, während er ein paar Müslischalen aus dem Schrank holte. Sie hatte befürchtet, dass der Morgen danach unbehaglich sein könnte, doch mit Marcus war es nicht so, denn er sagte, was er empfand, und sie wusste, wo sie bei ihm stand. Vorhin, als er ihr mit seinen großen Händen in der Dusche die Haare gewaschen hatte, hatte er gesagt: „Ich bin froh, dass du geblieben bist. Ich werde nie genug von dir bekommen."

Sie hatte gespürt, wie ihr die Tränen in die Augen gestiegen waren, und ihm befohlen, sie zu küssen, was er zu gerne getan hatte. Dann hatte er ihr die Haare ausgespült, ihre Hände gegen die Fliesen gelegt und ihr ins Ohr geflüstert: „Nicht bewegen, bis ich fertig bin mit dir."

Die Dinge, die er tat, wie er einfach *wusste*–

Sie schüttelte den Kopf, feucht allein beim Gedanken daran. Sie musste aufhören, dauernd an Sex zu denken, sonst würde sie nie hier rauskommen. Irgendwann müsste er zur Arbeit gehen, und dann würde sie die Bahn nach Hause nehmen. Es war Freitag, und sie musste die Details für das Mardi-Gras-Event am nächsten Dienstag festnageln. Es war nicht nur wichtig für seine Bar, sondern konnte ihr auch künftige Geschäfte einbringen. Wall Street Banker besuchten seine Bar regelmäßig, zum einen, weil er viele kannte, zum anderen jedoch, weil seine Bar ganz in der Nähe der Wall Street lag.

Er stellte eine Schale Frühstücksflocken vor sie und reichte ihr einen Löffel. „Voilà!"

„So ausgefallen. Hast du Milch?"

Er zeigte mit dem Finger auf sie. „Siehst du, wie sehr du mich ablenkst. Du siehst so sexy aus in meinem T-Shirt als Nachthemd."

Sie lächelte, denn sie fing an, seinen Worten zu glauben, besonders, wenn er sie so ansah. Dieser atemberaubend erotische Mann konnte jede haben – da machte sie sich nichts vor – doch er dachte, dass sie eine schöne, sexy Frau war. Er trug nur dunkelblaue Boxershorts, unter denen sich eine riesige Erektion abzeichnete. *Meinetwegen.*

Er beugte sich über den kleinen Frühstückstresen, hielt ihr Kinn und küsste sie. „Ich will dich schon wieder, Baby. Kannst du nach dem Frühstück vielleicht noch bleiben?"

Sie nickte glücklich. „Ich hab ein bisschen Zeit."

„Ich habe bis elf." Er drehte sich um und warf einen Blick auf die Uhr der Mikrowelle. „Zwei Stunden. Was denkst du, was wir in zwei Stunden alles anstellen können?"

„Oh, eine Menge."

Er lachte und holte die Milch aus dem Kühlschrank. Dann setzte er sich auf den Hocker neben sie, und sie frühstückten in einträchtigem Schweigen.

Sie war noch nicht halb fertig, als er seine Schale noch einmal füllte. Er schüttelte die Packung in ihre Richtung. „Mehr?"

„Eine Schale reicht. Danke."

Er goss Milch nach und schob sich einen Löffel in den Mund. „Du hast ein echtes Problem mit Fremdgehern, oder? Ich meine, nach meiner Ex verstehe ich das, aber kann es sein, dass es bei dir noch nicht lange her ist?"

Sie schluckte. „Wenn wir schon Kriegsgeschichten austauschen, dann erzähl mir deine. Wie hast du herausgefunden, dass sie fremdgeht?"

Er schnitt eine Grimasse. „Wenn es sein muss … Also gut, es war an unserem einjährigen Hochzeitstag, und ich habe alle Register gezogen. Habe mir den halben Tag freigenommen, eingekauft und ihr Lieblingsrisotto gekocht. Ich habe Stunden in der Küche verbracht, um es zu kochen, und den Kokosnusskuchen, den sie mag, habe ich ihr auch gebacken. Und ein Diamantarmband habe ich ihr gekauft. Wollte es zum Einjährigen so richtig krachen lassen, weißt du?"

Sie nickte, und er tat ihr bereits jetzt furchtbar leid, denn welcher Mann würde schon solch einen Aufwand betreiben.

Er fuhr fort. „Dann, bei unserem Dinner bei Kerzenlicht, fragt sie in super sexy Ton: *Was hältst du von einer offenen Ehe? Wir können verheiratet bleiben, aber Liebhaber sind erlaubt. Vielleicht können wir sie uns ja sogar teilen, und es bringt uns einander näher.*"

Sie starrte ihn geschockt an. „Was ist der Sinn einer Ehe, wenn man mit anderen schlafen will?"

„Ganz genau, darum sage ich: *Nein, das will ich nicht.* Aber in dem Moment denke ich mir schon, reiche ich ihr etwa nicht? Es war ja nicht so, dass es nach dem einen Jahr schon fade gewesen wäre." Er holte tief Luft. „Und dann sagt sie: *Also, unsere Ehe ist eigentlich schon offen. Ich habe zwei Liebhaber und habe gehofft, dass du mit ins Boot kommen würdest.*"

Sie keuchte.

„Lex, ich war so sprachlos, dass ich kein Wort rausbekommen habe. Ich meine, sie hat es so gesagt, als ginge es nur darum, offen zu sein. Nicht, dass sie fremdgegangen ist. Darum bin ich dann aufgestanden und hab gesagt: *Ich kann nicht fassen, dass du mich betrogen hast,* und sie antwortet …"

Lexi beugte sich vor. „Was?"

„Ich dachte, du wusstest es."

Sie lehnte sich zurück. „Wie bitte? Sie hat so getan, als

wäre es die normalste Sache der Welt? Die hat sie wohl nicht mehr alle."

Marcus schüttelte den Kopf. „Ich weiß nicht, woher ich es hätte wissen sollen. Da waren keine Warnsignale, nichts. Ich habe ihr vertraut. Wie auch immer, das war's dann. Ich habe meine Sachen gepackt, am nächsten Tag die Scheidung eingereicht und bin nach Hause geflogen."

Sie streichelte seinen Rücken. „Das tut mir so leid."

Er sah sie an. „Danke. Es war scheiße, aber es ist vier Jahre her. Ich bin darüber hinweg. Und wann war das mit deinem Ex?"

Sie schluckte. „Ist jetzt ein knappes Jahr her."

„War es nur der eine … oder ist dir das öfter passiert/"

Sie küsste seinen Hals. „Mach hin und iss auf. Ich will was mit dir probieren, was ich bisher noch mit keinem Mann versucht habe."

Er sah sie wissend an. „Ich habe dir meine Geschichte erzählt."

Sie sprang vom Hocker und ging um ihn herum zum Waschbecken, um ihre Schale auszuspülen. Im nächsten Moment griff er an ihr vorbei, stellte das Wasser ab und legte die Arme um ihre Taille.

„Lex", sagte er in ihr Ohr. „Ich will nur wissen, was es mit dir und deiner Panik vor Fremdgehern auf sich hat. Manchmal habe ich das Gefühl, du hältst alle Männer für Abschaum."

„Nicht alle Männer", sagte sie, schlang ihre Arme um seinen Nacken und presste sich an ihn. „Dich nicht."

Er streichelte über ihre Haare. „Du vertraust mir im Bett. Das sehe ich, denn sonst würdest du dich nicht so gehen lassen, aber vertraust du mir auch außerhalb des Betts?"

Sie ließ die Hände sinken und wandte den Blick ab. Sie wollte seine Gefühle nicht verletzen, denn sie liebte ihn – zumindest war sie sich da ziemlich sicher. Sie hatte das noch nie bei jemandem empfunden, doch die Wahrheit war einfach … dass sie noch nicht so weit war. Sie hatte ihr Vertrauen in Männer schon vor einer ganzen Weile verloren.

Er legte die Hand an ihre Wange und drehte sie wieder zu sich um. „Ist okay. Ich werde mir dein Vertrauen verdienen, versprochen. Sag mir einfach, warum du glaubst, dass alle Männer – meine Wenigkeit ausgeschlossen – Abschaum sind.

Sie schnitt eine Grimasse, da sie ihre Familie nur ungern an den Pranger stellte, doch sie wollte so offen mit ihm sein, wie er es mit ihr gewesen war. „Du hast recht, es war nicht nur mein Fremdgeher von einem Freund."

Seine Hände wanderten zu ihren Hüften, als wollte er sie stützen.

Sie holte tief Luft und starrte seine Brust an. „Mein Dad und mein älterer Bruder sind notorische Fremdgeher. Den beiden habe ich nie vertraut, denn sie lügen und betrügen und tun den Frauen, die sie lieben, nur weh."

„Autsch."

„Ja, nicht gerade mein Lieblingsthema." Aufgewühlt wollte sie die Flucht ergreifen, doch Marcus hielt sie immer noch an den Hüften. Sie senkte den Kopf, unfähig, Blickkontakt zu halten. „Ich bin es nicht gewohnt, so viel über mich zu erzählen."

Er küsste sie zärtlich. „Ich möchte alles über dich wissen, Lexi."

Sie blinzelte brennende Tränen zurück. „Ich bin ein bisschen überwältigt. Sowas habe ich noch nie für jemanden empfunden."

Er küsste sie erneut, dann lächelte er. Ein sündiges Lächeln, das ihr den Atem nahm. „Themenwechsel? Bereit für ein bisschen mehr Bewusstseinserweiterung?"

„Ja", hauchte sie, schlang die Arme um seinen Hals und küsste ihn.

Der Rest war wie im Nebel. Hungrige Münder, tastende Hände. Als er ihr das T-Shirt vom Leib riss, stand sie nackt vor ihm. Sie zerrte seine Boxershorts herunter und beugte sich vor, um seinen harten Schwanz zu küssen. Er zuckte, was sie jedoch nur ermutigte. Sie schlang ihre Finger um ihn und saugte ihn in den Mund.

Er stöhnte. „Lexi."

Sie hatte kaum ihren Rhythmus gefunden und törnte sich selbst mit jedem Saugen an, als er sie auf die Beine zog und seine Lippen auf ihre presste. Sie schlang Arme und Beine um ihn und genoss seine harte Männlichkeit.

Ohne von ihrem Mund abzulassen, ging er mit ihr, bis ihr Rücken auf die Wand traf. Er rieb sich an ihr, ein so köstliches Gefühl, dass sie ihre Nägel in seine Schultern grub. Sie wollte mehr – sie wollte ihn und half ihm, in sie einzudringen.

Er erschrak und zog sich aus ihr zurück. „Fuck. Kondom."

„Dann beeil dich und hol eins", sagte sie, ohne ihn loszulassen.

Mit ihr auf dem Arm ging er die Treppe hinauf, setzte sie aufs Bett, holte ein Kondom aus dem Nachttisch und rollte es über. Dann zog er sie vom Bett und schob sie vor sich her. „Ich will dich an der Wand."

„Ja!"

Er schlang den Arm um ihre Taille und schob sie gegen die Wand. Er küsste sie, dann hob er sie hoch und drang mit einem gewaltigen Stoß in sie ein, den Arm hinter den Rücken, um seine Stöße abzufedern. Sie klammerte sich an seine breiten Schultern, während er mit tiefen Stößen in sie eindrang.

Er blickte in ihre Augen, schob seine Hand zwischen ihre Körper und machte sie wild, bis sie sich gegen ihn stieß und mit den Fingernägeln seinen Rücken krallte. Er presste sie so fest gegen die Wand, dass sie sich nicht mehr regen konnte, pumpte in sie hinein und massierte sie. *O Gott.* Das Gefühl wurde immer intensiver, ihr Atem kam keuchend, glühende Lust schoss durch sie hindurch.

Sie warf den Kopf in den Nacken, zum Zerreißen gespannt, am Rande des Orgasmus'.

Seine Stimme drang durch den Nebel, rau und heiser. „Du zitterst. Lass einfach los. Ich hab dich."

Dann kam sie, und die Gefühle explodierten in ihr, heiß und pulsierend mit Leben und Liebe. Pure, alles überstrahlende Liebe. Sie presste ihre Lippen an seinen Hals, um die Worte tief in sich einzusperren. Auch er hatte den Kopf in den Nacken geworfen, alle Sehnen angespannt, kurz vor dem Orgasmus. Sie biss sanft in seinen Hals, und er schrie auf, während er noch einmal pumpte, bevor er explodierte.

Danach atmete er schwer, eine Hand gegen die Wand hinter ihr gestützt, eine um ihre Taille, um sie zu halten. Dann warf er sie über seine Schulter und hielt sie mit der Hand auf dem Po. „Zurück ins Bett."

Das Blut schoss ihr in den Kopf und ihr wurde schwindelig. „Ja, bitte", keuchte sie.

Er stöhnte. „Wir werden einander noch umbringen."

Sie lachte – ein glückliches Lachen – als er sie aufs Bett legte. „Aber dabei haben wir Spaß."

„Bin gleich wieder da." Er ging ins en-suite Badezimmer, und sie entspannte sich auf seinem großen Bett, inhalierte seinen Duft an seinen Laken, sein Geschmack immer noch frisch in ihrem Mund.

Er kehrte zurück und lächelte sündig. „Jetzt wirst du mit mir tun, was du mit noch keinem anderen Mann getan hast."

„Oh, hmm …"

Er kletterte auf sie, seine Hände neben ihren Kopf gestützt, und blickte auf sie hinab. „Lass mich raten – du hast das nur gesagt, um von unserer Unterhaltung abzulenken."

„Also …"

„Keine Sorge, ich habe jede Menge Ideen für dich. Du kannst mir sagen, wenn wir zu einer Sache kommen, die du noch nicht versucht hast."

Sie streichelte seinen Rücken, denn sie wusste, dass er nur wollte, dass sie sich gut fühlte. Das weckte in ihr den

Wunsch, offener zu sein. „Marcus, ich … ich bin fast so weit, dass ich dir vertraue. Auch außerhalb des Betts, meine ich. Das kommt ganz sicher, gib mir nur ein bisschen Zeit."

Er küsste sie und streichelte ihren Hals. „Okay. Und nur, dass du es weißt – ich vertraue dir."

„Das liegt daran, weil ich so ehrlich bin."

„Das bin ich auch."

„Dann bleib einfach so ehrlich."

„Du bist ganz rot am Hals von meinem Bart." Er zeichnete mit seinem Finger ihre Wirbelsäule nach und jagte ihr wohlige Schauer über den Rücken, bevor er ihr einen Klaps auf den Po versetzte. „Auf geht's. In Position."

Sie hob die Hüfte. „Ist es das, was du willst?"

„Ist es das, was du willst?", fragte er heiser. Und dann tat seine sündige Zunge sündige Dinge, und sie *liebte* es.

Mit einem Kaleidoskop von Farben hinter ihren Augenlidern ließ sie los–

Und sie flog.

Wissend, dass er behutsam mit ihr umgehen würde, wissend, dass er sie anbetete, und wissend, tief in ihrem Inneren, dass sie ihn liebte.

12

Sie hatte das ganze Wochenende mit Marcus verbracht. Er hatte sie eingeladen zu bleiben, und dann hatte er es ihr leicht gemacht. Er war mit ihr Klamotten und Toilettenartikel einkaufen gegangen, damit sie sich bei ihm zu Hause wohlfühlte, und er hatte ihr seinen Laptop zur Verfügung gestellt, damit sie die Vorbereitungen für das Event abschließen konnte. Den S-Hattrick – smart, sexy und süß – bestätigte er damit nur. Sie schwebte förmlich. Am Sonntag hatte er sie dann nach Hause gefahren. Sie besuchten kurz seine Mutter, die guter Stimmung war, und dann hatte er in Lexis Wohnung geschlafen.

Mit Marcus zusammen zu sein, war leicht. Sie passten einfach. Sie respektierte ihn. Und Respekt war etwas, das ein Mann sich bei ihr erst verdienen musste. Er war offen, ehrlich, verantwortungsbewusst. Ein Mann, auf den sie sich verlassen konnte. Das war wahrscheinlich das erste Mal in ihrem ganzen Leben, dass sie einem zuverlässigen Mann begegnet war. Sein schlechter Ruf und die Gerüchte über ihn passten einfach nicht zu dem Mann, den sie kannte. Und was noch wichtiger war, er war kein Fremdgeher. Ja, er hatte gleichzeitig mehrere Frauen gedatet, doch das war eine Reaktion auf seine gescheiterte Ehe gewesen, und er war ehrlich zu den Frauen gewesen, und sie hatten gewusst, dass sie nicht exklusiv mit ihm zusammen gewesen waren. Und zwischenzeitlich hatte er sich verändert und war jetzt mit ihr zusammen. Exklusiv. Monogam.

Er hatte ihre Wohnung früh am Dienstagmorgen verlassen, um zu einem Meeting in der Stadt zu fahren – wegen des Cafés, das er neben der Bar eröffnen wollte. Sie hatte die Zeit für ein paar letzte Details des Mardi-Gras Events genutzt, das an diesem Abend stattfinden würde. Später wollte sie mit der Dekoration in die Stadt fahren, alles aufbauen und dann in der Küche und an der Bar checken, ob alles vorbereitet war. Das Speisenangebot klang fantastisch. Gumbo, Jambalaya, Shrimp mit Maisgrütze und als Dessert Mini-Kingcakes.

Sie hatte eine Bäckerei in der Stadt gefunden, die die Kingcakes für sie gebacken hatte, und hatte in ein paar eine Kirsche einbacken lassen. Wer einen Kuchen mit der Kirsche hatte, konnte sich melden und würde die traditionellen bunten Plastikperlenketten und eine Geschenkkarte vom Burrow bekommen. Sie war aufgeregt, nervös und voller Hoffnung zugleich – in etwa dieselben Gefühle, die sie für Marcus empfand.

Am Dienstagnachmittag kam sie mit drei Kisten voller Dekoration ins Burrow. Sie stellte sie auf die Bar und sah sich um. Der Laden war bereits geöffnet, doch fast leer, da es noch früh war. Nur ein Mann saß an der Bar.

Marcus kam aus dem Mitarbeiterbereich. „Lex, du hättest mich anrufen sollen, ich hätte dir tragen helfen können."

Sie musste lächeln. Er war tatsächlich beleidigt, dass sie sich nicht von ihm helfen ließ. Nicht nur das, er hatte jeden Morgen das Bett gemacht – seines wie ihres, die Laken glatt gestrichen und die Kissen aufgeschüttelt. Er war ein männlicher Mann, der zu seinen Gefühlen stand und dazu noch häuslich war – ein wirklich ungewöhnliches Exemplar.

Sie deutete in Richtung Straße. „Im Auto ist noch mehr. Der ganze Kram für die Aktivitätsstationen und die Preise. Wagen steht auf dem Parkplatz vom Seaport."

„Schlüssel." Er kam ihr mit ausgestreckter Hand zielstrebig entgegen. So verdammt sexy. „Ich hole deinen Wagen und parke ihn vor der Tür, bis wir alles ausgeladen haben."

Sie nahm den Schlüssel aus ihrer Tasche und gab ihn ihm. „Danke."

Er beugte sich lächelnd zu ihr hinunter, um sie zu küssen. „Du kannst mir später auf eine ganz besondere Weise danken."

Sie schmunzelte. „Wenn du Glück hast."

Er lachte und ging zur Tür. „Ich hatte schon Glück – schließlich habe ich dich gefunden.

Sie holte tief Luft. Manchmal sagte er einfach diese *Dinge*, diese unglaublichen Dinge, die sie sprachlos machten. Er öffnete die Tür, drehte sich um und zwinkerte ihr zu.

Sie rannte zu ihm, packte seine Schultern und ging auf Zehenspitzen, um ihn zu küssen. Er beugte sich hinunter. „Ich habe auch wahnsinniges Glück", flüsterte sie. „Und jetzt geh." Sie stieß ihn gegen die Brust, bevor er die Tränen in ihren Augen sehen konnte.

Er regte sich jedoch nicht. „Lexi, Baby", schnurrte er und lächelte sie mit sanften Augen an.

Sie wandte den Kopf ab und blinzelte die Tränen weg. Er legte die Hand an ihre Wange, dann ging er, damit sie sich fassen konnte.

Sie ging zurück in die Bar, die Hand auf ihrem pochenden Herzen. Sie liebte ihn so sehr, es war verrückt, zittrig glücklich, ein bisschen ängstlich, aber unendlich aufgeregt. Ihr untreuer Ex war ihre erste ernste Beziehung gewesen. Bei all den anderen Männern zuvor hatte sie zu große Angst gehabt, als dass sie lange genug geblieben wäre, um zuzulassen, dass etwas Ernstes daraus wurde. Was sie für ihren Ex empfunden hatte, war jedoch nichts im Vergleich zu jetzt. Und sie vermutete, dass Marcus ähnlich tiefe Gefühle für sie hatte.

Sie rieb sich die Stirn und wünschte sich ein bisschen spät, ihre Freundinnen für heute Abend eingeladen zu haben, ganz besonders Sabrina. Die Therapeutin hätte sie beruhigen und ihr versichern können, dass alles gut werden würde. Sie war eine Spezialistin in Sachen Liebe.

Lexi holte ihr Handy aus der Tasche und schrieb Sabrina: *Ich liebe Marcus.* Als sie in Schweiß ausbrach, löschte sie die Nachricht. Allein die Worte zu sehen, löste einen Adrenalinschub aus.

Konzentrier dich. Faschingsdienstag. Mardi Gras. Ihr Gehirn verweigerte ihr den Dienst, und all die Details, an die sie denken musste, waren mit einem Mal verschwunden. *Schaltkreise überlastet. Schaltkreise überlastet. Schaltkreise überlastet.*

Das Event musste perfekt laufen, doch sie konnte sich nicht zusammenreißen. Sie hatte noch nie ein Event ganz allein geplant und durchgezogen, und der Erfolgsdruck und ihre achterbahnfahrenden Gefühle trieben sie an den Rand der Panik. Sie brauchte Hailey, die ultimative Planerin, um ihr dadurch zu helfen. Hailey arbeitete schon seit Jahren solo.

Sie schickte Hailey einen kurzen Hilferuf. *Zwei Stunden bis zum Mardi Gras Event, und ich bin am Ausflippen.*

Hailey antwortete sofort. *Soll ich rauskommen und dir helfen? Gegen halb sechs könnte ich da sein.*

Lexis Hals schnürte sich zu. Hailey war solch eine gute Freundin. Sie musste mit ihrer Hochzeitsplanerei bis zum Hals in Arbeit stecken. Wie schaffte sie es nur, bei so vielen Hochzeiten so cool zu bleiben – und dann auch noch die Bräute durch diese emotionale Zeit zu schleusen?

Lexi schrieb zurück. *Schon okay. Du bist sicher beschäftigt.*

Bin gerade mit einer Kundin fertig.

Schon gut. Ich schaff das schon. Trotzdem danke.
Bist du sicher?

Ich liebe Marcus. Löschen. Sie holte tief Luft, dann schrieb sie zurück. *Ja, alles klar. Habe nur kurz Panik geschoben. Danke, dass du für mich da bist.*

Jederzeit. Du schaffst das! Go, Lexi, go!

Lexi lächelte und fühlte sich dank der Zuversicht ihrer Freundin schon ein bisschen ruhiger. Sie steckte ihr Handy weg und öffnete die erste Deko-Kiste – eine goldene Girlande, die sie an den Wänden aufhängen wollte. Das war leicht. *Konzentrier dich einfach auf das Event. Eins nach dem anderen.* Sie blickte zur hohen Decke mit den punzierten Zinnpaneelen hinauf. Sie würde eine Leiter oder etwas in der Art brauchen, um hoch genug zu kommen.

Sie fragte den Barkeeper, wo sie eine finden konnte, und er erklärte ihr den Weg zum Lager. Sie holte eine Trittleiter heraus und machte sich an die Arbeit. Sie hatte etwa die Hälfte der Girlande aufgehängt, als Marcus mit ein paar Kisten zurückkam und sie abstellte.

„Lex!", rief er ihr zu. „Ich ruf dir jemanden, der dir helfen kann."

Sie drückte einen Streifen doppelseitiges Klebeband an die Wand und sah ihn an. „Schon gut, nicht nötig."

Er ignorierte sie und ging in den Mitarbeiterbereich. Ein paar Minuten später kam er mit zwei niedlichen Hipstern zurück, die sie noch nicht kannte. „Das sind Sara und Caleb. Sie werden dir helfen."

Sie winkte ihnen zu. Sara hatte lange, rosa Haare, einen Nasenring und trug ein schwarzes T-Shirt, abgeschnittene Shorts und dazu schwarze Strumpfhosen. Caleb hatte zerzauste braune Locken und trug ein kurzärmeliges blaues Hemd mit weißem Palmenprint zu braunen Cordhosen.

Ihre neuen Helfer nickten ihr freundlich zu, während Marcus sie mit Argusaugen beobachtete. Scheinbar zufrieden wandte sich Marcus Lexi zu. „Ich habe einen Parkplatz einen Block von hier gefunden. Ich gehe schnell den Rest holen."

„Danke", rief sie ihm nach.

Er hob die Hand und ging.

Sie seufzte, während seine breiten, fähigen Schultern durch die Tür verschwanden. Nichts war besser als ein Mann, der mit beiden Beinen fest im Leben stand.

„Er hat diese Wirkung auf Frauen", sagte Sara.

Lexi erstarrte. „Da bin ich mir sicher."

Sara nickte. „Alle Angestellten hier himmeln ihn an, sogar einer der Jungs."

„Das ist schön", sagte Lexi gleichgültig. „Könntest du die Kiste mit der Tischdeko suchen? Caleb, und wenn du den langen Tisch da drüben aufbauen könntest?" Sie deutete dorthin, wo sie ihn haben wollte. „Marcus hat gesagt, im Lager im Keller ist einer."

„Schon dabei", sagte Caleb.

Sara blieb. „Dann ist das mit dir und Marcus offiziell? Er hat dich als seine Freundin bezeichnet."

Sie spürte, wie sie rot wurde. „Ja, ich schätze, es ist offiziell."

Sara senkte die Stimme. „Sei bloß vorsichtig. Ich habe gehört–"

„Marcus und ich sind glücklich. Ich will den Tratsch nicht hören." Sie hatte genug davon. Sie kannte diesen Mann, war das Risiko eingegangen, und jetzt war sie bis über beide Ohren verliebt. Sie musste lernen, ihm zu vertrauen.

„Wie du willst", sagte Sara mit einem Lächeln, bevor sie zur Bar ging und die nächste Kiste mit Dekomaterial holte.

∼

Zwei Stunden später war das Event bereits voll im Gange,

und Lexi führte Gäste durch die Aktivitätsstationen. Sara und Caleb unterstützten sie dabei. Zwischenzeitlich hatte sie erfahren, dass Sara Kellnerin/Malerin und Caleb Tellerwäscher/Musiker war. Sie hatten Talent für den Umgang mit den Gästen, und sie konnte gut nachvollziehen, warum Marcus sie eingestellt hatte. Marcus sprang auch gelegentlich ein, um zu helfen, und hatte die glitzernden Lichterketten selbst aufgehängt, doch er war vor allem damit beschäftigt, hinter den Kulissen das Personal zu managen, die Küche zu organisieren und beim Mixen der Drinks zu helfen.

Nachdem der Barkönig/Barköniginnen-Wettbewerb auf Social Media zu trenden begonnen hatte, kamen immer mehr Gäste. Zwischenzeitlich hatten sie zwanzig Kandidaten und Kandidatinnen und hatten deren Fotos zur Abstimmung auf verschiedene Social Media Plattformen gestellt. Ihre Freunde stimmten ab, teilten das Posting und kamen, um die Ergebnisse zu sehen. Es war großartig.

Hurricanes flossen in Strömen, genauso wie violette Martinis mit Blaubeerwodka und dem Favoriten der Nacht, dem *King's Cup*, einem Champagner-Cocktail mit Wodka, der in goldenen Pokalen ausgeschenkt wurde, die Lexi speziell für diesen Anlass bestellt hatte und auf denen in geschwungenen Lettern der Aufdruck *Mardi Gras im The Burrow* prangte. Aus den Lautsprechern drang schwungvoller Cajun Zydeco. Später für das Masken-Speeddating würden sie Jazz spielen.

Sie blieb am langen Tisch stehen, wo Sara den Gästen erklärte, wie die Mini-Umzugswagen aus kleinen Frühstücksflocken-Kartons gebaut wurden. „Wie läuft's?", fragte Lexi.

„Toll!" Sara zeigte ihr einen Froot Loops Umzugswagen, der über und über mit goldenem Glitter und grünen Federn beklebt war. „Das ist meins. Ich dachte, einen als Beispiel zu haben, wäre gut."

„Klasse!" Lexi wandte sich Caleb an der Bar zu, der die Leute anstachelte, weiter auf Stimmenfang für die Wahl zum König und zur Königin zu gehen. Er lächelte sie an, und sie nickte, dann wandte sie sich wieder Sara zu. „In einer Stunde schließen wir diese Station hier und vergeben die Preise. Danach räumst du bitte den Tisch frei, weil hier später das Dessertbuffet aufgebaut wird. Und alle bekommen Perlen fürs Mitmachen."

Sara grinste. „Aber kein Blankziehen, oder?"

„Oh nein, kein Blankziehen. Ich gebe dir gleich ein paar Ketten, und die anderen kannst du dann ausgeben."

Sie warf einen Blick in Richtung der Sitznischen im hinteren Bereich, wo die Gäste die New Orleans-Style Tagesgerichte aßen. Sie hatte ursprünglich geglaubt, das Masken-Speeddating in den Nischen abhalten zu können, doch sie konnte unmöglich die Leute, die dort saßen, rausschmeißen. Dann musste das Speeddating eben im Stehen passieren. Und es würde superschnell gehen. Drei Fragen, Karte mit Ja markieren, falls interessiert, und keine Nachnamen. Die Fragen gefielen ihr, und sie wollte ein bisschen lauschen, während sie die Zeit stoppte. Sie hatte Marcus vorhin ein paar der Fragen gestellt, um die auszuwählen, die die kreativsten Antworten verlangten. Die Fragen, die sie ausgesucht hatte, waren: Welche Superkraft würdest du gerne haben und warum? Was würdest du kaufen, wenn du eine Million Dollar hättest? Und was sind deine Lieblingsfrühstücksflocken? Das Ziel der Übung waren Spaß und Lachen und nicht, den Partner fürs Leben zu finden, doch wer konnte schon wissen, was dabei herauskam. Sie und Marcus waren einander über ihre gemeinsame Liebe zu Frühstücksflocken nähergekommen.

Sie tanzte durch die Menge und verschwand in den Mitarbeiterbereich, um die Kiste mit den Mardi Gras Masken zu holen. Sie wollte selbst eine tragen, wenn sie die Speeddatingrunde ankündigte. Preise waren auch in der Kiste. Natürlich würden alle bunte Plastikperlenketten bekommen, doch sie hatte auch Geschenkgutscheine für das Burrow und ein paar süße Teddybären mit Burrow T-Shirts. Ihr Ziel war es, Leute dazu zu bringen, wiederzukommen, damit Marcus sein Geschäft ausbauen konnte. Es würde Preise geben für das süßeste Paar, die interessanteste und die lustigste Speeddating-Antwort. Die Teilnehmer würden die lustigsten und interessantesten Antworten nominieren, denn sie konnte unmöglich überall gleichzeitig sein.

Sie ging ins Lager und zog an der Kette, um die Lampe über sich einzuschalten. Dann öffnete sie die Kiste und suchte nach der Maske, die sie tragen wollte. Da war eine wirklich süße, die aussah wie Katzenaugen. *Bamm!* Sie zuckte zusammen, als die Tür hinter ihr zugeschlagen wurde. Ihr Herz raste. Sie wirbelte herum, die Fäuste erhoben, bereit, sich zu verteidigen.

Doch da stand Marcus, ein breites Grinsen im Gesicht. „Du solltest dein Gesicht sehen – grimmig und verängstigt zugleich, als wolltest du einem Einbrecher den Hintern versohlen. Das ist nur unser Lager. Hier gibt's nichts, was sich zu stehlen lohnt."

Sie ließ die Fäuste sinken. „Gott, hast du mir einen Schrecken eingejagt!"

„Sorry, das wollte ich nicht. Ich wollte nur kurz mit dir allein sein. Komm und küss mich." Er winkte sie heran und streckte die Arme aus, um sie hochzuheben.

Sie verdrehte die Augen. „Im Ernst! Du hast mich Jahre meines Lebens gekostet."

Er ging zu ihr und schlang die Arme um ihre Taille. „Wie läuft's da draußen?"

„Toll. Ich bereite gerade alles für das Masken-Speeddating vor."

„Ich will auch eine Maske."

Als sie sich bückte, um ihm eine Maske zu suchen, ließ er seine Hand über ihren Po und zwischen ihre Beine gleiten. „Im Ernst. Hör auf", protestierte sie. „Sonst tun wir's noch gleich hier im Lager, und ich werde draußen gebraucht. Mein Boss will, dass das Event ein Erfolg wird." Sie hörte ihn – ihren Boss – hinter sich lachen und lächelte, als sie sich mit zwei Masken in der Hand wieder aufrichtete.

Sie setzte ihm eine mit einem gold-violetten Diamantmuster und einer goldenen bourbonischen Lilie über der Nase auf. Dann setzte sie ihre Maske auf – rote Pailletten mit schwarzen und grünen Federn drum herum. „Was denkst du? Würdest du mich in der Menge erkennen?"

„Ich müsste dich vielleicht ertasten." Er schob seine Hände unter ihr Top und legte sie auf ihre Brüste. „Mmm … fühlt sich an wie … sexy Frau."

Sie schob seine Hände weg, ihre Nippel hart erigiert. „Schau, was du angerichtet hast."

„Ich fühle mich furchtbar." Er zog ihr Shirt hoch und benetzte seine Lippen. „Lass es mich wiedergutmachen."

Sie griff nach dem Knopf seiner Jeans und grinste. „Ich mach es", warnte sie.

„Ich werde dich ganz bestimmt nicht aufhalten. Nur zu."

Sie schüttelte den Kopf und ging auf Zehenspitzen, um ihn zu küssen. Er küsste sie lange und so leidenschaftlich, dass ihr ganz schwindelig wurde. Dann öffnete er die Tür, gab ihr einen kleinen Stups und folgte ihr mit der Kiste voller Masken.

Als die Speeddating-Runde anfing, schwebte Lexi auf Wolke sieben. Sie war verliebt, das Event lief fantastisch, und alle schienen Spaß zu haben.

„Und ab zum nächsten, Ladys!", rief Lexi und startete den Timer auf ihrem Handy neu. Die Paare standen um sie herum. Vierundzwanzig Singles hatten sich durch die Überredenskünste ihrer Freunde und reizvolle Preise breitschlagen lassen, teilzunehmen. Sie bat die Männer stehenzubleiben, während die Frauen im Uhrzeigersinn zum nächsten weiterzogen. Die Fragen waren ein Hit und inspirierten ein paar überaus kreative Antworten und jede Menge Lachen. Bei dem ein oder anderen Paar schienen sogar die Funken geflogen zu sein. Sie konnte verstehen, was Hailey an der Kuppelei fand. Es macht Spaß, sich vorzustellen, dass sie vielleicht die Saat für eine echte Liebe gesät hatte. Zumindest jetzt, da sie ihre Liebe gefunden hatte und Hailey ihr nicht mehr dauernd in den Ohren lag. Das ein oder andere Mal war Hailey richtig nervig gewesen.

Sie unterdrückte ein Lachen, als sie einen Mann sagen hörte, dass er sich Zeitanhalten als Superkraft wünschte, damit er mehr Zeit mit seinem derzeitigen Speeddate hatte. Sowas von schnulzig! Die Frau stöhnte, und der Mann wünschte sich stattdessen, fliegen zu können.

Nachdem die Runden abgeschlossen waren, sammelte Lexi die Karten ein, um diskret die Paare für ein weiteres Date zusammenzuführen. Dann präsentierte sie die Preise, zuerst für das süßeste Paar – die beiden, die während ihres Speeddates nicht aufhören konnten zu lachen, und dann bat sie alle, zu berichten, was für sie die jeweils interessanteste und lustigste Antwort war. Nachdem die Stimmen gezählt und die Preise ausgegeben waren, gab sie allen ihre Perlenketten für die Teilnahme.

„Die Masken dürft ihr auch behalten", sagte sie. Viele bedankten sich bei ihr auf dem Weg zurück zu ihren Freunden. Einige der neuen Paare gingen direkt an die Bar, um Drinks zu bestellen und sich weiter zu unterhalten.

Einer der Männer, die am Speeddating teilgenommen hatten, nahm Lexi beiseite und bedankte sich bei ihr für den tollen Abend. Er war Anfang dreißig, die braunen Haare mit einem ordentlichen Seitenscheitel frisiert und mit sturmblauen Augen.

„Ich bin übrigens Nate Kennedy", sagte er und reichte ihr die Hand. Der Name klang vage vertraut.

Sie schüttelte seine Hand. „Lexi Judson."

„Freut mich, dich kennenzulernen, Lexi." Er drückte ihre Hand und ließ sie los. „Meine Firma hat am Freitag ein Teambuilding-Event. Glaubst du, du könntest danach eine Party für uns planen? Das Essen ist schon bestellt, aber vielleicht fällt dir ja was Cooles ein, um unser einjähriges Bestehen zu feiern. Kleines Büro, Dreißig-Mann-Team.

„Absolut. Würde ich gerne machen." Nur drei Tage Zeit zum Planen, aber es war ein Projekt, und sie würde es schon schaffen.

„Toll." Er holte seine Visitenkarte aus dem Geldbeutel. „Red Arrow Marketing."

„Okay, cool. Ich lass mir was einfallen und melde mich morgen."

Er beugte sich vor und senkte die Stimme. „Ich habe dich vorhin mit Marcus gesehen. Lass dich nicht von seinem Charme einwickeln. Er ist nicht, wer du denkst, dass er ist."

Ein Schauer lief ihr über den Rücken. „Was meinst du?"

„Ich weiß, was er anderen Frauen angetan hat." Er drehte sich um und verschwand in der Menge.

Sie nahm die Maske ab und stellte sich auf Zehenspitzen, um zu sehen, wohin Nate verschwunden war. Seltsam, zuerst bot er ihr ein Projekt an, dann warnte er sie vor Marcus. Sie rieb sich die Oberarme, das war irgendwie gruselig. Und warum klang sein Name so vertraut?

Sie machte sich auf die Suche nach Marcus, konnte ihn jedoch nirgends finden. Vielleicht war er kurz rausgegangen, um frische Luft zu schnappen. Es war heiß und voll hier drin. Sie ging in die Küche, um jemanden zu bitten, die Kingcakes in den Gastraum zu bringen. Sie hatte ein paar hundert davon, viel zu viele, um sie selbst rauszubringen.

Nachdem sie in der Küche Bescheid gesagt hatte, brachte sie selbst den ersten Karton mit Kuchen nach draußen, um sie auf dem Tisch aufzubauen, während sie das Spiel mit den versteckten Kirschen erklärte. Sie war gerade wieder im Gastraum angekommen, als sie Caleb rufen hörte: „Und die Gewinner unseres Barkönig- und Barköniginnen-Wettbewerbs sind Marcus und Ellie!"

Sie zuckte zusammen. Sie hatte nicht einmal gewusst, dass sie teilgenommen hatten. Sie sah sich nach ihnen um, und als ihr Blick auf sie fiel, drehte sich ihr Magen um. Marcus und Ellie küssten sich. Kein keusches Küsschen. Nein, mitten auf den Mund.

13

Der Karton mit den Kuchen fiel ihr aus den Händen, und Tränen ließen ihre Sicht verschwimmen. Sie wirbelte herum und wollte schon die Flucht ergreifen, doch dann überlegte sie es sich anders. Nein, sie hatte nichts falsch gemacht. Absolut nichts. Sie wollte, dass er wusste, dass sie es wusste. Sie würde ihn mit bloßen Händen erwürgen, und dann würde sie sich Ellie vornehmen. Doch zuerst war Marcus dran. Wie er sie doch mit seinen süßen Lügen an der Nase herumgeführt hatte! Er wusste, wie tief sie von einem Fremdgeher verletzt worden war.

Sie sah rot und schoss geradeaus – und stolperte über den Karton mit dem Kuchen. Sie streckte die Arme aus, um sich abzufangen, landete aber dennoch auf dem Gesicht. *Autsch, Autsch, Autsch.* Sie rollte auf die Seite und ließ die Zunge über ihre Zähne gleiten. Alle noch da. Doch der kupfrige Geschmack in ihrem Mund bedeutete Blut. Vorsichtig betastete sie ihren Mund. Na toll, ihre Unterlippe blutete.

„Bist du okay?", fragte einer der Gäste.

Sie rappelte sich auf und kratzte dabei verzweifelt ihre Würde zusammen. „Ja, alles okay."

Marcus sah sie. „Lexi."

Sie wirbelte herum und eilte zur Damentoilette. Dort nahm sie mit zitternden Händen ein Papierhandtuch und hielt es unter das laufende Wasser, bevor sie es auf ihre Lippe presste. Sie musste sich beim Sturz auf die Lippe gebissen haben. Als das Adrenalin abebbte, fühlte sie sich nur noch erschöpft. Sie blieb eine Weile in der Damentoilette, bis sie sich einigermaßen wieder gefasst hatte.

Sie würde dieses Event zu Ende bringen – mit hoch erhobenem Kopf. Das war ihre Chance, künftige Geschäfte an Land zu ziehen. Ein Projekt hatte sie schon mit Nate, und vielleicht würde sie bis zum Ende des Abends noch weitere Anfragen bekommen. Sonst müsste sie bald zu ihren Eltern ziehen oder endete als fünftes Rad am Wagen auf dem Sofa einer ihrer Freundinnen. Vielleicht würde sie zu Hailey ziehen, und sie würden gemeinsam alt werden und sich um ihre Fellbabys kümmern. Ganz großartig. Sie hätte wissen müssen, dass Marcus sich nicht verändert hatte. Alle ihre Freundinnen hatten sie vor ihm gewarnt – warum hatte sie nicht auf sie gehört?

Sie warf sich einen bösen Blick im Spiegel zu. Wann würde sie es endlich lernen? Sie hatte es mit ihm riskiert, hatte ihm ihr verletzliches Herz geöffnet, und was hatte es ihr gebracht? Sie blickte an die Decke, um die Tränen wegzublinzeln. Dann stand sie einfach da und wartete darauf, dass die Lippe aufhörte zu bluten, wütend auf sich selbst, weil sie Marcus so nahe an sich herangelassen hatte. Schließlich warf sie das Handtuch in den Müll, wusch und trocknete sich die Hände und verließ die Damentoilette.

Marcus und Ellie warteten im Flur. Fantastisch. Genau die Leute, die sie sehen wollte.

„Was ist mit deiner Lippe passiert?", fragte Marcus. „Du brauchst Eis." Die Lippe schien wohl bereits anzuschwellen.

„Bitte entschuldige mich", sagte sie höchst professionell. „Ich muss mich um die Kuchensituation kümmern."

„Lexi, warte", sagte Marcus. „Sag es ihr, Ellie."

Lexi ging weiter, denn sie wollte nichts hören.

„Lexi!", rief Marcus.

Sie flüchtete sich in die Küche, in der es vor Personal nur so wimmelte. Sie konnte jetzt *nicht* explodieren und mit ihm Schluss machen und das Event erfolgreich zu Ende bringen. Das musste bis nach Ende des Events warten.

Sie war gerade durch die Tür getreten, als Marcus sie von hinten ergriff, sie zurückzog und sie an den Armen festhielt.

„Lass mich los!", keifte sie und wand sich, doch er war zu stark.

Er sprach ihr leise und beherrscht ins Ohr. „Hör mir zu. Es ist nicht so, wie es ausgesehen hat."

„Ich will jetzt nicht darüber reden. Ich bringe das Event zu Ende, denn ich bin ein Profi. Wenn du danach mit mir reden willst, fein, aber ich habe dir nichts zu sagen."

Er fuhr leise fort. „Sie hat *mich* geküsst. Ich habe den Kuss nicht erwidert."

Sie schluckte. Sie wollte ihm glauben, war aber viel zu aufgewühlt für ein vernünftiges Gespräch. „Ich schwöre dir, wenn du mich nicht sofort loslässt, werde ich dir nie vergeben."

Er ließ sie los.

Sie ging in die Küche, holte sich Eis für ihre Lippe, verdrängte Schmerz und Wut und ging zurück an die Arbeit.

Sie beendete den Abend, indem sie Perlen und Visitenkarten an alle verteilte. Sie bekam keine weiteren Projekte angeboten, doch zumindest hatte sie Nate. Vielleicht hatte er irgendein Problem mit Marcus, doch das bedeutete nicht, dass sie nicht mit ihm arbeiten konnte.

Als sie sich umdrehte, sah sie Marcus mit entschlossener Miene auf sich zukommen. Plötzlich empfand sie so viel mehr als Eifersucht. All ihre Zweifel von zuvor kamen zurück. Wie gut kannte sie Marcus nach drei Wochen

Daten? Nate hatte sie gewarnt. *Ich weiß, was er anderen Frauen angetan hat.* Ihre Freundinnen hatten sie auch gewarnt, doch sie hatte alle ignoriert, weil Marcus so zärtlich zu ihr gewesen war und sich so große Mühe gegeben hatte, ihr Vertrauen zu gewinnen. Sie hatten über Gott und die Welt gesprochen und sich wirklich gut unterhalten. War es alles nur eine Masche gewesen, um sie verletzlich zu machen und dann abzuservieren? Vielleicht rächte er sich so an jeder Frau für das, was seine Exfrau ihm angetan hatte.

Sie war verwirrt, ihre Nerven lagen blank, und alles tat weh. Sie konnte sich nicht an ihren gerechten Zorn klammern, wenn sie so sehr litt. Alles in ihr schrie sie an, ganz schnell ganz viel Abstand zwischen sich und Marcus zu bringen, doch etwas hielt sie dort, ein kleiner Teil ihres dummen Herzens, das ihre Verbindung aufrechterhalten wollte.

Marcus ergriff ihre Hand und zog sie mit sich.

Ihr Herz raste, plötzlich argwöhnisch. „Wo gehen wir hin?"

„In mein Büro." Auf dem Weg kamen sie an Ellie vorbei. „Büro, jetzt", blaffte er Ellie an.

Marcus zog Lexi in sein Büro. „Setz dich bitte."

Sie ignorierte die Einladung und blieb bei der Tür stehen für den Fall, dass sie schnell die Flucht ergreifen musste. Der Raum war nicht groß, es war gerade genug Platz für einen schwarzen Metallschreibtisch mit Schreibtischstuhl, zwei Klappstühle und einen Aktenschrank.

Marcus setzte sich hinter den Schreibtisch, Ellie nahm auf einem der Stühle davor Platz.

Marcus sah Ellie an. „Sag es ihr."

Ellie drehte sich zu Lexi um und sagte monoton: „Ich habe ihn geküsst. Es beruhte nicht auf Gegenseitigkeit. Tut mir leid, wenn ich dich verletzt habe."

„Du kannst jetzt gehen", sagte er zu Ellie. „Und mach die Tür hinter dir zu."

Ellie verließ eilig das Büro und schloss leise die Tür hinter sich.

„Hast du sie gefeuert?", fragte Lexi. Ihre Lippe pochte schmerzhaft, wenn sie sprach.

„Nein." Er hielt inne. „Ich weiß, wie es aussah, aber da läuft nichts. Sie hat unsere Beziehung fehlinterpretiert, und ich habe ihr den Kopf zurechtgerückt."

Sie starrte ihn an, und der Schmerz stieg in ihrer Brust auf wie ein Schraubstock um ihre Lungen. Ihr Selbstschutzinstinkt meldete sich zu Wort und das Bedürfnis, Abstand zu gewinnen, wurde so groß, dass elektrische Wellen durch ihre Beine pulsierten, bereit zur Flucht.

Marcus sprach in die angespannte Stille. „Ich wusste nicht einmal, dass sie uns beim Wettbewerb angemeldet hatte. Sie hätte das nicht tun sollen. Der Wettbewerb war für unsere Gäste gedacht. Ich habe sie stattdessen ein anderes Paar auslosen lassen."

„Als ich ihr das erste Mal begegnet bin, hat sie mich gewarnt, mich von dir fernzuhalten. Offensichtlich wollte sie dich für sich."

„Das ist jetzt nicht wichtig. Lex, du blutest. Lass mich–"

„Schon okay." Sie holte ein Taschentuch aus ihrer Handtasche und tupfte ihre Lippe ab.

„Es tut mir wirklich leid. Ich habe dich nie verletzen wollen."

Sie schluckte, wollte vergeben und vergessen, doch jetzt lag über allem die Warnung von Nate, und in ihrem Kopf schrillten die Alarmglocken. „Ich habe mit Nate Kennedy wegen eines Projekts gesprochen."

„Du hast schon ein neues Projekt? Das ist ja großartig!"

„Auch er hat mich vor dir gewarnt. Du hast einen interessanten Ruf."

Er runzelte die Stirn. „Ich weiß nicht, warum er das tun sollte. Er ist ein Stammkunde, aber ich glaube nicht, dass ich je mehr als Hallo und Gute Nacht zu ihm gesagt habe."

Plötzlich wusste sie, warum Nates Name ihr so bekannt vorgekommen war. Ellie hatte ihr erzählt, dass Marcus mit Nates Schwester ausgegangen war und Nate alle warnte, weil seine Schwester versucht hatte, sich das Leben zu nehmen, nachdem Marcus mit ihr Schluss gemacht hatte.

„Du bist mit seiner Schwester ausgegangen."

„Wie heißt sie? Ich erinnere mich nicht, jemanden mit dem Namen Kennedy gedatet zu haben."

„Ich weiß nicht, wie sie heißt."

Er zuckte mit den Schultern. „Du weißt, dass ich gedatet habe, bevor wir uns kennengelernt haben. Das hat nichts mit uns zu tun. Wir sind exklusiv. Monogam, oder hast du das schon vergessen?" Er lächelte sanft. „Du vergötterst mich."

Mit einem gigantischen Kloß im Hals und einem mindestens genauso großen Gefühlschaos in ihrem Kopf konnte sie sich nicht dazu bringen, das scheußliche Gerücht anzusprechen. Vielleicht war es eine Lüge. Vielleicht hatte Nate seine Hintergedanken dabei. In Ellies Fall war es definitiv so.

„Lexi, bitte sprich mit mir."

Doch sie konnte einfach nicht. Der Schock und der Schmerz wegen allem, was passiert war, war zu frisch. „Ich gehe", murmelte sie und drehte sich um.

„Warte. Ich bringe dich zu deinem Wagen."

Sie blickte über ihre Schulter. Marcus stand hinter ihr, die Stirn über besorgten Augen gerunzelt. Sie wollte ihm vergeben, wollte glauben, dass er ein guter Mann war, doch sie konnte nicht. Nicht heute. „Ich komme gut allein zurecht." Er hatte ihr vorhin gesagt, wo er ihr Auto geparkt hatte, und jetzt war sie froh darüber.

Sie eilte davon, voller Angst, dass er sie aufhalten würde. Er war definitiv stark genug, sie an der Flucht zu hindern, doch das tat er nicht.

Sie setzte einen Fuß vor den anderen. Ihre Lippe pochte, ihr Magen rebellierte, doch sie schaffte es nach draußen, inhalierte die kalte Nachtluft und ging zu ihrem Wagen.

~

Am nächsten Morgen fuhr Marcus nach Clover Park, um noch einmal von Angesicht zu Angesicht mit Lexi zu reden. Er musste sich versichern, dass zwischen ihnen alles okay war.

Als er zu Lexis Wohnung kam, war sie nicht zu Hause. Er holte sein Handy aus der Tasche und schrieb ihr. Sie antwortete ihm, dass sie auf dem Weg zurück in die Stadt war, um sich mit Nate zu treffen. Er versuchte sich zu erinnern, ob er je irgendetwas mit ihm zu tun gehabt hatte, doch er konnte ihn nicht einordnen. Vielleicht kannte Nate ihn aus seinen frühen Tagen an der Wall Street? Er hatte sich nie Feinde gemacht und konnte sich nicht vorstellen, warum Nate Lexi vor ihm gewarnt hatte. Das einzige, was einen Sinn für ihn ergab, war, dass dieser Typ Lexi haben wollte. Definitiv möglich. Gestern Abend war sie bester Laune und eine Stimmungskanone gewesen und hatte die Party zu einem vollen Erfolg für alle gemacht. Er dachte bereits darüber nach, sie weitere Events planen zu lassen.

Er rief sie an, als er zurück zu seinem Wagen ging. „Schlechtes Timing. Ich bin gerade zu dir gefahren und jetzt bist du auf dem Weg in die Stadt."

„Ich bin im Zug. Keine Ahnung, wie lange ich noch Empfang habe."

„Ich sehe nur kurz nach meiner Mom, dann fahre ich wieder zurück in die Stadt. Wir können uns im Burrow treffen, wenn du mit deinem Meeting fertig bist."

„Ich hab viel um die Ohren. Ich melde mich später bei dir."

Er hielt inne. „Bist du böse auf mich?"

„Weshalb?"

„Das weißt du ganz genau. Die Sache mit Elli."

„Du kannst sicher nichts dafür, dass die Frauen sich dir an den Hals werfen."

Er atmete scharf aus. „Ich habe dir gesagt, dass ich nicht damit gerechnet habe. Ich würde dich nie betrügen."

„Gut zu wissen." Ihr Ton war abweisend, als glaubte sie ihm nicht.

„Wir sollten uns von Angesicht zu Angesicht unterhalten."

„Ich melde mich, wenn ich Zeit habe. Bis dann."

Er starrte sein Handy an. Scheiße, das klang nicht gut. Sie war ihm gegenüber noch nie so kühl gewesen. Und es lag ganz sicher nicht daran, dass sie einen Termin hatte.

Er hatte sein Versprechen gehalten und ihr geholfen. Sie hatte einen soliden Businessplan und jetzt auch ein gewisses Startkapital durch sein Event. Er würde ihr helfen, eine coole Webseite zu entwickeln und sie mit dem Webdesigner in Kontakt bringen, der seine Webseite entwickelt hatte. Das sollte Lexi zeigen, dass sie ihm ganz und gar nicht egal war. Etwas Besseres fiel ihm in diesem Moment nicht ein.

Er stieg in sein Auto und bot ihr seine Hilfe an. Sie antwortete. *Ich komm schon klar. Trotzdem danke.*

Fuck. Wenn sie seine Hilfe nicht brauchte, wie sollte er ihr dann zeigen, dass er ihrer würdig war?

Vielleicht sollte er alles auf eine Karte setzen. *Lexi, ich liebe dich.* Er brach in kalten Schweiß aus. Was, wenn sie es nicht erwiderte? Was, wenn sie den Kuss nicht vergessen konnte – auch wenn er gar nichts dafür konnte?

Er saß am Steuer seines Wagens, zu sehr in Gedanken verloren, um irgendwohin zu fahren. Er ging alles durch, was passiert war. Ellie hatte gesagt, dass er in ihren Augen der König war, und er hatte sich geschmeichelt gefühlt. Mit einem herzlichen Lächeln hatte er „Danke, Sweetheart", gesagt. Er nannte alle Frauen Darling oder Sweetheart. Vielleicht war er zu herzlich gewesen, denn offensichtlich hatte sie es falsch interpretiert. Er war so überrascht gewesen, dass er ein paar Sekunden gebraucht hatte, um sie wegzustoßen.

Er hatte nicht gewusst, dass Ellie Gefühle für ihn hatte. Alles, was er gewollt hatte, war ein herzlicher Umgang mit ihr. Mit allen Frauen. Zählten seine Intentionen denn gar nichts? Er wollte nicht dauernd einen Eiertanz um Lexi aufführen müssen. Er wollte, dass sie verstand, dass er nur freundlich gewesen war.

Vielleicht war seine Liebe nicht genug für Lexi.

Wann war sie schon jemals genug für irgendjemanden gewesen? Sein ganzes Leben lang hatte er versucht, seiner Mom zu helfen, sie aufzumuntern und dazu zu bringen, weniger zu weinen. Es war ihm nicht gelungen. Es war ihr immer schlechter gegangen, und die Panikattacken waren immer häufiger gekommen.

Seine Liebe war nicht genug.

Jetzt konnte sie nicht einmal mehr das Haus verlassen.

Seine Liebe war nicht genug.

Selbst seiner Frau, die geschworen hatte, ihn und nur ihn zu lieben, war er nicht genug gewesen.

Vielleicht … war seine Liebe für niemanden genug.

Er ließ den Kopf aufs Lenkrad sinken, und eine taube Leere erfüllte ihn. Ihm war kalt, und er war müde. All seine Bemühungen für nichts. Und er konnte nichts geradebiegen oder kitten, denn er war derjenige, der kaputt war.

Lexi konnte nicht fassen, dass sie so schnell ein neues Projekt an Land gezogen hatte, doch sie freute sich über alle Maßen. Nate hatte ihr per E-Mail ein paar Informationen zukommen lassen und ein kleines Budget, doch das war okay. Er war ihr erster richtiger Kunde.

Sie betrat das Büro von Red Arrow Marketing im Financial District, nicht weit von Marcus' Bar entfernt. Es war ein cooler, loftartiger großer Raum mit hellen Chaiselongues, Sofas, Sesseln und aufblasbaren Sitzbällen. In der Mitte des Raumes waren Arbeitsstationen, und am Rand gab es mehrere verglaste Büros. Definitiv ein junges, angenehmes Ambiente hier. Eine junge Frau in einem niedlichen hellblauen Kleid mit Gänseblümchendruck stand von einer der zentralen Arbeitsstationen auf und kam auf sie zu.

„Kann ich Ihnen helfen?", fragte sie.

„Hi, ich bin Lexi Judson. Ich habe einen Termin mit Nate."

Die Frau lächelte. „Er erwartet Sie schon. Sie können direkt reingehen. Er hat das Eckbüro." Sie deutete auf einen der verglasten Räume.

Nate hob eine Hand und lächelte sie an. Sie winkte zurück und ging zu ihm.

Er stand auf und streckte ihr die Hand entgegen. „Schön, dich wiederzusehen. Bitte nimm Platz."

Sie setzte sich auf einen rot gepolsterten Stuhl vor seinem Schreibtisch. „Freut mich auch."

Er faltete die Hände auf dem Tisch. „Das Wichtigste zuerst. Auf der Party gibt es Essen, Bier, Wein, Champagner – das ist alles schon organisiert – aber ich hätte gerne auch ein paar nette Aktivitäten und Dekoration, wie du es am Mardi Gras gemacht hast. Nur damit du Bescheid weißt: diese Teambuilding-Übung vor der Party ist kreativ. Es gibt einen Wettbewerb, sich die beste Kampagne für furchtbare Produkte einfallen zu lassen. Nur so zum Spaß, um die kreativen Muskeln spielen zu lassen und ein bisschen Spaß zu haben. Das ist die Atmosphäre, die ich hier will."

„Klar, das klingt nach Spaß." Sie erklärte ihm ein paar ihrer Ideen, einschließlich eines Fotoautomaten mit einem iPad, mit lustigen Hintergründen, einer Banana-Split-Bar und Abzieh-Tattoos mit roten Pfeilen, um den Teamgeist durch den Firmennamen zu repräsentieren.

„Fantastisch", sagte Nate. „Du hast eine großartige Einstellung und ein paar wirklich kreative Ideen für das

Budget. Hast du dir je überlegt, ins Marketing einzusteigen?"

„Nein, nicht wirklich", sagte sie überrascht. „Mein Background ist nicht im Marketing."

„Wir haben Leute aus allen möglichen Branchen hier. Die Kreativität ist ausschlaggebend."

Sie machte große Augen. „Was willst du damit sagen?"

Er tippte sich ans Kinn. „Lass uns sehen, wie das Event läuft, aber ich glaube, dass du toll in unser Team passen würdest."

„Aber ich habe nicht die geringste Ahnung von Marketing."

„Das würdest du schon schnell spitzkriegen."

Sie konnte kaum fassen, dass er ihr gerade einen Job angeboten hatte. „Das ist sehr großzügig von dir, Nate, aber Events zu planen macht mir wirklich Spaß."

Er lächelte. „Dann lass uns dir mehr Projekte besorgen. Ich habe früher für die größte Anzeigenagentur der Stadt gearbeitet. McCann-Thomas. Vielleicht kann ich ihnen deinen Namen geben – vorausgesetzt natürlich, die Party läuft gut." Er zwinkerte ihr zu.

„Danke. Und ich bin mir sicher, dass sie ein Erfolg wird. Wo soll die Party eigentlich stattfinden? Hier oder irgendwo anders?" Das war ihre größte Sorge, da alles so kurzfristig war.

Er streckte die Arme aus. „Wir feiern hier. Genug Platz haben wir ja. Die Arbeitsstationen können ein paar der Jungs aus dem Weg räumen."

Sie lächelte, begeistert, wie leicht alles zusammenkam. „Klingt gut."

„Nur eine Sache."

Sie holte ihr Handy heraus, um sich Notizen zu machen. „Und die wäre?"

Seine Stimme wurde hart. „Halt dich von Marcus Shepard fern."

Sie hob abrupt den Kopf.

„Von jetzt an keinen Kontakt mehr", verlangte Nate.

„Du arbeitest nicht mehr für ihn, und du lässt ihn nicht mehr in deine Nähe."

Ihr wurde heiß und dann eiskalt. „Was hat Marcus bitte mit dem Projekt zu tun?"

„Ganz einfach, Lexi. Halt dich von ihm fern, und du kannst einen Job haben und eine begeisterte Empfehlung an McCann-Thomas."

„Und wenn nicht?"

Seine Miene wurde finster, seine blauen Augen hart. „Dann kannst du all das Gute vergessen."

Eine Gänsehaut ließ ihre Arme prickeln. „Und muss ich mit etwas Schlechtem rechnen?"

„Wenn du mehr Zeit mit ihm verbringst, schon. Ich sage das zu deiner eigenen Sicherheit."

„Warum?", flüsterte sie.

Er beugte sich über den Schreibtisch. „Er hat meine Schwester fast kaputt gemacht. Ihr Name war Grace."

„War?", flüsterte sie entsetzt.

Er richtete sich auf. „Er ist ein wirklich kranker Typ. Erst sagt er ihr, dass er nichts Exklusives will, doch er gibt ihr das Gefühl, etwas Besonders zu sein. Sie liebt ihn und wartet, in der Hoffnung, dass er aufhört, die beiden anderen Frauen zu daten. Dann macht er schließlich mit beiden Schluss. Sie ist begeistert, glaubt, dass er sie wirklich liebt, und dann macht er auch mit ihr Schluss."

Dann musste das gewesen sein, als Marcus drei Frauen gleichzeitig gedatet hatte. Wie dumm von ihm. Natürlich musste sich die Frau besonders fühlen. Er behandelte alle Frauen gut. Abgesehen natürlich davon, dass er gleich drei auf einmal gedatet hatte.

„Du hast gesagt, ihr Name *war* Grace. Ist sie … ich meine, ist sie noch am Leben?" Sie hatte geglaubt, sie hätte nur *versucht*, Selbstmord zu begehen.

Er biss die Zähne aufeinander. „Sie hat versucht, sich das Leben zu nehmen."

„Aber jetzt ist sie okay?", hakte sie nach.

Er klatschte mit der Hand auf den Tisch, und sie

zuckte zusammen. „Alles war seine Schuld. Sie hat ihren Namen geändert und ist nach Thailand gezogen. Das Letzte, was ich von ihr gehört habe, ist, dass sie jetzt auf einer Farm lebt. Meine Familie hat sie verloren. Er hat ein süßes, argloses Mädchen zerstört."

„Tut mir leid."

„Das muss dir nicht leidtun. Es ist seine Schuld. In deinem eigenen Interesse – halt dich von ihm fern."

Sie starrte ihn an, hin- und hergerissen zwischen Entsetzen und Sympathie. „Nate, bin ich hier, weil du mich als Eventplanerin willst, oder weil du mich von Marcus fernhalten willst?"

„Beides", antwortete er kühl. „Du hast jetzt eine Entscheidung zu treffen. Und ich hoffe um deinetwillen, dass du die Richtige triffst. Ich oder Marcus."

14

Später am selben Tag fuhr Lexi zurück zu ihrer Wohnung und konnte kaum klar sehen, so viel hatte sie zu tun. Sie hatte Nate noch aus dem Zug angerufen und das Projekt angenommen. Sie hatte keine andere Wahl gehabt. Sie hatte sonst keine Aufträge in Aussicht und brauchte das Projekt. Und mehr war es nicht – ein Projekt. Sie hatte keine Versprechen abgegeben, was Marcus anging, und wusste ehrlich gesagt nicht, was sie davon halten sollte. Sie hatte sich zwischenzeitlich genug beruhigt, um Marcus zu glauben, dass er nicht an dem Kuss schuld war, doch diese Grace-Geschichte ließ sie nicht los. Hatte er das Leben eines jungen Mädchens ruiniert, oder war sie schon von vornherein labil gewesen? Wusste er überhaupt, was mit Grace passiert war?

Am Freitag würde das Projekt abgeschlossen sein, und sie hoffte, dass Nate sie der finanzstarken Anzeigenagentur empfehlen würde, damit sie darauf aufbauen konnte. Und woher sollte Nate wissen, dass sie Marcus weiterhin sah?

Wollte sie Marcus weiterhin sehen?

Ihre Gedanken wanderten zu seiner Mom, Lia. Sie hatte sich mit ihr angefreundet. Selbst wenn das zwischen ihr und Marcus nicht weitergehen würde, wollte sie weiter für sie da sein, wenn sie sie brauchte. Bisher hatte Lia keine Fortschritte gemacht, nicht einmal die Psychiaterin angerufen, doch Lexi wusste, wie wichtig Unterstützung und sanfte Ermutigungen waren für jemanden, der unter Agoraphobie litt. Sie rief sie an, um zu hören, wie es ihr ging.

„Wie geht's dir?", fragte sie.

„Irgendwas stimmt nicht mit Marcus", sagte Lia ohne Umschweife. „Alles okay zwischen euch beiden?"

„Ich weiß nicht. Es ist ein bisschen kompliziert, aber ich möchte, dass du weißt, dass ich da bin, wenn du irgendwas brauchst. Ich meine, wenn Marcus in der Stadt oder beschäftigt ist."

„Ich habe ihn vorhin gesehen, und er hat kaum zwei Worte mit mir gesprochen. Er leidet, Lexi."

Lexi stockte der Atem. Sie litten beide, doch sie wollte nicht mit seiner Mom darüber reden, darum platzte sie heraus: „Das Mardi Gras Event ist toll gelaufen, und ich habe am Freitag schon wieder ein Event. Ich brauche eine Assistentin, und du bist die Erste, die mir eingefallen ist."

„Oh Lexi, ich freu mich so für dich. Ich würde dir gerne helfen, aber es ist so plötzlich."

Plötzlich wurde Lexi bewusst, dass das gar keine so schlechte Idee war. Vielleicht konnte es Lia einen winzigen Schritt voranbringen. „Ich wohne nicht weit weg, und ich könnte dich hin und her fahren."

„Du meine Güte. Danke, aber … ich kann nicht."

„Okay, wann immer du Lust auf Mittag oder sonst irgendwas hast, komm' einfach vorbei. Ich arbeite von zu Hause aus und würde mich über ein bisschen Gesellschaft freuen. Ich schicke dir meine Adresse. Oder ich kann dich auch abholen, kein Problem."

„Danke, Liebes. Marcus kann sich glücklich schätzen, dich zu haben."

Die unausgesprochene Frage *hat Marcus dich noch?* hing in der Luft. Sie schluckte. „Mm-hm. Ich muss dann mal sehen, ob ich eine Assistentin finden kann. Vielleicht hat ja eine ehemalige Kollegin Lust darauf. Ich brauche nur ein bisschen Hilfe beim Organisieren."

„Ich wünschte, ich könnte dir helfen."

„Kein Thema. Vielleicht ein andermal."

„Ja, ein andermal", sagte sie leise. „Bis bald."

Lexi legte auf und schickte Lia schnell eine SMS mit ihrer Adresse und die Nummer eines Taxiunternehmens im Ort für den Fall, dass sie nicht fahren wollte. Na bitte. Zumindest konnte sie sich gut fühlen, weil sie eine Frau unterstützte und ermutigte, die es brauchte.

Sie suchte nicht weiter nach einer Assistentin. Das war eine impulsive Einladung gewesen, um sie von der Marcus-Situation abzulenken. Sie würde allein zurechtkommen und konnte jemanden einstellen, wenn sie ein größeres Projekt an Land gezogen hatte. Sie holte ihren Laptop hervor und verlinkte ihre Rechnungstemplates mit ihrer Buchhaltungssoftware. Dann suchte sie nach dem nächstgelegenen Anbieter für die Partyutensilien, die sie für Red Arrow Marketing brauchte, um alles mit so wenig wie möglich Fahrten abwickeln zu können. Dann suchte sie verzweifelt online nach kreativen und lustigen Teambuilding-Spielen. Sie hatte für jedes Event gerne ein paar Alternativen parat für den Fall, dass irgendetwas schiefging.

Als sie wieder von ihrem Laptop aufblickte, war es bereits dunkel draußen. Wieviel Uhr war es? Wow. Schon nach sieben. Sie war wirklich in ihre Arbeit vertieft gewesen. Sie sollte sich etwas zu essen besorgen.

Es klingelte an ihrer Tür. Ihr Gehirn schaltete von Arbeit auf Panikmodus um. Marcus. Sonst kam niemand mehr unangemeldet bei ihr vorbei. Sie spähte durch den Spion. Ja. Sie presste die Lippen aufeinander und spürte eine schmerzhafte Erinnerung an ihre Verletzung von gestern. War es wirklich erst vierundzwanzig Stunden her, dass sie ihn eine andere Frau hatte küssen sehen? Und kein halber Tag, seit sie davon gehört hatte, dass er ein junges Mädchen zerstört hatte?

Sie öffnete die Tür. „Hi."

Er trug ihr Lieblingsoutfit – schwarze Lederjacke, Jeans und schwarze Stiefel – doch sie brauchte noch ein bisschen Abstand.

„Hey, hast du schon was gegessen?"

„Nein, ich wollte mir gerade was holen."

Er deutete mit dem Daumen in Richtung Flur. „Lass uns was essen gehen. Du entscheidest wo."

„Ich wollte eigentlich zu Hause essen."

„Dann holen wir was und essen hier." Er rieb sich die Hände. „Worauf hast du Lust?"

Sie musterte ihn. Er wirkte aufgedreht, wahrscheinlich weil er nicht wusste, wo er stand.

„Lex, kann ich bitte reinkommen? Wir müssen reden."

Sie trat zurück und ermahnte sich, trotz all ihrer Bedenken aufgeschlossen zu bleiben.

Er betrat ihre Wohnung und begann unbeholfen gestikulierend zu reden. „Ich weiß, dass du allergisch bist, was Fremdgehen angeht, und ich weiß, dass das mit Ellie nicht gut ausgesehen hat, darum schätze ich, dass ich in Zukunft nicht mehr so freundschaftlich mit Frauen umgehen kann. Würde das die Situation für dich richten? Kein Darling, kein Sweetheart, kein Lächeln, kein Flirten mehr."

Jetzt war ihr das unangenehm. Er war bereit, sich zu dem Mann zu verbiegen, von dem er glaubte, dass sie ihn wollte. Was hatte Hailey gesagt? Die Beziehungen, die am besten funktionieren, sind die, in denen Paare einander so akzeptieren, wie sie sind. Wenn sie Marcus nicht als den freundlichen, flirtenden Mann, der er war, akzeptieren konnte, dann sollte sie vielleicht nicht mit ihm zusammen sein.

„Marcus, du musst dich nicht für mich verändern."

Er machte große Augen. „Muss ich nicht? Dann ist alles okay zwischen uns?"

„Ich bin mir nicht sicher, ob wir gut zusammenpassen. Du solltest sein, wer du bist. Und ich bin eine Frau, die sich nicht so leicht mit einem Verhalten abfinden kann, das dazu führt, dass ich meinen Freund mit einer anderen Frau sehen muss, selbst, wenn er nicht fremdgeht. Ich fühle mich dabei einfach nicht wohl."

„Lex, Baby–"

„Lass das mit dem Baby, bitte."

„Ich kann mich ändern–"

„Das solltest du nicht müssen. Das ist ja gerade das, was ich sagen will."

Er warf die Hände in die Höhe. „Und was heißt das jetzt für uns?"

Sie holte tief Luft. Sie öffnete ihr Herz nicht so schnell, und es würde dauern, bis sie es wieder tun konnte. Sie brauchte nur ein bisschen Zeit.

Dann erinnerte sie sich an Nates Warnung. „Erinnerst du dich daran, eine Frau namens Grace gedatet zu haben?"

Er sah sie an. „Ja, ich erinnere mich an Gracie, warum?"

„Sie ist Nates Schwester. Sie hat versucht, sich das Leben zu nehmen, nachdem du mit ihr Schluss gemacht hast."

Er atmete scharf aus. „Ist sie okay?"

„Nate sagt, sie hat das Land verlassen, ihren Namen geändert und den Kontakt zu ihrer Familie abgebrochen."

Er fuhr sich mit der Hand durchs Haar. „Und er gibt mir die Schuld daran."

„Er sagt, dass sie dich geliebt hat."

Er runzelte die Stirn. „Ach so? Sie hat nie etwas gesagt. Sie hat mir gesagt, dass sie parallel mit jemandem aus ihrem Büro ausgeht, als wir gedatet haben."

„Vielleicht hat sie das nur so gesagt. Nate sagt, dass sie gehofft hat, dass du dich am Ende für sie entscheiden würdest, und als du es nicht getan hast, ist sie zusammen-gebrochen."

Er schüttelte den Kopf. „Gott, davon habe ich nichts gewusst. Ich hätte nie gedacht, dass es ihr etwas ausgemacht hat. Gracie hat immer gestrahlt, war immer glücklich."

„Weil sie dich geliebt hat."

Er kniff die Augen zusammen. „Ach, jetzt gibst du mir auch die Schuld daran?"

„Ich glaube einfach, dass du dir der Botschaften, die du aussendest, gar nicht bewusst bist. Du gibst einer Frau das Gefühl, etwas Besonderes zu sein, ohne Gefühle für sie zu haben."

Seine Miene verfinsterte sich. „Nate hat dich gegen mich aufgehetzt." Er presste seine Lippen aufeinander. „Heißt das, dass es zwischen uns aus ist?"

Sie seufzte. „Kannst du mir einfach ein bisschen–"

„Zeit geben", beendete er den Satz für sie. „Klar doch. Lass dir alle Zeit der Welt. Ich bin weg." Er verließ ihre Wohnung und schlug die Tür hinter sich zu.

Marcus ging in seine Wohnung und schlug die Tür hinter sich zu, wütend auf Lexi, weil sie sich wegen etwas, das dieser Nate behauptet hatte, gegen ihn gewandt hatte. Sie schien nur das Schlechteste in ihm zu sehen. Und das wollte sie, weil sie insgeheim immer noch eine Männerhasserin war. Genau diesen Eindruck hatte er bei ihrer ersten Begegnung von ihr gewonnen, und mehr Beweise brauchte er wirklich nicht. Und das, nach allem, was sie gemeinsam erlebt hatten …

Verdammt. Er würde nicht warten, bis sie sich überlegt hatte, was sie wollte. Er würde derjenige sein, der den Schlussstrich zog. *Verdammt, beruhige dich, Mann. Denk die Sache durch.* Tatsachen. Er brauchte Tatsachen. Und Tatsache eins–

Sein Handy klingelte. Er kannte die Nummer nicht,

doch sein sechster Sinn sagte ihm, dass er rangehen sollte. „Hallo?"

„Spreche ich mit Marcus Shepard?", fragte die Stimme einer Frau.

„Ja, und mit wem habe ich das Vergnügen?"

„Jen Moore. Ich habe ihre Mutter gefunden, als sie auf dem Gehsteig zusammengebrochen ist. Wir sind in der Notaufnahme im Krankenhaus von Eastman. Sie ist jetzt wieder bei Bewusstsein und fragt nach Ihnen. Der Arzt sagt, dass sie vielleicht eine Gehirnerschütterung hat. Mehr wissen wir noch nicht."

Geschockt starrte er das Handy an. „Ich bin schon auf dem Weg."

Er verließ seine Wohnung und rannte den Flur hinunter. Was trieb seine Mutter allein draußen? Sie hätte ihn anrufen sollen, wenn sie nach Monaten versuchen wollte, das erste Mal das Haus zu verlassen. Sie hatte eine ernstzunehmende psychische Störung. Was hatte sie sich nur gedacht?

Lexi trat in den Flur. „Marcus, ich–"

„Nicht jetzt. Mom ist im Krankenhaus." Er eilte an ihr vorbei die Treppe hinunter.

„Warte!", rief sie ihm hinterher. „Lass mich nur schnell Schuhe anziehen. Ich komme mit."

Er ignorierte sie und rannte zu seinem Wagen. Er stieg ein, ließ den Motor an und parkte aus. Seiner Mom durfte nichts passieren. Es waren immer er und sie gegen den Rest der Welt gewesen. Er war nicht dagewesen, um sie zu beschützen. Stattdessen hatte er einen aussichtslosen Kampf mit Lexi geführt, die sich gegen ihn gewendet hatte. Offensichtlich liebte sie ihn nicht. Wenn sie es täte, hätte sie ihn angehört und sich auf seine Seite geschlagen.

Er rieb seine brennenden Augen. Fuck. Er konnte jetzt nicht über Lexi nachdenken.

Er überschritt so ziemlich jedes Tempolimit, bog mit brüllendem Motor auf den Krankenhausparkplatz und parkte den Wagen. Dann rannte er über den Parkplatz und durch die volle Notaufnahme zum Empfang.

„Lia Shepard. Ich muss sie sofort sehen. Ich bin ihr Sohn."

Die Empfangsdame brauchte viel zu lange, ihre Daten aufzurufen und ihn als Besucher zu registrieren. Endlich erlaubte sie ihm, zurück in die Notaufnahme zu gehen, in der zahllose Patienten auf fahrbaren Krankentragen und Betten in mit Vorhängen verschlossenen Behandlungskabinen warteten.

Er fand seine Mutter in einem Bett am hinteren Ende der Notaufnahme. Der Vorhang um ihr Bett war nicht ganz geschlossen. Sie sah zerbrechlich und mitgenommen aus. Sie hatte die Augen geschlossen. Ihr rechtes Auge war blau und grün und geschwollen, und ihre Wange war ebenfalls ein einziger Bluterguss mit üblen Abschürfungen, und ihre Lippe war aufgeplatzt.

„Mom, ich bin da."

Sie öffnete das unverletzte Auge, das andere war fast vollständig zugeschwollen. „Marcus", flüsterte sie.

Eine junge Frau in T-Shirt und Leggings, die neben seiner Mutter auf einem Hocker saß, stand auf. „Hi, Marcus, ich bin Jen. Wir haben eben telefoniert. Sie sind wirklich schnell hergekommen."

Er nickte. „Danke, dass Sie sie hergebracht haben. Ich weiß das wirklich zu schätzen." Er schluckte, sein Magen rebellierte.

„Natürlich. Wir warten darauf, dass der Arzt zurückkommt, um zu sehen, ob er noch weitere Untersuchungen machen will."

Er starrte seine Mutter an. „Okay." Er warf Jen einen kurzen Blick zu. „Danke nochmal, ich kümmere mich jetzt um sie."

Jen berührte seine Mutter sanft am Arm. „Ich hoffe, es geht Ihnen bald wieder besser, Lia."

„Danke", sagte sie leise.

Nachdem Jen gegangen war, zog er den Vorhang zu,

um ein bisschen mehr Privatsphäre zu haben, doch bei den vielen Patienten hier war Privatsphäre eher eine Illusion.

Er zog den Hocker heran, setzte sich und hielt die Hand seiner Mutter. „Was ist passiert?"

Ihre Stimme war so leise, als wollte sie in sich hineinschrumpfen. „Ich will nach Hause."

„Was hat der Arzt gesagt?"

Sie zog die Decke bis zu ihrem Kinn hoch und flüsterte. Er musste sich zu ihr hinunterbeugen, um sie verstehen zu können. „Ich habe vielleicht eine Gehirnerschütterung", flüsterte sie. „Und sie wollten vielleicht röntgen, um zu sehen, ob ich mir das Jochbein gebrochen habe."

„Wie ist das passiert?"

„Es ist so laut hier, Marcus. Und viel zu hell. Kannst du mich bitte nach Hause bringen?"

„Lass mich mit dem Arzt sprechen." Er stand auf und wollte gehen, doch sie hielt ihn fest.

„Lass mich nicht allein." Ihre Augen schossen nervös hin und her.

Er setzte sich wieder. Seine Brust schmerzte. Sie musste fast wahnsinnig vor Angst sein, nachdem sie sich die letzten zweieinhalb Monate in ihrem sicheren kleinen Haus eingeschlossen hatte. Er strich ihr die Haare aus dem Gesicht und küsste ihr die Stirn. „Sobald ich mit dem Arzt gesprochen habe, wissen wir, wann ich dich hier rausholen kann." Er holte sein Handy hervor und öffnete die App mit dem Patience-Spiel. „Hier, konzentrier dich da drauf. Das wird dir helfen, ruhig zu bleiben."

Als sie zu spielen begann, hielten ihre Finger das Handy so fest umklammert, dass die Knöchel weiß hervortraten.

Er machte sich auf die Suche nach dem Arzt, und eine Schwester sagte ihm, dass gleich einer zu ihnen kommen würde. Die Antwort reichte ihm jedoch nicht, darum machte er sich auf die Suche nach demjenigen, der seine

Mutter aufgenommen hatte, um Antworten zu bekommen. Endlich fand er die richtige Schwester, die ihm Bericht erstattete. Seine Mutter hatte versuchen wollen, einen Spaziergang um den Block zu machen. Auf der Veranda vor ihrem Haus hatte sie jedoch eine Panikattacke. Ihr war schwindelig geworden, und sie war die Treppe hinuntergefallen. Eine Joggerin – Jen – hatte sie blutend und bewusstlos gefunden und sofort einen Krankenwagen gerufen. Jen war sogar so nett gewesen, bei ihr zu bleiben. Als seine Mom aufgewacht war, hatte sie mehr oder weniger die Schotten dicht gemacht und nur flüsternd auf die Fragen der Sanitäter geantwortet und sie angefleht, ihn zu rufen, damit sie wieder nach Hause gehen konnte.

Warum hatte sie ihn nicht angerufen, bevor sie sich das erste Mal aus dem Haus getraut hatte? Er verbrachte aus gutem Grund die halbe Woche ganz in ihrer Nähe. Warum ließ sie ihn nicht für sich da sein? Er war nicht genug. Seine Liebe war nicht genug.

Seine Mom erlaubte ihm nicht, ihr zu helfen.

Und Lexi erlaubte ihm nicht, etwas an der Situation zu ändern.

Er war mehr als angepisst. Er hatte genug. Warum sollte er es überhaupt noch versuchen, wenn doch alles nichts brachte?

Er kehrte zu seiner Mutter zurück. Sie zitterte, und ihre Zähne klapperten trotz der Decke.

„Es ist kalt hier", flüsterte sie.

Es war nicht kalt. Sie hatte Angst. Es brach ihm das Herz. Er zog seine Lederjacke aus und legte sie wie eine Decke über sie.

Sie entspannte sich ein bisschen. „Ich wollte mutig sein. Lexi hat gesagt, dass ich sie jederzeit besuchen kann. Sie hat mir sogar einen Job angeboten." Ihre Stimme versagte. „Ich habe nur einen Schritt nach draußen machen wollen, aber ich konnte es nicht."

Was zum …? Er setzte sich neben sie und versuchte, so

ruhig wie möglich mit ihr zu reden. „Das ist Lexis wegen passiert?"

„Wir sind Freundinnen. Ich glaube, sie hätte wirklich meine Hilfe für dieses neue Projekt gebraucht. Sie hat gesagt, dass ich die Erste war, die ihr eingefallen ist. Sie weiß ja, dass ich eine erfahrene Sekretärin bin, und wir verstehen uns so gut."

Das hier war Lexis Schuld. Sie hätte zuerst mit ihm darüber reden sollen. Er hätte ihr sagen können, dass seine Mutter noch nicht so weit war, das Haus zu verlassen. Zumindest hätte Lexi bei seiner Mutter sein sollen, wenn sie das erste Mal das Haus verließ.

„Du warst sehr mutig", sagte er. „Kleine Schritte. Darum wollte ich ja, dass du diese Ärztin anrufst, die sich auf Leute mit Problemen wie deinem spezialisiert hat. Du fängst mit Telefonsitzungen an und dann arbeitest du dich langsam vor."

„Aber ich kenne diese Ärztin nicht. Lexi kenne ich schon."

Er biss die Zähne aufeinander. Seine Wut auf Lexi wuchs mit jedem Wort, das aus dem Mund seiner Mutter kam. „Was hattest du vor? Um den Block gehen und dann?"

„Ich wollte morgen zum Mittagessen zu Lexi fahren. Sie arbeitet von zu Hause aus."

Er schloss einen Moment lang die Augen. Der Gedanke, dass seine Mutter eine Panikattacke am Steuer haben und einen Unfall bauen könnte, machte ihm Angst. Sie war schon seit Monaten nicht mehr gefahren. Er beugte sich vor und redete mit eindringlicher Stimme auf sie ein. „Mom, bitte melde dich bei mir, wenn du wieder das Haus verlassen willst. Ich kann dich fahren, mit dir spazieren gehen, was immer du willst."

„Ich will dich nicht belästigen. Du bist so beschäftigt."

Er richtete sich auf. „Ich habe dir doch gesagt, dass ich die halbe Woche hier im Ort wohne. Das mache ich für dich."

„Lexi sagt, du wohnst auf demselben Flur. Ich weiß, dass sie der wahre Grund ist, warum du die halbe Woche hier wohnst. Das ist okay. Ich freu mich für dich. Ich hoffe, dass ich soweit bin, dass ich auf eurer Hochzeit tanzen kann, wenn ihr heiratet."

Das war weit vorgegriffen, doch seine Mutter wollte schon lange, dass er eine Familie gründete. Ihm wurde bewusst, dass Lexi sowohl der Grund als auch die Lösung für sein Problem mit seiner Mutter war. Lexi hatte ihr einen guten Grund gegeben, das Haus zu verlassen, auch wenn sie vollkommen falsch vorgegangen war. Was sollte er jetzt tun? Lexi war offensichtlich fertig mit ihm, und vielleicht war er auch fertig mit ihr. Er brauchte diese Art von Stress nicht. Sie hatte wirklich Scheiße gebaut, was seine Mom anging.

„Kannst du mir ein paar Aspirin besorgen?", flüsterte seine Mom. „Mein Kopf tut so weh."

Scheiße. Was, wenn sie eine innere Verletzung hatte? Sie war hart genug aufgeschlagen, um das Bewusstsein zu verlieren. Gott allein wusste, wie lange seine geliebte Mutter blutend auf dem kalten Gehsteig gelegen hatte.

„Ich kümmere mich drum", knurrte er. Er stand auf, zerrte den Vorhang zurück und machte einer Schwester eine Szene, dass sie gefälligst sofort den Arzt zu ihnen schicken sollte.

Zwei Stunden später wurde sie auf eigene Verantwortung entlassen – mit einer Checkliste von Symptomen einer Gehirnerschütterung, auf die sie achtgeben sollten. Der Arzt hatte erklärt, dass sie soweit okay war und sich keine ernsteren Verletzungen zugezogen hatte – nur dass Marcus, wann immer er das geschwollene Auge und die blauen Flecken im Gesicht seiner Mutter sah, zum Heulen zumute war.

Die Schwestern halfen seiner Mutter in einen Rollstuhl – so verlangten es die Richtlinien des Krankenhauses, und schoben sie durch den immer noch vollen Warteraum der Notaufnahme.

„Marcus!", rief jemand.

Als er sich umdrehte, sah er Lexi auf sie zueilen. Er verzog das Gesicht. Sie hatte kein Recht, hier zu sein. Das war ihre Schuld.

„Bist du okay?", fragte Lexi seine Mutter.

„Ich habe Kopfschmerzen, aber sonst geht's mir gut", sagte seine Mom plötzlich wieder mit normaler Stimme. „Ich muss nur nach Hause."

Bei ihm flüsterte seine Mutter, doch bei Lexi gab sie sich richtig Mühe. Was sollte das?

„Ich komme mit dir", sagte Lexi. „Und helfe, es dir zu Hause bequem zu machen." Sie richtete sich auf und sah ihn an. „Okay?"

Er biss die Zähne aufeinander. „Geh nach Hause, Lexi. Ich mach das schon."

„Marcus!", schalt seine Mutter.

Er ignorierte sie und schob den Rollstuhl an Lexi vorbei durch die Tür hinaus.

Seine Mom drehte sich um und versuchte, einen Blick auf Lexi zu erhaschen. „Geh zurück und entschuldige dich", befahl sie.

„Nein."

Lexi erschien ein wenig atemlos an ihrer Seite. „Marcus, bitte lass mich helfen. Ich mache mir Sorgen um sie."

Er konnte sie vor seiner Mutter nicht anschreien, doch er wollte nur, dass sie verschwand. Er sah Lexi böse an und sagte in ruhigem Ton: „Lass es mich dir leicht machen. Wir passen nicht gut zusammen. Haben nie gut zusammengepasst, und jetzt ist es vorbei."

Sie keuchte. Seine Mom keuchte auch, denn er war verdammt laut gewesen.

Er schob seine Mutter zu seinem Auto und ließ Lexi auf dem Gehsteig stehen.

Fuck. Er war fertig mit Lexi.

15

Lexi gab Marcus einen Tag, um sich zu beruhigen, doch am Freitagmorgen versuchte sie, ihn zu erreichen. Sie wollte die Sache mit ihm geradebiegen, bevor sie zur Party von Red Arrow Marketing in die Stadt fuhr. Sie war sich sicher, dass er hiergeblieben war, nachdem seine Mom ja gerade erst aus dem Krankenhaus gekommen war.

Marcus machte es ihr nicht gerade leicht – er rief sie nicht zurück, ignorierte ihre Nachrichten und öffnete auch nicht die Tür seiner Wohnung, als sie klingelte. Schließlich entschloss sie sich, Lia besuchen zu gehen. Vielleicht würde Marcus da sein, doch auch wenn er es nicht war, wollte sie nach seiner Mutter sehen.

Sie klingelte, und ein finster dreinblickender Marcus öffnete. Er sah müde aus und war unrasiert. Offensichtlich machte er sich Sorgen um seine Mom und hatte wahrscheinlich nicht viel geschlafen.

„Hi", sagte sie. „Ich wollte nach deiner Mom sehen, und ich habe gehofft, mit dir reden zu können."

„Sie schläft, und ich habe dir nichts mehr zu sagen."

Es war nach zehn am Vormittag. Es musste Lia

schlecht gehen. „Marcus, komm schon, sperr mich nicht aus."

Er trat hinaus auf die Veranda und starrte sie finster an. „Es ist *deine* Schuld, dass sie im Krankenhaus gelandet ist."

Sie holte scharf Luft. „Wieso soll das meine Schuld sein?"

„Sie sagt, dass du sie eingeladen und ihr *einen Job angeboten* hast. Sie hat versucht, allein aus dem Haus zu gehen, weil sie dich besuchen wollte. Dann hatte sie eine Panikattacke auf der Veranda und ist die Treppe runtergefallen." Er verschränkte die Arme. „Sie hätte sich eine Gehirnerschütterung zuziehen können."

„Ich hatte keine Ahnung. Ich hätte ihr doch geholfen. Ich habe ihr die Nummer eines Fahrdienstes hier gegeben, ihr aber auch gesagt, dass ich kein Problem habe, sie zu fahren. Ich dachte, meine Wohnung zu besuchen, wäre ein leichter erster Schritt raus in die Welt."

„Sie hatte nicht eine einzige Sitzung mit einem Psychiater."

„Ich weiß", sagte sie leise. Sie hatte jede Woche ein paarmal versucht, sie dazu zu bewegen.

Marcus sah sie finster an. „Dann soll sie plötzlich geheilt sein, weil du sie aus egoistischen Motiven aus dem Haus lockst?"

Sie versuchte, ruhig zu bleiben, da sie wusste, dass er nur so reagierte, weil er sich Sorgen um seine Mutter machte. „Mein einziges Motiv war, deiner Mutter zu helfen."

Seine Augen waren hart, seine Miene versteinert. „Sie braucht deine Art von Hilfe nicht. Es wäre besser, wenn du nicht mehr herkommen würdest. Sie ist nicht deine Verantwortung."

„Marcus, es tut mir leid, dass das passiert ist. Ich hatte keinerlei böse Absichten. Wirklich."

Er verzog das Gesicht. „Ich habe von dir gelernt, dass die Absichten nicht zählen. Alles, was zählt, ist das Ergebnis. Und das ist ein blaues Auge und die Tatsache, dass das Erlebnis sie noch weiter zurückgeworfen hat. Sie glaubt, dass das ein Zeichen war, dass sie im Haus hätte bleiben sollen."

Das war eine Ausrede. „Sie braucht professionelle Hilfe."

Er drehte sich um, ging ins Haus und schloss die Tür.

Sie starrte die Tür an. Und jetzt?

Sie setzte sich auf die Treppe. Ihr einziger Gedanke war, dass sie sich bei Lia entschuldigen sollte. Sie hatte ihr nicht schaden wollen. Sie wollte, dass Lia das wusste. Vielleicht konnte sie eine Notiz für sie hinterlassen, doch würde Marcus sie seiner Mutter zeigen? Vielleicht würde er sie einfach wegwerfen. Vielleicht konnte sie ja ein bisschen warten, und wenn Lia aufwachte, konnte sie ihr eine SMS schicken und sie wissen lassen, dass sie hier war.

Plötzlich flog die Tür auf und Marcus blaffte. „Geh nach Hause!"

Sie sprang mit pochendem Herzen auf. „Was ist bitte dein Problem? Ich habe mich entschuldigt."

Er schüttelte den Kopf. „Entschuldigungen sind bedeutungslos." Seine Worte waren harsch, doch in seinen Augen stand unverhohlener Schmerz. Er litt mit seiner Mutter und wahrscheinlich auch ihretwegen.

Sie stand auf und holte tief Luft. „Das mit deiner Mom tut mir wirklich leid. Und ich möchte das mit dir auf die Reihe kriegen. Ich denke, wenn wir einfach reden könnten, reinen Tisch machen …" Sie verstummte, als sie seine verschlossene Miene sah. Sie schluckte und kratzte jedes bisschen Mut zusammen, das sie besaß. „Marcus. Ich liebe dich."

„Liebe ist nicht genug", murmelte er. „Nicht deine Liebe und definitiv nicht meine. Sinnlose Worte." Er ging wieder ins Haus.

Ihr blieb der Mund offenstehen. Tausend Dolche hätten nicht mehr wehtun können als diese Worte. Mit Tränen in den Augen wirbelte sie herum und rannte zurück zu ihrem Auto. Ihre Augen brannten, ihre Brust schien implodieren zu wollen, und ihr war kalt, so kalt.

Sie setzte sich auf den Fahrersitz, ließ den Kopf aufs Lenkrad sinken und weinte hemmungslos. Die Zeit schien stehenzubleiben, während sie schluchzte und bebte. Ihr Herz brach, und hoffnungslose Verzweiflung stürzte über sie herein. Er hatte sich von ihr abgewandt. Der eine Mann, bei dem sie alles riskiert und dem sie ihr Herz vollkommen geöffnet hatte. Weg.

Schließlich war nichts mehr übrig. Keine Tränen, keine Energie, kein Herz.

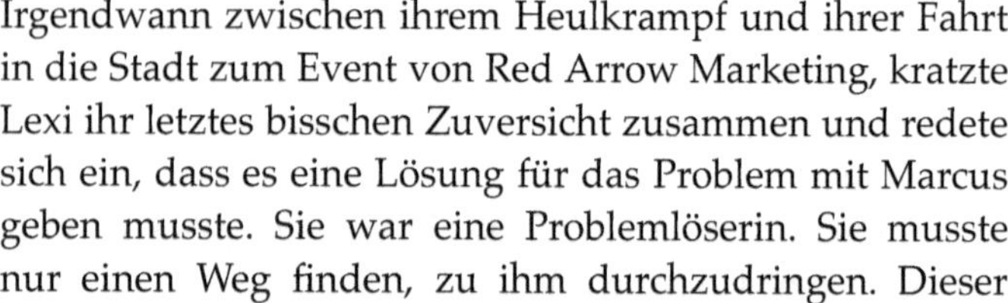

Irgendwann zwischen ihrem Heulkrampf und ihrer Fahrt in die Stadt zum Event von Red Arrow Marketing, kratzte Lexi ihr letztes bisschen Zuversicht zusammen und redete sich ein, dass es eine Lösung für das Problem mit Marcus geben musste. Sie war eine Problemlöserin. Sie musste nur einen Weg finden, zu ihm durchzudringen. Dieser winzige Hoffnungsschimmer reichte, um den Tag zu überstehen.

Das Event lief ausgezeichnet. Hauptsächlich, weil es eine Party voller Kreativer war, die am Ende der Arbeitswoche Dampf ablassen wollten. Und alle waren aufgekratzt wegen des einjährigen Bestehens der Firma. Es hatte einen kleinen peinlichen Zwischenfall gegeben, als sie versehentlich in die Herrentoilette gerannt war, wo der weibliche CFO der Firma gerade einem Typen einen geblasen hatte – doch Lexi war überaus professionell damit umgegangen.

Und ehrlich gesagt waren die Markierungen an den Toilettentüren ein wenig *verwirrend* gewesen, sonst hätte sie nie auch nur einen Fuß in die Herrentoilette gesetzt. An einer Tür war ein Einhorn, und an der anderen ein Strichmännchen mit einem Cape. Lexi hatte angenommen, dass das Einhorn ein Phallussymbol darstellen sollte, und das Strichmännchen Wonder Woman. Drastische Fehleinschätzung.

Gina, der CFO, war später an Lexi herangetreten und hatte sie um Diskretion gebeten. Lexi hatte es ihr geschworen, und darauf konnte sie zählen. Sie war noch nie jemand gewesen, der getratscht hätte. Es war ja auch schließlich eine Party. Was hinter geschlossenen Türen zwischen zwei Erwachsenen vor sich ging, die sich einig waren, ging sie nichts an, und das hatte sie Gina auch gesagt.

Nach Ende der Party ging sie an Nates Büro vorbei, wo er an seinem Schreibtisch saß. „Hi, Nate, wo möchtest du die Deko haben? Ihr könnt die sicher für eine andere Party wiederverwenden." Die Dekoration umfasste hauptsächlich laminierte rote Pfeile an den Wänden und metallisch glänzende Girlanden.

Er lächelte. „Lass sie hängen. Ich find's festlich."

„Okay, also ich habe das Essen und die Getränke weggeräumt – was übrig war, ist im Mitarbeiterkühlschrank."

„Ausgezeichnet. Ich bin überaus zufrieden mit deiner Arbeit."

Sie lächelte herzlich. „Vielen Dank. Es hat Spaß gemacht, mit dir zu arbeiten."

Er nahm einen Umschlag aus seiner Schreibtischschublade und reichte ihn ihr. „Bitteschön."

Als sie danach griff, hielt er ihn fest, und sie sah ihn fragend an.

Er durchbohrte sie mit seinen blauen Augen. „Möchtest du mit mir zu Abend essen?"

Sie verspannte sich sofort, denn sie war sicher, dass der einzige Grund, weswegen Nate sie einlud, Rache an Marcus war. Nate war auf der Party freundlich mit ihr umgegangen, doch sie hatte nicht den Eindruck gehabt, dass er an ihr interessiert war. Dazu kam, dass er ihr ein bisschen labil vorkam.

Sie ruckelte am Umschlag, und als er ihn losließ,

steckte sie ihn in ihre kleine Handtasche. „Danke, aber ich bin in einer Beziehung." Zumindest wollte sie mit Marcus in einer Beziehung sein.

Nate erschien unerwartet schnell neben ihr. „Marcus?" Er spie den Namen förmlich aus.

Sie wich einen Schritt zurück. „Ja."

Er packte sie bei den Armen. „Du hast gegen unsere Vereinbarung verstoßen! Ich habe gesagt er oder ich!"

Sie versuchte sich aus seinem Griff zu befreien. „Lass mich los!"

Er ließ sie los und fuhr sich mit beiden Händen durchs Haar. „Weißt du nicht, was er dir antun wird? Er wird dich zerstören, wie er Grace zerstört hat."

„Nate, hör mir zu. Marcus fühlt sich furchtbar deswegen. Er hat wirklich geglaubt, dass Grace okay war. Sie hatte ihm gesagt, dass sie zur selben Zeit auch noch einen anderen Mann gedatet hat."

Er lehnte sich gegen seinen Schreibtisch und ließ die Schultern hängen. „Der Mann war ich."

„Was? Ich dachte, du bist ihr Bruder?"

„Stiefbruder." Seine blauen Augen leuchteten. „Ich liebe sie."

Lexis Gedanken wirbelten wild durcheinander, während sie eins und eins zusammenzählte. Grace musste einen anderen Nachnamen als Nate haben! Das war der Grund, warum Marcus nicht schon früher darauf gekommen war. Das war einfach nur krank. Sie wusste nicht, was sie sagen sollte, darum wandte sie sich zum Gehen.

Nate rief ihr hinterher. „Die Empfehlung an McCann-Thomas kannst du vergessen. Ich kann denen niemanden empfehlen, der mit diesem Monster zusammen ist."

Du bist das Monster, das seine Stiefschwester gefickt hat, wollte sie sagen, schluckte es jedoch hinunter und entschied sich, professionell zu bleiben. „Tut mir leid, das zu hören." Dann ging sie. Als wäre Nates Empfehlung viel wert gewesen. Der Mann hatte offensichtlich tiefsitzende Probleme.

Sie trat durch den Haupteingang hinaus in die kühle Abendluft und ging schnellen Schrittes die Straße hinunter. Im Kopf ging sie das gesamte Event durch, besonders ihre Interaktionen mit Nate, und kam zu dem Schluss, dass es keine offensichtlichen Anzeichen gegeben hatte, dass er nicht ganz klar sah. Nicht bis zum Ende. Niemand konnte ihr einen Vorwurf daraus machen, dass sie sein Projekt angenommen hatte, doch sie würde nicht noch einmal für ihn arbeiten.

Als sie in den Zug stieg, hatte sie nur noch eines im Sinn – zu Marcus durchzudringen. Sie liebte ihn, das war Fakt. Er war nicht perfekt, er baute manchmal Mist, doch das tat sie auch. Niemand war perfekt. Und das Wichtige war, dass er versucht hatte, den Kurs zu korrigieren. Er hatte wirklich den Schritt gemacht und versucht, es geradezubiegen. Die letzten drei Tage, die sie mit Marcus im Streit verbracht hatte, waren hart gewesen. Er war alles, was sie sich immer in einem Mann gewünscht und nie zu finden gehofft hatte. Er war ehrlich, großzügig, liebevoll, smart, sexy, amüsant. Ihre Augen brannten, und der Kloß in ihrem Hals schmerzte. Sie schniefte und blickte aus dem Fenster, als der Zug durch die Landschaft peitschte.

Sie war sich sicher, dass Marcus noch im Haus seiner Mutter war. Sie würde Lia eine SMS schicken, bevor sie klingelte, damit sie wusste, dass sie da war. Sicher würde seine Mutter sie hereinlassen, auch wenn Marcus es nicht tun würde. Sie würde nach Lia sehen, dann würde sie Marcus bitten, mit ihr nach draußen zu gehen, um unter vier Augen mit ihm zu reden, ihm dort ihr Herz ausschütten und ihm sagen, was sie alles an ihm liebte, was ihn zum besten Mann machte, dem sie je begegnet war. Sie würde dafür sorgen, dass er wusste, wie tief ihre Gefühle gingen. Das hier war eine einmalige Liebe, und die konnte man nicht einfach so wegwerfen. Sie wischte die Tränen weg und atmete tief durch. Sie hoffte nur, dass sie alles herausbekam, bevor sie zu einem heulenden, schluchzenden Häuflein Elend zerfloss. Es fiel ihr so schwer sich zu öffnen, besonders nach seiner Zurückweisung von zuvor, doch sie musste an dem Schmerz vorbei sein Herz erreichen.

Seine harschen Worte fielen ihr wieder ein. *Liebe ist nicht genug. Nicht deine Liebe und definitiv nicht meine.* Doch das war sie. Ihre Liebe war es wert, sie zu bewahren.

Es sei denn, er liebte sie nicht.

Hatte er das etwa damit sagen wollen? Sie verschränkte ihre Arme. Es gab nur einen Weg, das herauszufinden.

Marcus kehrte am Freitagabend nur aus einem Grund zur Arbeit zurück, und der war, dass seine Mutter ihn mehr oder weniger aus dem Haus geworfen hatte. Sie hatte gesagt, dass sie es nicht länger ertragen konnte, dass er in ihrem Haus wie ein wildes Tier im Käfig herumtigerte. Niemand wusste ihn zu schätzen. Alles, was er gewollt hatte, war, sich um sie zu kümmern, und sie hatte ihn weggestoßen. Seine Liebe war nicht genug, niemals genug.

Seine Angestellten machten einen Bogen um ihn – alle außer Ellie, die in sein Büro kam und ihm berichtete, was in seiner Abwesenheit alles passiert war. Er hörte ihr zu, bedankte sich und schickte sie weg.

Sie blieb in der Tür stehen. „Bist du okay, Boss?"

„Nein."

„Ist es, weil ich Mist gebaut habe? Wenn ich das Problem bin, kündige ich. Du hast über die Jahre so viel für mich getan, dass ich nachts nicht schlafen kann, wenn ich weiß, dass ich dir geschadet habe."

Er ließ den Kopf hängen. „Bleib, es liegt nicht an dir."

„Woran dann?"

Er hob den Kopf. „Meiner Mom geht es nicht gut, und

ich kann nichts dagegen tun. Das zwischen mir und Lexi ist aus. Nicht deinetwegen. Im Moment ist einfach alles scheiße." Seine Stimme versagte.

Sie sah ihn mitfühlend an. „Gibt es irgendwas, das ich tun kann, um dir zu helfen?"

Er schüttelte den Kopf und holte irgendwelche Unterlagen vom Stapel auf seinem Schreibtisch. Sie begriff den Wink und ging. Er kontrollierte ein paar Rechnungen, eine wenig anspruchsvolle Arbeit, die er im Schlaf erledigen konnte.

Sein Handy vibrierte. Er holte es aus seiner Tasche und warf einen Blick auf das Display. Lexi. Das dritte Mal heute Abend. Er wies den Anruf ab, legte das Handy auf den Tisch und starrte es finster an. Sie hatte ihm auch SMSen geschickt, und er hatte sie ignoriert. Sie hatten einander nichts mehr zu sagen. Er hatte Scheiße gebaut. Sie hatte Scheiße gebaut. Sie passten einfach nicht. So gesehen war es niemandes Schuld. Es war von Anfang an ein erzwungenes Arrangement gewesen, zwei Leute, die so getan hatten, als liebten sie einander. Er glaubte nicht einen Moment lang, dass Lexi ihn liebte. Denn sonst hätte sie an seine Unschuld geglaubt, was Gracie anging. Sie hätte ihm vertraut, wenn sie ihn und nur ihn lieben würde. Doch das hatte sie nicht, darum … scheiß drauf.

Sein Handy vibrierte auf seinem Schreibtisch. Er starrte irritiert auf den Bildschirm, dann pochte sein Herz bis zum Hals, und er hob das Handy auf. „Mom, ist was passiert? Ich kann in eineinhalb Stunden da sein."

„Mir geht's gut. Lexi ist hier bei mir. Und du hörst mir jetzt gefälligst zu. Dass ich den Asphalt geküsst habe, war *nicht* ihre Schuld. Ich will nicht, dass du mit ihr Schluss machst, nur weil sie so nett war, mich zum Mittagessen einzuladen und Teil ihrer neuen Firma zu werden."

Er blickte an die Decke und bemühte sich, ruhig zu bleiben. Jetzt war seine Mom auch noch auf Lexis Seite?

„Marcus?", fragte seine Mom. „Hast du gehört, was ich gesagt habe?"

Einatmen, ausatmen. „Es *ist* ihre Schuld. Du warst noch nicht so weit, rauszugehen, und sie hätte mich vorher fragen sollen."

„Der einzige Grund, warum ich nicht bereit war, war, dass ich mich nicht wohlgefühlt habe bei dem Gedanken, mit einer Seelenklempnerin, die ich nicht kenne, zu reden. Es fällt mir leichter, mit Lexi zu reden." Sie senkte ihre Stimme. „Sie hat mir erzählt, dass du dich meinetwegen quälst, und das Mindeste, was ich tun kann, ist, dir auf halbem Weg entgegenzukommen und mit dieser Ärztin, die so viel Erfahrung mit Leuten wie mir hat, zu reden."

Er ließ den Kopf in seine Hand sinken. „Und hast du?"

„Ja, Lexi und ich haben gemeinsam mit ihr gesprochen. Wir waren zusammen am Telefon. Wir haben uns nett unterhalten. Ich glaube, beim nächsten Mal kann ich mich dann auch allein mit Dr. Roberts unterhalten."

Tränen stiegen ihm in die Augen, und er fühlte sich so schwach deswegen. „Das ist schön zu hören."

„Und jetzt werden wir drei uns unterhalten. Lexi, nimm den Hörer in der Küche ab."

Er richtete sich abrupt auf. „Mom, das ist eine private Unterhaltung zwischen mir und Lexi."

„Das wäre es gewesen, wenn du mit mir gesprochen hättest", hörte er Lexis Stimme laut und klar.

„Hinterlistig", murmelte er.

„Da hast du verdammt recht", sagte Lexi.

Seine Mom mischte sich ein. „Ich mag sie wirklich, Marcus. Das Mädchen ist wirklich okay."

Als seine Mutter ihn nicht sehen konnte, verdrehte er die Augen.

„Danke, Lia", sagte Lexi herzlich. „Ich mag dich auch."

Er rieb sich den Nacken. „Braucht ihr mich wirklich in dieser Unterhaltung? Klingt, als hättet ihr zwei alles, was ihr braucht."

Lexi sprach weiter mit seiner Mom. „Lia, wusstest du, dass Marcus ein muskulöses Weichei von einem Mann ist, der so viel Angst hat, zuzugeben, dass er mich liebt, dass er mich lieber wegstoßen würde? Und das auf höchst unhöfliche Art und Weise, wenn ich das hinzufügen darf. Ich zitiere: *Geh nach Hause!* hat er gesagt."

„Also wirklich, Marcus", schalt seine Mom ihn. „Habe ich dich nicht besser erzogen? Das waren harsche Worte, und Worte sind wichtig. Jetzt entschuldige dich bei Lexi."

Er knirschte mit den Zähnen. „Ich werde mich nicht entschuldigen."

„Und mir tut auch nichts leid", sagte Lexi. „Absolut nichts."

„Großartig", sagte er.

„Weißt du was, Lexi?", fragte seine Mom.

„Was, Lia?"

„Ich habe Marcus noch nie — wirklich nicht ein einziges Mal glücklicher erlebt als mit dir. Das ist die Wahrheit. Und der einzige Grund, warum ich so motiviert bin, gegen diese verdammte Agoraphobie anzukämpfen, ist, weil du mir gesagt hast, für wie wunderbar du ihn hältst und wie sehr du ihn liebst. Ich höre die Hochzeits-glocken schon läuten."

Marcus sprang auf. „Was soll das denn jetzt?"

Lexi antwortete eilig. „Marcus, es fällt mir wirklich schwer, mich jemandem gegenüber zu öffnen, besonders vor einer Zeugin und ganz besonders nach deiner Abfuhr, aber ... Du bist alles für mich. Du bist ..." Ihre Stimme versagte. „Tut mir leid, ich – ich ..."

Er umklammerte sein Handy fester, denn die Emotionen in ihrer Stimme waren so stark, dass sie ihn tief in seinem Innersten trafen. Sie liebte ihn wirklich. Seine Wut, sein Schmerz, all seine Mauern, die er zwischen sich und ihr aufgebaut hatte, brachen in diesem Moment in sich zusammen. „Lex–"

„Nein, lass mich ausreden. Du musst wissen, wie tief meine Gefühle gehen. Du bist ehrlich, großzügig, liebe-voll, smart ..." Sie schniefte. „Und amüsant und auf deine männliche Art schön – innerlich wie äußerlich, und ich schütte hier mein Herz aus, weil ich dich so sehr liebe, dass es wehtut. Ich habe sowas noch nie empfunden, und ich glaube nicht, dass ich es je wieder empfinden werde. Das ist eine einmalige Liebe, Marcus, und sie es ist wert, sie zu bewahren."

Tränen stiegen in seine Augen, und sein Hals schnürte sich zu. Er wollte gerade schon zustimmen, als seine Mutter sich entschied, ihren Senf dazu zu geben.

„Jetzt weißt du, warum ich Hochzeitsglocken in nicht allzu ferner Zukunft läuten höre. Lexi, ich weiß, er sehnt sich nach dieser ewigen Liebe, und ich bin zu dem Schluss gekommen, dass du diese Liebe bist."

„Mom, bitte. Lass mich mit Lexi reden."

„Wer hält dich davon ab?"

„Marcus?", fragte Lexi mit angestrengter Stimme.

Er schluckte den Kloß in seinem Hals hinunter. „Lex, du bedeutest mir auch alles. Ich kann dir nur in allen Punkten zustimmen." Auch er wollte ihr sein Herz ausschütten, doch es fiel ihm schwer mit seiner Mom in der Leitung.

„Damit wäre das ja geklärt", sagte seine Mom gut gelaunt. „Ich wusste, dass sie deine Braut sein würde."

„Der Gedanke gefällt mir", sagte Lexi, die jetzt glücklich klang.

Pure Freude breitete sich in ihm aus. Er räusperte sich laut. „Entschuldigt, meine Damen, habe ich hier auch noch ein Mitspracherecht?"

„Nein", antworteten sie im Chor.

Seine Lippen zuckten. Sie waren eine einheitliche Front der Liebe für ihn. Vielleicht war er genug. Warum sonst wäre es seiner Mom so wichtig, ihn wieder mit Lexi zusammenzubringen, und warum wäre Lexi dann bereit, den peinlichen Weg zu gehen, seine Mom in das Gespräch zu ziehen?

„Ich liebe dich, Marcus", sagte seine Mom. „Und jetzt komm und hol deine künftige Braut ab."

Lexi meldete sich zu Wort. „Deine künftige Braut kommt zu dir. Wo bist du?"

„Bei der Arbeit."

„Ich komme so schnell ich kann."

„Einen Moment noch", unterbrach seine Mutter. „Marcus, gibt es da nicht etwas, das du Lexi gerne sagen würdest?"

Er unterdrückte ein Lachen. „Mom, ich lege jetzt auf."

„Es reimt sich auf Diebe", schlug seine Mutter vor, für den Fall, dass er wirklich so begriffsstutzig war.

Lexi lachte. „Worte bedeuten ihm nicht viel. Er ist ein Mann der Tat."

Seine Mom schnaubte. „Marcus Christian Shepard, ich will es hören!"

O Gott, sein voller Name. „Ich liebe euch beide", murmelte er und legte auf.

Er verließ sein Büro mit federnden Schritten und konnte nicht aufhören zu lächeln.

Lexi war noch nicht ganz durch die Tür des Burrow, als Ellie auch schon auf sie zueilte. „Es tut mir so leid, dass ich Mist gebaut habe! Ich fühle mich furchtbar. Ich habe mich von der Begeisterung des Moments mitreißen lassen und ... ich habe fälschlicher Weise angenommen, dass Marcus Gefühle für mich hat."

Lexi musterte sie einen Moment; es war offensichtlich, dass sie aufrichtig war, aber dennoch. „Ellie, die Sache ist die: du wusstest, dass wir zusammen waren. Ich kann einfach nicht begreifen, wie du je auf die Idee kommen konntest, den Freund einer anderen Frau zu küssen."

„Ich hatte was getrunken", flüsterte sie. „Bitte, sag es ihm nicht. Ich weiß, dass ich bei der Arbeit nichts trinken soll, aber ich war eifersüchtig, und es war falsch. Es tut mir wirklich leid."

„Wir sind wieder zusammen, in einer festen Beziehung. In einer *ernsten* Beziehung. Stellt das ein Problem für dich dar?"

„Feste Beziehung?", flüsterte Ellie. „Wann? Wie? Hat er dir einen Antrag gemacht?"

„Spielt das eine Rolle?"

Ellie biss sich auf die Lippe, die Augen glänzend vor unvergossenen Tränen. „Ich gehe Pause machen." Sie drehte sich um und stürmte auf die Küche zu. Als Marcus aus dem Mitarbeiterbereich kam, wich Ellie ihm ohne ein Wort aus.

Lexi begegnete Marcus' Blick, und sein Lächeln wurde immer breiter, je näher er kam. Ihr Herz begann zu pochen, Wärme breitete sich in ihr aus, und sie begann vor Glück und Liebe zu strahlen. Sie war zu ihm durchgedrungen, und er kam zurück zu ihr. Er liebte sie.

Er blieb vor ihr stehen, die Beine breit, und stemmte die Hände in die Hüften. „Dann hast du also die großen Geschütze aufgefahren, was?"

Sie grinste ihn an und öffnete die Arme. „Du bist ein großer Kerl, da braucht man schon ordentlich was, um dich zur Strecke zu bringen."

Er umarmte sie und fegte sie von den Füßen. Sie lachte, als er sie herumwirbelte, bevor er sie wieder abstellte. Er hielt sie fest und seufzte in ihre Haare. „Sag es mir nochmal."

Sie wusste, was er hören wollte. Sie hob den Kopf, blickte ihm in die Augen, und jetzt, nachdem sie ihm vorhin ihr Herz ausgeschüttet hatte, kamen die Worte leichter über ihre Lippen. „Ich liebe dich."

Er nahm ihr Gesicht in beide Hände. „Und ich liebe dich so sehr. Du bist alles für mich, mein Herz, meine Seele, meine Liebe." Seine Worte trafen sie mitten ins Herz. Seine Augen waren so warm und zärtlich. „Du bist die beste Frau, die mir je begegnet ist, so liebevoll, so ehrlich und so unverblümt, so stark, bereit, für das zu kämpfen, was wichtig ist – bereit für *uns* zu kämpfen." Er ließ die Hände sinken, zog sie erneut in seine Arme und schüttelte lächelnd den Kopf. „Du hast mich für alle anderen Frauen ruiniert. Ich hoffe, du bist glücklich, denn jetzt hast du mich an der Backe."

Sie strahlte ihn an, hellwach und lebendig, überglücklich mit diesem unglaublichen Mann. *Ihrem* Mann. Sie umarmte ihn, dann sah sie ihn an. „Oh Marcus, ich bin geradezu lächerlich glücklich. Und du wirst mich auch nicht mehr los."

Er küsste sie. „Ich kann nicht fassen, dass du das alles mit meiner Mom in der Leitung gesagt hast."

Sie zuckte mit den Schultern. „Ich liebe deine Mom."

Er strich ihr die Haare hinter das Ohr. „Und ich liebe es, dass du meine Mom liebst."

Sie lächelte verschmitzt. „Ist es das, was dir am besten an mir gefällt?"

„Nein, was mir am besten gefällt, ist, dass du meine zukünftige Braut bist."

Ihr stockte der Atem, sie wurde rot, und ihre Knie wurden schwach. „Ich dachte, dass du nur der romantischen Idee deiner Mom zustimmen wolltest."

„Oh nein. Das hier ist für immer, Lexi."

Sie schlug sich die Hand vor den Mund. Ihr Herz schwoll. Sie platzte geradezu vor Liebe für diesen außergewöhnlichen Mann, der sie und nur sie liebte, so sehr, dass er sie für immer in seinem Leben haben wollte. „Wirklich?", quietschte sie.

Er nickte ernst.

Sie ließ die Hand sinken und unterdrückte ein Grinsen. „Dann war es das? Das war mein Antrag?"

Er ging auf ein Knie. „Alexis Judson, willst du mich heiraten?"

Voller Name! Wie förmlich! Wie ritterlich! Wie niedlich! „Wo ist mein Ring?"

Er warf ihr einen schiefen Blick zu, ging hinter die Bar und kehrte mit einem Ring aus Alufolie zurück, die er schnell zusammengerollt hatte.

„Oh! Wie ausgefallen!", kicherte sie.

Er ging erneut auf die Knie und hielt den Ring hoch.

„Willst du mir die Ehre erweisen, meine Frau zu werden, und mich und nur mich für den Rest meines höchst männlichen Lebens zu lieben?"

Sie lachte glücklich. „Ich will!" Er steckte ihr den Aluring an den Finger. Er war viel zu dick und zu groß, doch sie konnte es nicht erwarten, ihn ihren Freundinnen zu zeigen.

Er stand auf, beugte sie hintenüber und küsste sie leidenschaftlich.

Er richtete sie wieder auf und lächelte sie zärtlich an. „Den ersetzen wir gleich dieses Wochenende durch einen richtigen Ring."

„Machst du Witze?" Sie hielt ihre Ringhand hoch. „Der ist perfekt! Spontan, romantisch und selbst gemacht von meinem männlichen Mann."

„Du bist schon ein bisschen durchgeknallt, oder?"

Sie warf die Arme um seinen Hals. „Aber du liebst mich trotzdem."

Er lächelte auf sie hinab und legte die Arme um ihre Taille. „Das tue ich. Vielleicht bin ich ja auch nicht ganz dicht."

„Dann lass uns in deine Wohnung gehen und schmutzige Dinge tun."

Er hielt sie am Kinn. „Du passt definitiv perfekt."

„Auch das klingt schmutzig."

Er lachte. „Ja, definitiv die richtige Frau."

Sie strahlte und ließ ihn nicht aus den Augen, als er seine Jacke hinter dem Tresen hervorholte. Als er zurückkam, sagte sie: „Ich hätte nie gedacht, dass ich jemals eine Braut sein würde."

„Nein? Ich dachte, alle Frauen träumen davon."

„Jetzt schon."

„Da bin ich froh."

Er hielt ihr die Tür auf, und sie ging hindurch, insgeheim begeistert von seinen feinen Manieren. Er ging neben ihr das kurze Stück zu seiner Wohnung die Straße hinunter, die Finger ineinander verflochten.

„Lex, ich muss dir für das, was du für meine Mom getan hast, danken. Du hast wirklich eine Verbindung zu ihr hergestellt, die ich einfach nicht habe finden können, und jetzt ist sie auf dem Weg der Besserung."

„Weißt du, ich glaube, dass sie dich nicht mit ihren Problemen belasten wollte. Sie scheint einfach nur einen Außenstehenden gebraucht zu haben, der ihr diesen kleinen Schubs in die richtige Richtung gegeben hat."

Er seufzte. „Vielleicht. Es war eine solche Last auf meinen Schultern. Ich bin schließlich seit dem Tod meines Vaters der Mann im Haus."

„War er krank?"

„Nein. Drogendealer. Er ist festgenommen worden und hat einen Deal mit dem Staatsanwalt abgeschlossen, und kurz darauf hat ihn der große Boss persönlich umbringen lassen."

Sie drückte seine Hand. „Shit. Tut mir leid. Das ist verdammt viel Druck für ein Kind. Bist du deswegen so muskelbepackt? Weil du das Bedürfnis hattest, stark zu sein?"

Er neigte den Kopf. „So habe ich noch nie darüber nachgedacht. Vielleicht wollte ich nur sicher sein, dass ich mich und meine Mom beschützen kann. Dazu kommt, dass ich gern in Form bin. Es fühlt sich gut an."

Sie streichelte seinen enormen Bizeps durch seine Jacke. „Es fühlt sich wirklich gut an."

Er hob sie hoch und küsste sie.

Sie schmunzelte. „Ich mag es lieber, wenn wir in der Horizontalen sind, dann sind wir wirklich auf Augen-höhe. Du bist verdammt groß."

Er stellte sie wieder ab. „Vielleicht bist du verdammt klein."

„Unsere Kinder dürften dann perfekter Durchschnitt werden."

„Lex", sagte er mit erstickter Stimme. „Meinst du das ernst? Du willst Kinder mit mir haben?"

„Absolut. Du würdest einen fantastischen Dad abgeben."

Er nahm sie in die Arme und wirbelte sie herum. Sie lachte, glücklich über seine Begeisterung. Er nahm ihre Hand und zog sie mit sich. „Komm, ab ins Bett. Ich will dich so glücklich machen, wie du mich gemacht hast."

„Da hast du dir aber was vorgenommen."

„Das kannst du laut sagen."

In seiner Wohnung angekommen, gingen sie ohne Umwege ins Schlafzimmer. Während er die Nachttischlampe einschaltete und die Laken zurückschlug, zog sie sich aus.

Er drehte sich um und fluchte leise. „So schön. Komm her, Baby."

„Zieh dich aus, du männlicher Mann. Ich will deine Muskeln sehen."

Mit lodernden Augen zog er sich aus und entblößte seine köstliche männliche Schönheit. Sie hatte gar nicht mitbekommen, dass sie das Zimmer durchquert hatte. Im einen Moment gaffte sie ihn noch an, im nächsten lag sie in seinen Armen. Und dann küssten sie einander leidenschaftlich, ausgehungert nach einander.

Er führte sie zum Bett und schob sie in die Mitte der Matratze. Sie streckte die Arme nach ihm aus. Er lächelte, rollte ein Kondom über und ließ sich zwischen ihren Beinen nieder.

Sie schlang Arme und Beine um ihn, gierig, ihn in sich zu spüren. Als er mit einem entschlossenen Stoß in sie eindrang, stöhnten beide. Diesmal langsamer, ihr Atem vereint.

Marcus verflocht seine Finger mit ihren und hob sie über ihren Kopf. „Ich liebe dich so sehr."

„Ich dich auch."

„Ich bete dich und nur dich an."

Ihr Hals schnürte sich zu, und ihre Augen wurden heiß, denn er wusste, wie er sie auf genau die Weise, die sie brauchte, lieben musste. „Ich dich auch. Und jetzt küss mich, bevor ich anfange zu heulen."

„Awww, Lex." Als er seine Lippen auf ihre senkte, hörte die Zeit auf zu existieren. Es gab nur sie, verschmolzen zu einer Einheit, Körper und Seele. Noch nie in ihrem Leben hatte sie sich jemandem so nah gefühlt, noch nie jemandem so voll und ganz vertraut.

Eine ganze Weile später unterbrach er schwer atmend den Kuss. Er hielt ihren Kopf in seiner großen Hand und blickte ihr in die Augen. „Mehr." Er schob seine andere Hand unter ihre Hüfte und hob sie an, um tiefer eindringen zu können.

„Ah!" Er traf genau den richtigen Winkel, und das Gefühl war so intensiv, dass sich ihr Körper um ihn zusammenzog und ihn geradezu melkte, als sie kam. Ihr Blick ließ ihn nie los, auch dann nicht, als die Endorphine ihren Körper fluteten, ihr Herz hämmerte und sie atemlos war von den elektrischen Funken, die durch alle ihre Nervenenden zuckten. Er pumpte tief in sie hinein, dann presste er sie an sich und kam.

Sie hielt ihn fest und spürte eine Welle der Liebe zwischen ihnen, die so mächtig war, dass ihr alles überbewusst war – sein Herz, das gegen ihres hämmerte, die Hitze seiner Haut auf ihrer, sein männlicher Duft, seine Muskeln, die sie hielten. Sie wollte ihn nie wieder loslassen, und dann entspannte sie sich, als sie sich der wunderbaren Realität bewusst wurde.

Er gehörte ihr, und sie gehörte ihm. Für immer.

EPILOG

„Zwei Verlobungspartys in einer Woche!", rief Lexi Marcus zu.

„Jede Menge zu feiern", sagte er, als er mit ihr das Garner's betrat.

Sie strahlte ihn an. Ja, sie hatten sich offiziell den Reihen der peinlich verliebten Paare angeschlossen. Und sie *liebte* es. Es war eine stürmische Romanze gewesen – nach drei Wochen hatte er ihr einen Antrag gemacht und drei Wochen später war sie in seine Wohnung in der Stadt eingezogen. Gestern hatte der Umzugswagen alles gebracht. Doch wenn man wusste, dass alles passte, warum nicht. Sie waren beide für eine feste Beziehung bereit gewesen. Sie hatte natürlich immer noch vor, für alle besonderen Anlässe ihrer Freundinnen, Mädelsabende und ihre Buchclub-Treffen nach Clover Park zu kommen. Heute war Sonntag, und die Verlobungsparty, die sie besuchten, war die von Brandy und Joe. Ja. Haileys Mutter und Joshs Vater würden in den Hafen der Ehe einlaufen.

Und am Samstag würden sie und Marcus ihre Verlobungsparty im Haus seiner Mom feiern. Lia hatte alles geplant, und es war ein wichtiger Schritt nach vorn für sie gewesen, da sie Freunde kontaktiert hatte, um sie einzuladen. Sie hatte sogar ihre Eltern in Florida angerufen, worüber sich Marcus unglaublich freute, denn sie planten, für einen langen Besuch nach Connecticut zu kommen. Seine Theorie war, dass seine Großeltern seiner Mom entweder Gesellschaft leisten oder sie derart in den Wahnsinn treiben würden, dass sie das Haus verlassen wollen würde. Lia machte fantastische Fortschritte. Sie hielt ihre Telefonsitzungen mit Dr. Roberts ein, hatte zwischenzeitlich eine graue Katze adoptiert, die sie über alles liebte, und bereits schon ein paar kurze Spaziergänge mit Lexi und Marcus gemacht.

Lexi schwebte praktisch zur Bar in ihrem glückstrunkenen Zustand. Ihr Leben hatte sich in kurzer Zeit auf eine Weise verändert, mit der sie nie gerechnet hätte. Sie würde heiraten (!), sie hatte Lia ins Leben zurückgeholfen, und ihr Eventplanungsbüro hatte einen fantastischen Start hingelegt. Gina, der CFO von Red Arrow Marketing, war so dankbar für Lexis Diskretion nach dem kleinen Toiletten-Zwischenfall, dass sie all ihren Kontakten erzählt hatte, dass man sich selbst in den heikelsten Situationen auf Lexi verlassen konnte, und Lexi hatte schon mehrere Anrufe von Managern erhalten, die großen Wert auf die Diskretion ihrer Partyplaner legten.

Ellie war auch aus Marcus' Leben verschwunden, und es war ihre eigene Entscheidung gewesen. Am Tag, nachdem Lexi Ellie erzählt hatte, wie ernst es zwischen ihr und Marcus war, hatte Ellie gekündigt. Und nicht nur das. Sie war auch aus Marcus' Mietswohnung aus- und bei einer ihrer Freundinnen in Brooklyn eingezogen. Sie musste begriffen haben, dass es an der Zeit war, Marcus gehen zu lassen. Lexi tat es ein bisschen leid, da Marcus verzweifelt nach einem guten Ersatz suchte, doch sie konnte wenig Wärme für eine Frau aufbringen, die eine Grenze bei ihrem Mann überschritten hatte.

Marcus setzte sich an die Bar zu den Jungs, und Lexi entschuldigte sich, um Brandy gratulieren zu gehen.

Hailey stand bei ihrer Mom. Sie hatte die Party heute Abend geplant. Hailey hatte Rose, ihre ständige Begleiterin, ausnahmsweise einmal nicht dabei, da ihre Mutter eine Hundeallergie hatte. Zu schade, denn Rose war es zu verdanken, dass Hailey meistens die Ruhe bewahrte – außer natürlich, wenn Josh in der Nähe war. Höflich aber kühl, so gingen Josh und Hailey derzeit miteinander um. Was auch immer zwischen den beiden vorgefallen war, war jetzt einen guten Monat her, und beide weigerten sich vehement, auch nur ein Wort über den Abend zu verlieren, an dem Hailey mit zu Josh gegangen war.

Lexi ging auf Brandy und Hailey zu. Beide waren sich unglaublich ähnlich – dasselbe lange, rotblonde Haar, blassblaue Augen, helle Haut und eine Vorliebe für Designerkleider.

Hailey hatte Lexi den Rücken zugewandt. „Ich bin so froh, dass du glücklich bist, Mom. Wirklich."

Brandy ergriff Haileys Hände und drückte sie. „Er ist eines dieser seltenen Exemplare, die noch an Ritterlichkeit glauben. Er behandelt mich wie eine Königin! Er hält mir die Tür auf, rückt mir den Stuhl zurecht, hilft mir in meinen Mantel und besteht darauf, dass ich mich bei ihm unterhake."

„Josh macht das auch", mischte sich Lexi ein.

Hailey wirbelte herum. „Oh, hi!"

„Hi." Sie wandte sich Brandy zu. „Herzlichen Glückwunsch, Brandy."

„Dir auch", sagte Brandy herzlich. „Wir Bräute … können wir uns nicht glücklich schätzen? Ich habe das Gefühl, Joe würde Drachen für mich zur Strecke bringen. Er ist ein echter Mann in jedem guten Sinn des Wortes." Brandy zwinkerte. „Und ein Tier im Bett."

Lexi lachte.

„Mom! Zu viel Information!", protestierte Hailey.

„Ich dachte, wir könnten uns wie Freundinnen unterhalten, jetzt, wo du erwachsen bist", sagte Brandy.

„Ja, aber nicht *darüber*", flüsterte Hailey. „Wie oft muss ich es denn noch sagen? Grenzen!"

Ihre Mom blickte verträumt drein. „Er ist so in Einklang mit meinem Körper."

Lexi überlegte, ob sie sich aus dem Gespräch zurückziehen sollte, doch es war faszinierend, wie ein Auffahrunfall im Morgenverkehr.

„O Gott ... ich kann nicht ..." Hailey holte tief Luft und hob die Hand. „Bitte, lass uns nicht so über Mr. Campbell reden."

Brandy verzog das Gesicht. „Tut mir leid. Ich habe aber keine engen Freundinnen, mit denen ich darüber reden kann. Nur die Hühner aus der Boutique, und die sind furchtbar stutenbissig."

Hailey umarmte ihre Mom. „Ich freu mich so, dass du glücklich bist."

Brandy strahlte. „Kannst du unsere Hochzeit planen?"

Hailey sah sie ein wenig angespannt an. „Natürlich."

„Und ich will, dass du meine Trauzeugin bist."

Da war es wieder, Haileys Schönheitsköniginnen-Lächeln. *Oh-oh, das Stresslevel stieg.* „Gerne."

Ihre Mom lächelte und wandte sich anderen Gästen zu.

„Bist du okay?", fragte Lexi sanft. Es musste furchtbar für Hailey – die liebesbesessene Hochzeitsplanerin – sein, alle ihre Freundinnen *und* ihre Mom heiraten zu sehen, während sie nicht einmal jemanden datete.

„Sicher, sicher", sagte Hailey und tastete nach ihrer Handtasche, als suchte sie Rose. Plötzlich schien sie sich zu erinnern, dass Rose bei der Hundesitterin war, ließ die Hand sinken und lächelte Lexi an. „Möchtest du ein Glas Champagner?" Die perfekte Gastgeberin.

„Sicher. Lass uns anstoßen."

Sie gingen gemeinsam zur Bar, wo Josh sie mit einem höflichen aber kühlen „Was kann ich euch Ladys bringen?" begrüßte.

Sie bestellte zwei Gläser Champagner. Josh brachte ihnen zwei Gläser und stützte seine Ellbogen auf der Bar

Hailey gegenüber ab. „Ich bin Trauzeuge. Sieht aus, als wäre ich mal wieder deine Begleitung."

Haileys Unterlippe bebte. Lexi erstarrte. Sie hatte Hailey nur ein einziges Mal weinen sehen – am Ende einer langen Beziehung. Normalerweise brachte sie nichts aus der Ruhe.

„Nicht weinen", sagte Josh eindringlich.

Doch Hailey brach in Tränen aus.

„Oh Hailey", sagte Lexi und legte ihren Arm um ihre Schultern. „Es ist okay. Das ist eine emotionale Zeit für dich."

Josh kam um die Bar herum und führte Hailey zu einer ruhigen Sitznische in der Ecke. Ihre Schultern bebten, so sehr schluchzte sie, während Josh in die Hocke ging und leise auf sie einredete.

Lexi besprach kurz mit ihren Freundinnen, ob sie intervenieren sollten. Josh reichte Hailey Servietten aus dem Serviettenspender. Sie nahm eine und redete und weinte zugleich.

Schließlich wandten sich alle Sabrina, der Beziehungstherapeutin zu. Sie wollten ihre Expertenmeinung hören.

„Lasst Josh nur machen", sagte Sabrina. „Sie ist der letzte Single in unserer Clique. Sogar ihre Mom heiratet vor ihr. Und so sehr, wie sie die Liebe liebt–"

„Sie bezeichnet sich ja als Liebesjunkie", fügte Mad hinzu.

Sabrina fuhr fort. „Das ist eine schwere Phase für sie. Sie braucht Zeit, alles zu verarbeiten."

Hailey schüttelte den Kopf über etwas, das Josh sagte, und hob die Stimme, doch nicht genug, um sie verstehen zu können.

„Sollen wir rüber gehen?", fragte Lexi.

Marcus trat zu ihr. „Er ist ein geborener Retter. Er macht das schon."

„Ja, lass die zwei nur", sagte Mad. „Wenn sie nicht glaubt, dass er ihr helfen kann, wird sie gehen. Josh hat sich in schwierigen Zeiten immer bewiesen. Sie könnte sich keinen Besseren an ihrer Seite wünschen." Josh war Mads großer Bruder – sie musste es also wissen.

Sie beobachteten, wie Josh Hailey zur Küche begleitete, eine Hand an ihrem unteren Rücken. Hailey ließ Kopf und Schultern hängen. Ihre Haare fielen ihr ins Gesicht und versteckten ihre Tränen. Vielleicht führte Josh sie in sein Büro, damit sie sich beruhigen konnte, oder vielleicht würden sie die Bar durch den Hinterausgang verlassen.

Mad starrte ihnen nach. „Sie kann nicht gehen. Sie ist die Gastgeberin der Party ihrer Mom."

„Fragst du dich nicht, was sie sagen?", fragte Lexi.

Mad verzog das Gesicht. „Sie sagt, dass ihr Liebesleben beschissen ist."

Lexi ergänzte Joshs Position. „Und er sagt, mach dir deswegen keine Sorgen, meins auch."

„Irgendwann werden beide die Lösung für ihrer beider Probleme sehen", fügte Marcus hinzu.

„Sei dir da mal nicht zu sicher", sagten Lexi und Mad fast gleichzeitig. Da stimmten alle ihre Freundinnen überein. Das zwischen den beiden war alles andere als eine sichere Sache.

Marcus zog Lexi an sich. „Zum Glück habe ich dich ja sicher", sagte er mit leiser Stimme in ihr Ohr.

Sie blickte lächelnd zu ihm auf. „So, so, hast du?"

Er lächelte sie sexy an. „Ich habe dich für alle Zeit verdorben."

Sie seufzte verliebt. „Das hast du. Niemand kommt auch nur annähernd an Marcus Shepard heran."

„Wahre Worte."

„Du bist meine ewige Liebe."

„Lexi, Baby, und du bist meine."

„Guter Gott", mischte Ben sich ein. Er war plötzlich aus dem Nichts aufgetaucht. „Geht nach Hause und tut, was ihr nicht lassen könnt. Das Geturtel ist ja widerlich."

Marcus kniff die Augen zusammen. „Wo ist Missy?" Missy war Bens Verlobte.

„Sie kommt bald", brummte Ben, dann holte er sein

Handy aus der Tasche und strahlte, als er den Anruf annahm. „Hi Honey, wie war das Shoppen? Hast du ein Tauf-Outfit für Leo gefunden? Oh. Ich kann es kaum erwarten, es zu sehen …" Ben wandte sich ab und redete zuckersüß auf seine Liebe ein. Leo war Missys Neffe.

Marcus und Lexi sahen einander an und prusteten vor Lachen.

„Ohne seine Frau ist er nicht zu ertragen", bemerkte Marcus.

Lexi imitierte das Geräusch eines Peitschenhiebs, und Marcus schmunzelte.

Da fing die Musik zu spielen an, und Joe lud alle ein, sich zu ihm und Brandy auf die Tanzfläche zu gesellen. Die Stehtische in der Nähe der Bar waren weggeräumt worden, um Platz zum Tanzen zu schaffen.

Marcus nahm sie bei der Hand. „Hört sich an, als spielen sie unser Lied."

Sie lachte und folgte ihm auf die Tanzfläche. „Das sagst du bei jedem langsamen Song."

Er zog sie an sich, und ließ eine Hand auf ihrem Rücken ruhen. „Das liegt daran, dass ich zu gerne mit dir tanze. Ich bin so glücklich, dass ich dich gefunden habe."

„Ich dich auch", presste sie am Kloß in ihrem Hals vorbei. „Ich kann nicht glauben, dass ich mal gedacht habe, dass du zu der Sorte Mann gehörst, der ich problemlos widerstehen kann. Dabei bist du viel zu verführerisch."

Er beugte sich zu ihr hinunter. „Du auch, darum wollte ich dich ja."

Sie lächelte. „Und du hast mich."

Er küsste sie. „Und das wird auch so bleiben."

Nachdem sie eine angemessene Zeit auf der Party verbracht hatten – etwas mehr als eine Stunde, die sie mit immer heißerem Tanzen/Vorspiel verbracht hatten – sagte Marcus: „Lass uns nach Hause gehen und dort weiterfeiern."

Eine salonfähige Umschreibung für Sex. „Feiern, feiern, feiern, das ist alles, was du immer tun willst."

Er zwinkerte. „Du gibst mir eine Menge Gründe zu feiern."

„Du mir auch."

Er streichelte ihre Wange mit seinem Daumen und blickte ihr in die Augen. „Wir reden gerade über dasselbe, oder? Oder?"

„Du kannst ja weiterreden, ich fang dann schon mal an zu feiern."

Seine dunklen Augen tanzten vor Amüsement und zärtlicher Liebe. Kitschige, herzerweichende, ewige Liebe. Er umarmte sie und hob sie hoch. Sie konnte nicht aufhören, bescheuert zu lächeln, über alle Maßen glücklich mit ihrem wunderbaren Mann.

Und sie gingen Hand in Hand hinaus zu ihrem eigenen Happy End.

Liebe LeserInnnen,

Was zum Henker ist passiert, als Hailey mit zu Josh gegangen ist, das zu einem scheinbar dauerhaften Zerwürfnis zwischen den beiden geführt hat? Konnte Josh ihr bei ihrem Zusammenbruch in der Bar helfen? Finden Sie es heraus in Joshs und Haileys Geschichte, *Ein unbequemer Plan*, Buch 10 der Happy End Buchclub Reihe. Schließen Sie sich dem Club an, und finden Sie ihr Happy End.

Ein unbequemer Plan (Happy End Buchclub #10)

Hailey Adams Strategie für ein ungeheuerlich erfolgreiches Hochzeitsplanungsbüro macht sich endlich bezahlt, und jetzt ist es an der Zeit, sich auf ihr eigenes Happy End zu konzentrieren. Nach einem schmerzhaften Korb von ihrem Freundfeind Josh Campbell fällt ihr ein Prinz in den Schoß.

Und der ist ein sinnlich-romantischer Kontrast zu dem unwirschen Barkeeper, den sie einfach nicht vergessen kann.

Joshs Plan, Abstand von Hailey zu halten, läuft aus dem Ruder, als plötzlich Konkurrenz in Form eines Playboy-Prinzen auftaucht. Eine verdammte Unbequemlichkeit folgt der nächsten, wenn es gilt, einen Prinzen auszustechen, Haileys Rattenvieh von einem Hund, der ihn hasst, zu becircen und Hailey dazu zu bringen, lange genug damit aufzuhören, sich gegen ihn zu wehren, damit sie endlich sieht, dass sie zusammengehören. Unmögliches Weibsbild!

Können diese Langzeit-Freundfeinde rechtzeitig das Kriegsbeil begraben, um ihr eigenes Happy End zu finden? Oder wird ein wahrgewordenes Märchen ihr Herz im Sturm erobern?

Abonniere meinen Newsletter & verpasse keine meiner Neuerscheinungen: *Kyliegilmore.com/DEnewsletter*

BÜCHER VON KYLIE GILMORE

Die Clover Park Reihe

The Opposite of Wild (Buch 1)

Daisy Does It All (Buch 2)

Bad Taste in Men (Buch 3)

Kissing Santa (Buch 4)

Restless Harmony (Buch 5)

Not My Romeo (Buch 6)

Rev Me Up (Buch 7)

An Ambitious Engagement (Buch 8)

Clutch Player (Buch 9)

A Tempting Friendship (Buch 10)

Clover Park Bride (A Clover Park Short)

A Valentine's Day Gift (Buch 11)

Maggie Meets Her Match (Buch 12)

Die Clover Park STUDS Reihe

Almost Over It (Buch 1)

Almost Married (Buch 2)

Almost Fate (Buch 3)

Almost in Love (Buch 4)

Almost Romance (Buch 5)

Almost Hitched (Buch 6)

Happy End Buchclub Reihe

Hollywood Inkognito (Buch 1)

Ärger im Anzug (Buch 2)

Gewagtes Spiel (Buch 3)

ÜBER DEN AUTOR

Kylie Gilmore ist die *USA Today* Bestsellerautorin der Happy End Buchclub Reihe, der Clover Park Reihe und der Clover Park STUDS Reihe. Sie schreibt unterhaltsame zärtliche Romanzen mit einer gesunden Prise Humor.

Kylie lebt mit ihrer Familie, zwei Katzen und einem verrückten Hund in New York. Wenn sie nicht gerade schreibt, Kinder bändigt oder bei Autorenkonferenzen pflichtbewusst Notizen macht, findet man sie beim Stretching – bis ganz nach oben ins oberste Regal, um dort ihren geheimen Schokoladenvorrat zu erreichen.